A CONCUBINA DO GURU

e outros contos

Agradeço a Iara Duobles que ao longo de muitos anos ajudou-me a reunir meus textos, aconselhando-me e encorajando-me. Muito obrigado a Andrea Carla de Paiva, Lizete Mercadante Machado e Marcia Lígia Guidin, que ao longo dos anos me ajudaram com as correções e o aprimoramento do meu texto. E também a Camile Mendrot, que mais recentemente se juntou a nós e sugeriu melhorias para o texto e sua construção linguística.

John do Mato

A CONCUBINA DO GURU
e outros contos

COLEÇÃO NOVOS TALENTOS DA LITERATURA BRASILEIRA

novo século®

SÃO PAULO 2013

Copyright © 2013 by John do Mato

COORDENAÇÃO EDITORIAL	Letícia Teófilo
CAPA	Monalisa Morato
DIAGRAMAÇÃO	Project Nine
DIGITAÇÃO	Iara Doubles
LEITURA CRÍTICA	Rodrigo Gurgel (Ab Aeterno Produção Editorial)
EDIÇÃO	Camile Mendrot (Ab Aeterno Produção Editorial)
PREPARAÇÃO	Alexandra Resende
	Silvia Correr (Ab Aeterno Produção Editorial)
REVISÃO	Fabrícia Romaniv

TEXTO DE ACORDO COM AS NORMAS DO NOVO ACORDO ORTOGRÁFICO DA LÍNGUA PORTUGUESA (DECRETO LEGISLATIVO Nº 54, DE 1995)

DADOS INTERNACIONAIS DE CATALOGAÇÃO NA PUBLICAÇÃO (CIP)
(Câmara Brasileira do Livro, SP, Brasil)

Mato, John do
 A concubina do guru e outros contos / John do Mato. -- 1. ed. - Barueri, SP: Novo Século Editora, 2013

 1. Contos brasileiros I. Título.

13-04072   CDD-869.93

Índice para catálogo sistemático:
1. Contos: Literatura brasileira   869.93

2013
IMPRESSO NO BRASIL
PRINTED IN BRAZIL
DIREITOS CEDIDOS PARA ESTA EDIÇÃO À
NOVO SÉCULO EDITORA LTDA.
CEA – Centro Empresarial Araguaia II
Alameda Araguaia 2190 – 11º Andar
Bloco A – Conjunto 1111
CEP 06455-000 – Alphaville Industrial – SP
Tel. (11) 3699-7107
www.novoseculo.com.br
atendimento@novoseculo.com.br

Sumário

A Concubina do Guru 7

A cadeira quebrada 25

Isleide Corelli 105

A porta desparafusada 155

A república 227

Santa Rita 319

A Concubina do Guru

Deixei o trabalho do dia para trás. Sou Nilza Meneses, médica. Basta de sangue fraco, intestinos ruins, ossos esmigalhados, pulmões lascados... Agora, casa. Olhando o edifício plantado à margem do Capibaribe, que, esbranquiçado, se eleva à noitinha, minha vontade era mesmo a de tomar um bom uísque. Corri e subi os degraus, abri a porta e segurei o fôlego. Tive a sensação de uma presença estranha no apartamento. Um ar quente bafejante, resíduo do calor do dia, saudava-me. Mirei fundo na escuridão, respirei a plenos pulmões, entrei na sala de estar, acendi a luz e levei um susto. Em cima da mesa havia algo inesperado... só podia ser coisa do Lourenço.

Fui para o quarto e daí para o banheiro, depois para a cozinha e finalmente parei no escritório. Ele tinha sido saqueado. Os livros costumam ficar alinhados nas prateleiras, mas agora havia grandes vãos entre eles. Muitos estavam atirados uns contra os outros ou haviam caído, e alguns tinham sido lançados ao chão.

O apartamento estava vazio, mas estranhamente cheio, ocupado pela obra de arte que Lourenço fizera e deixara lá. Voltei para a sala e fechei a porta que havia deixado aberta. Olhei atentamente para o trambolho sobre a mesa que refletia a luz e brilhava. Vou chamá-lo *Construção*. Feito com livros e enfeitada com todo tipo de quinquilharia, era perfumado com mensagens a serem decodificadas. Devia ter-me lançado e destruído esse intruso. Mas não o fiz. Precisava decifrá-lo. Em vez de escrever um bilhete de despedida, pondo fim a tudo, Lourenço deixara essa obra de arte que tinha uma voz: a dele. Eu ouviria aquela voz. Com livros tirados das prateleiras, Lourenço havia amontoado uma coletânea cubista de casas com paredes recuadas e telhados inclinados. E ele tinha beatificado o cenário com objetos coloridos: roupas, maquiagem, garrafas, fotografias, frutas, vegetais... Até as lombadas dos livros foram pintadas. Como pano de fundo, um vestido longo, negro, estava pendurado num cabide colocado no teto. Dois sapatos vermelhos de salto alto pendiam do vestido. Não tenho interesse por roupas íntimas finas e coloridas, mas ele deve tê-las comprado. Gastou uma fortuna. E o que dizer de um vestido de baile e sapatos de salto alto? Mais dinheiro jogado no lixo. E o interessante era que as pilhas de livros que compunham a obra eram todos presentes de Machado Duarte.

Olhei ao redor e me dirigi às obras de Trotsky. Entre duas delas, retirei a fotografia de Machado. Felizmente, estava intacta. Olhei para o rosto africano, que olhava de volta para mim. O cabelo prateado dava uma infinita dignidade às suas já refinadas expressões faciais. Coloquei o retrato diante de mim e disse:

– Machado, nada haverá de superar o tempo que passamos juntos. Devo tudo a você. Cada ideia minha era, antes, sua. Cresci sob sua tutela. Seu exemplo ensinou-me a acreditar em moralidade, e seus padrões tornaram-se meus. Você me convenceu de que a única maneira de por fim à miséria do mundo era trabalhar arduamente em seu favor. Você me mostrou que essa era a única posição honrosa a ser tomada. Assim procedi, ficando ao lado dos pobres, dos oprimidos e dos esquecidos.

E agora? Difícil ser leal ao que Machado me legara durante os quatro anos de nossa união. Eram princípios que representavam meu ídolo, herói, mestre. Agora, olhando para trás, analisando os anos passados, sinto que o legado de Machado parecia algo diferente. Suas influências, na ocasião, refletiam o que eu era. Agora, tais princípios haviam se transformado. O tempo intervira, eu mudara, as circunstâncias eram outras.

O reinado de Machado começou com uma série de conferências que ele proferia para alunos das mais variadas faculdades, entre eles eu, uma estudante de Medicina. As preleções do mestre me convidavam e eu aceitava o convite; era devota como uma criança. Rezava para que algo assim pudesse acontecer – e realmente aconteceu. Fora atingida, meus gestos demonstravam isso e Machado percebeu. Não conseguia esconder meus sentimentos. Então ele me convidou para tomar um drinque depois de uma conferência. Bebemos, conversamos e nos tornamos amantes.

Sentia-me entre os felizes que tinham alguém para acompanhar pela vida afora.

Voltei para a sala e me ajoelhei diante da *Construção*, como fizera diante do altar ao receber a comunhão. Eu estava pertinho e podia ler os títulos escritos nas lombadas. Todos os livros que Lourenço escolhera para compor a *Construção* eram, na verdade, presentes de Machado. E todos, dentro, tinham recados sobre como as obras deveriam ser lidas. Mas a *Construção* era muda, capaz de falar apenas quando instigada. Se isso ocorresse, haveria um diálogo entre mim e o ausente Lourenço. Eu é que teria de fazer todas as vozes, como se fosse um ventríloquo.

A *Construção* só podia ser o ápice de uma história. E quase todos os episódios tinham um começo, cujo desdobramento conduzia a uma conclusão, um fim. Agora, minha história pessoal tinha dois componentes – Machado e Lourenço – e, consequentemente, dois inícios e dois epílogos. O primeiro componente eram os quatro anos que Machado e eu estivemos juntos. O segundo, os três anos com Lourenço. E, desnecessário dizer, com percepção tardia, que as duas histórias interagiam uma com a outra, tanto o início com Machado quanto o término da saga com Lourenço.

A primeira fase, com Machado, deixava pendente a compulsão de meu herói em trocar a pessoa cujo tempo estava esgotado: eu, depois de quatro anos, fui preterida por uma jovem admiradora recentemente admitida na faculdade. Não posso reclamar! Vivemos juntos durante quatro anos. E o fato de eu ser uma recém-formada significava dar adeus a Machado.

A *Construção* marcava a conclusão do reinado de Lourenço. A fim de superar o choque inicial, voltei para o escritório e olhei para os vãos entre os livros nas prateleiras. Lourenço tinha violado meu santuário. Era como se uma criatura viva tivesse tido seus órgãos puxados para fora. Era aqui – vividamente me recordo – que, pouco tempo atrás, Lourenço tinha feito uma cena: girando os braços para as prateleiras, ele dizia que os livros de Machado pareciam sentinelas nos vigiando. "Por que você não se casou com Machado?", Lourenço queria saber. Claro que eu desejava isso. Eu estava a fim de abandonar minha carreira, tudo, e viajar com Machado se ele fosse promovido para um emprego alhures. Contudo, Machado havia terminado comigo e, como era de seu desejo, havia começado um romance com uma jovem aluna. Zombeteiramente, Lourenço me chamava de "a Concubina do Guru". E eu era aquilo mesmo.

Depois que Machado me desprezou, senti um torpor, fiquei indiferente. Os doutores que trabalhavam no hospital costumavam receber convites, inclusive para a Exposição dos Artistas Pernambucanos. Apesar da indiferença, fui à Exposição, o que nos leva ao começo de uma nova fase da minha história. A arte abre portas, e a boca-livre é de qualidade. Comi e bebi. Depois, fortificada, comecei a olhar em volta e notei uma figura que se deteve diante de uma pintura, olhou-a rapidamente e partiu nervosa. Cheguei mais perto e percebi que essa pessoa ansiosa dava uma olhadinha em um quadro após o outro. O vinho me deixara atrevida e, de qualquer modo, eu tinha pena de alguém tão nitidamente triste. Então falei:

– Está tudo bem?

– Não, meu trabalho não foi exibido. O homem levantou seus óculos. Eu via a dor estampada em seu rosto e me senti tocada pelo seu desapontamento.

– Não ligue, na próxima vez será – tentei consolá-lo. – Experimente, e novos modos de expressão aparecerão.

– Você se interessa por pintura?

– Sim, mas gostaria de me envolver mais neste universo.

– Então, talvez você possa me ajudar. Estou perplexo e perdido.

Que pedido! Só agora, tempos depois, percebo que era um protesto. Na ocasião, parecia uma questão de tirar alguém de uma dificuldade, como desemperrar uma janela. Com o tempo, descobri que o pedido de ajuda era mais do que isso. Na verdade, para mim só tinha sido um bom encontro com a arte e um artista.

Então, quando o convite para visitar o estúdio de Lourenço veio, aceitei e me senti bem.

Pela aparência desordenada e pelo cheiro do lugar, era onde Lourenço dormia, fazia as refeições e trabalhava. Era entulhado de restos. Será que tinham a ver com a arte? Lourenço gesticulava para as telas exibindo o seu trabalho. "Será que podia ser a oportunidade de pôr fim à minha dedicação ao método científico e à análise rigorosa dos fatos promulgados por Machado", perguntei-me? Enfim vislumbrei que Lourenço poderia trazer as peripécias da arte para a minha vida. Seria bom ter alguém com quem ir a exposições, alguém informado que me falasse sobre arte. Assim sendo, será que a perspectiva de cultivar um novo interesse iria romper com as marcas deixadas por Machado? O destino apontava para quê?

Para a *Construção*, claro! Incumbia a mim decifrá-la, eu é que deveria descobrir o que ela estava dizendo.

Nosso tempo juntos começou na noite de estreia dos artistas pernambucanos e terminou três anos depois, com um susto quando abri a porta do meu apartamento. Entre o começo e o fim, havia uma história a ser contada. Essa história só podia ser um relato da trajetória artística de Lourenço, ou seja, o progresso em seu trabalho que culminou com a *Construção*. Sim, era uma questão de avaliar eventos artísticos.

Na exposição pernambucana, Lourenço já havia começado a me mostrar o que fazia. Meu trabalho era fazê-lo se desenvolver. Logo no início, decidi que, se eu encontrasse para ele um tema interessante, a inspiração talvez pudesse bater, impelindo-o adiante. Foi então que tive um *insight*. No hospital, trabalho com crianças doentes; então por que não fazer um quadro composto pela dor e a ferida interna dessas crianças? A ideia pegou. Lourenço gostou da sugestão, de modo que, dias depois, quando veio ao hospital pedir informações sobre as crianças, ele me disse que já havia começado a trabalhar numa pintura chamada *Ferida*.

Lourenço veio com um bloco e umas canetas hidrográficas coloridas. Durante nossa visita pelas alas do hospital, ele fazia esboços com uma rapidez que me impressionou. Isso me parecia dedicação à arte. Com tintas e pincéis, Lourenço transformava a tristeza humana em arte. A meu ver, aqui havia alguém fazendo algo contra a dor que se abate sobre a Terra. Fiquei comovida, motivada a arriscar uma sugestão.

– Posso ver o quadro?

– Está no estúdio, pode ir vê-lo, se quiser.

– Claro que quero. Estou curiosa para conhecer a *Ferida*.

Dois dias depois, diante da *Ferida*, iluminada por uma luz no teto, montada num cavalete, olhei para as crianças – pintadas de negro, marrom, noz-moscada e oliva – em poses contorcidas. Uma nuvem branca pairava sobre o quadro. Haveria a possibilidade de algo além do retrato da criançada? Será que Lourenço poderia preencher o espaço deixado por Machado? Imediatamente, comecei a compará-los. Machado era profundamente ético, enquanto Lourenço era volátil e, como um camaleão, mutável a cada momento. Na exposição ele estava quieto, choroso, agora se mostrava cheio de vida. Enfim, a cara de derrotado sumira. E o jeito como ele olhava para mim fazia com que eu olhasse todos os seus trabalhos. Na verdade, eu não estava em posição de julgar se tinham qualidades ou se eram ruins. Minha expressão deve ter demonstrado interesse. Lourenço, evidentemente atento, percebeu. Observou:

– Você tem olhos tristes e uma boca amável.

Nossas mãos se tocaram levemente. Há muito tempo eu não sentia nada, desde que Machado tinha me colocado para escanteio. Por isso, achei aquele toque incendiário. Nos deitamos num pedaço de espuma e ali nos amamos, julgados pela *Ferida* de cima do cavalete.

Pisquei para a *Construção*. Rangi meus dentes para ela. Durante nossos três anos juntos, o tempo todo, Lourenço gostava de deixar os pincéis para trás e ir embora quando a oportunidade chegava. Seu trabalho, ele afirmava, havia se beneficiado do contato com outros artistas sul-americanos. Então, fomos para São Paulo, Rio de Janeiro e daí para o Peru e para a Colômbia. Tudo foi muito estimulante. Subir pelos Andes, imagine! "Mas será que tudo isso era motivo para uma arte séria?", comecei a questionar. Minha intuição dizia que um artista que trabalhava para se superar precisava se esforçar arduamente, e não deveria ter tanto tempo para se divertir demais. Mas o trabalho de outros artistas tornava-o mais competitivo, Lourenço explicava. Ele não tinha dinheiro, era eu quem pagava essas excursões. Era excelente ter uma pessoa com quem viajar. Mas era caro! Seria esse o preço para entrar no mundo da arte?

Numa noite pra lá de quente, fomos ver uma exibição de slides e assistir a uma palestra sobre o mural da independência de Moçambique. Os afrescos mostravam a chegada dos colonizadores portugueses, do governo colonial, da luta africana pela independência e do estabelecimento do primeiro governo africano. Quando tudo terminou, Lourenço estava desanimado, e eu, radiante.

– Que história! – exclamei.

– Roubada de Picasso, Rivera e Maiakóvski – retaliou Lourenço.

– Acho que a justiça torna um povo corajoso – persisti.

– O mural é modernista, não africano – afirmou Lourenço. – Cubismo, futurismo, surrealismo e dadaísmo fizeram tudo isso antes e bem melhor. O mesmo vale para o meu trabalho. As coisas que eu gostaria de fazer foram todas feitas antes de mim e muito melhor.

– Lourenço, você está sendo muito duro. Um dia você achará um jeito de ser original e fará uma obra sem igual. Tenho certeza disso.

Em outra ocasião, voamos ao Rio de Janeiro para uma exposição de desenhos e gravuras de Goya. Havia silêncio no salão, a iluminação era discreta, a montagem de bom gosto. Num anexo, algumas telas de Portinari estavam expostas. Essas me pegaram. Fiquei entusiasmada:

– Então, o nosso Portinari pode ser mostrado no mesmo nível que os grandes. Não é maravilhoso?

– Foi exibido no anexo.

– O que você quer dizer?

– Para chegar perto de Goya, um artista deve ter sentido ódio, ter brilho, desenvolvido técnica, originalidade, nada de misericórdia. Veja, a pintura grita.

– Continue pintando, Lourenço, que a ruptura com tudo o que você aprendeu acontecerá.

– Nilza, você aprendeu meia dúzia de conceitos sobre arte e já se acha capaz de dar uma opinião sobre o assunto.

– Ah, Lourenço, por favor, me poupe.

– É verdade! Meu trabalho, além de não ter cor, é uma imitação.

– Lourencinho, não estou nem aí. É você que me interessa. Não quero um Maiakóvski.

– Ao longo dos anos, sonhei pintar um quadro que fosse realmente original.

– Mas você pintará! Um dia vai conseguir... Continue firme, que chegará lá!

Durante os três anos com Lourenço, acabei me relacionando com o mundo da arte. Era grata pelo aprendizado e por ter sido admitida num modo de vida descontraído, que me dava liberdade no relacionamento com Lourenço. Eu podia me movimentar entre a *Ferida* e a *Construção* que estava na minha frente agora. Logo no início, quando Lourenço fazia esboços em nosso passeio pelas alas do hospital, ele parecia ser um artista completo. Uns dias depois, também, no seu estúdio, fiquei impressionada ao vê-lo ao lado de a *Ferida*. Eu olhava para a pintura e para o pintor, sem ver um nem reconhecer o outro. Evidentemente, ter uma ideia incentivava o artista. Com o passar do tempo, percebi que, sem a noção de que os fortes importunavam os fracos, a *Ferida* não existiria. Era uma ideia que eu tinha legado a Lourenço. Então, será que eu era a origem da sua pintura? Eis a questão espinhosa. Na ocasião, parecia divertido ter encontrado um artista que, com pincéis e tintas, trabalhasse uma ideia dada por mim. Eu caí naquela armadilha; meus olhos não tinham se dado conta de que a pintura e o pintor estavam interagindo um sobre o outro, dando uma qualidade que nenhum dos dois, tomados separadamente, possuía. Fazendo uma retrospectiva, posso ver que Lourenço, desligado da ideia por trás de sua pintura, era outra pessoa qualquer. Em si mesma, a *Ferida* estava longe de ser encantadora. Eu vi o pintor e a obra de arte juntos. O afrodisíaco fez seu trabalho: fui tomada pelo poder mágico da arte. Na época, encobri o fato de que a *Ferida* empregava velhas ideias e usava imagens e estilos já repetidos à exaustão. Mas eu fora uma inexperiente deslumbrada, cujas faculdades críticas não desenvolvidas transformaram o comum em excepcional.

Onde minha louca paixão inicial me deixou agora? Sozinha em minha sala, encarando a *Construção*. O que me tornava o espectador privilegiado para quem a *Construção* tinha sido erguida. Até que avaliasse o último trabalho de Lourenço, eu permaneceria sua prisioneira. O que a obra estava dizendo? Sem dúvida sintetizava o progresso de Lourenço. Fiz que sim com a cabeça na direção de a *Construção*. Felizmente, Lourenço não precisaria estar presente para explicá--la. Sua arte, a meu ver, falava por ele. Agora, depois de três anos convivendo com o meio artístico, estou qualificada a fazer um juízo próprio, sem ter de recorrer a nenhum mestre ou guru.

Falei para uma ausente presença:
– A *Construção* é única. Parabéns, Lourenço! Você conseguiu: pode ser considerado um artista original. Mas isso tem um preço, e quem deve pagá-lo sou eu. Estou magoada e sozinha. A sua voz, agora que você a encontrou, nem me traz um pouco de alívio, vindo como vem de um artista ausente que se expressa por

meio de seu trabalho. Há um consolo: pouco a pouco estou me libertando. No fim das contas, vejo, eu fui o instigador e agora sou o receptor da mensagem de *Construção*.

O significado repousa na composição da obra, na sua elaboração, nos elementos que a formavam. E o que era tudo isso? Há uma resposta objetiva: uma escolha cuidadosa dos livros dados por Machado Duarte montados contra um fundo colorido e interessante.

E qual era a intenção de Lourenço? Isso também não é segredo nenhum. Duas semanas antes, ele pusera tudo em pratos limpos, ao dizer:

– Nilza, você perdeu a personalidade e o caráter. Você simplesmente não existe. Você foi roubada. As ideias com as quais você se expressa não lhe pertencem, são dele.

A declaração de Lourenço deixou-me angustiada. Quão verdadeira era a afirmação de Lourencinho? Cabia a mim descobrir. Havia uma afinidade? Central era a questão "quem sou eu, Nilza Meneses?" Um ninguém, um nada, alguém sem ideias. Para ser alguém que existe e que tem personalidade, o que tenho de fazer? A saída só poderia ser uma fuga da prisão imposta por Machado Duarte e por Lourenço ao longo de sete anos.

Ainda era cedo. A noite estava ali esperando. Seria minha se pudesse me fundir na escuridão. Já sabia que noites ofereciam um asilo e espaço para expandir. Resolvi aproveitar a abertura. Sou médica capaz de controlar-me, e até de criar coisas novas com medicamentos. Sabia o que tomar. De fato, tinha remédios em casa. De dia trabalhava no hospital, o que me deixava livre para ser eu mesma a noite. Resolvi fazer os remédios, me libertar durante três noites. Apostei que seria uma libertação que iria me tirar da autoridade imposta por Machado e por Lourenço durante os últimos sete anos. Tomei a pílula dourada. Logo eu me sentia livre, gozando do espaço noturno conquistado por mim mesma. A servidão estava obsoleta e deixada atrás. Uma crise resolvida abriu possibilidades futuras. Fé em mim mesma iluminava o caminho para a frente. Sim, aquelas três noites tinham trazido o firmamento lá de cima para a Terra, aqui embaixo. Enfim, incumbia a mim, Nilza Meneses, durante aquelas noites douradas, decidir o que fazer. Decidi e, com a chegada do fim de semana, desmantelei a *Construção*. Por telefone comprei, de segunda mão, duas pequenas estantes para substituir a grande. Achei um novo lar para todos os livros espalhados pelo apartamento. Por fim, doei as roupas que também compunham a obra para uma instituição de caridade.

A cadeira quebrada

1. A patroa

O motor roncou e logo em seguida começou a engasgar. Ivaldo Cabral e o motorista trocaram olhares. O taxista dirigiu o carro para o acostamento e o estacionou ao lado da calçada. Desceu, levantou o capô e deu uma olhada no motor. Foi nesse momento que Ivaldo se juntou a ele. Os dois inspecionaram o motor, que estava suando e assobiando. Soltando um palavrão, o motorista anunciou que o radiador tinha pifado e demoraria a consertá-lo. Seria melhor Ivaldo procurar um alojamento nas imediações. Os dois começaram a tirar a bagagem do porta-malas. Ivaldo viu seus pertences ilhados, formando uma pilha na calçada. Aí estava seu passado embarcado no presente. E o futuro? Parado, observou a rua arborizada. Com suas casas coloniais, a rua era elegante e estava de acordo com o que Ivaldo entendia como bom gosto. Nos dois lados havia árvores torcidas, cujas raízes levantavam a calçada, fazendo morrinhos. Essas árvores velhas pareciam ter sido plantadas séculos atrás e ofereciam uma sombra agradável – o que era bom numa cidade tropical como Recife. Distraído, fitando aquela beleza tradicional ainda presente, Ivaldo lembrou que não tinha pagado o taxista. Entregou o dinheiro a ele no mesmo instante. Viu um vendedor numa barraca ao lado da calçada e lhe perguntou:

– Você sabe se tem algum quarto pra alugar por aqui?

– Tem, sim. – O ambulante apontou para uma casa colonial mais à frente.

– Então pode me dar uma ajuda com a bagagem?

– Posso – disse o vendedor, fechando a barraca. – Mas cuidado, é melhor o senhor se proteger.

– Me proteger? Como assim?

– Você vai ver. A patroa é uma dama de ferro.

O ambulante fechou o toldo da barraca com um cadeado. Depois, ele e Ivaldo pegaram a bagagem e, carregados como bois de carga, rumaram para a casa, recuada da rua por um jardim. Grades enclausuravam um terraço na parte da frente.

– Só gente fina pode morar numa casa dessas – observou Ivaldo.

Mas o camelô permaneceu na dele, com uma expressão impassível, e não disse nada. Ivaldo parou antes de colocar a mão no portão, cujo trabalho em ferro combinava com o da grade acima do muro do jardim.

– Artesanato de qualidade – murmurou. – A família que a construiu aqui devia ser refinada. Ah, como seria bom ser aceito como inquilino e entrar neste ambiente requintado...

Animado com a perspectiva, Ivaldo olhou para cima, avaliando as telhas de cor rubra bem assentadas que compunham o telhado. Ele era engenheiro civil por formação, mas seu coração batia mais forte pela arquitetura. Realmente, se não tivesse fracassado no vestibular, teria sido arquiteto e, com isso, realizado sua ambição de restaurar prédios antigos. Porém, bagunçara tudo lá atrás em São Paulo. Será que Recife ia lhe oferecer uma nova oportunidade? Por enquanto, tinha de se conformar com a vida de engenheiro civil e não sonhar mais com a arquitetura, que, na sua visão, devolvia a beleza e a dignidade aos prédios históricos. Seu grande sonho era morar numa casa antiga. Como conseguir isso? Era filho de pais simples, sem dinheiro algum. Então, qual seria a estratégia? Arrumar um bom segundo casamento e deixar o primeiro, um fracasso, para trás? Para isso precisava da garota certa que, quem sabe, poderia morar nessa casa tombada.

– Gosto tanto do que é belo! – suspirou Ivaldo.

– Cabe a você achá-lo – disse o ambulante. – Isso é o que não falta nesta nossa capital.

– É o que eu vou fazer! – prometeu Ivaldo.

Parado, ele imaginava a moldagem, as cornijas e as salas neoclássicas do casarão por trás do portão de ferro batido. Como seria bom contemplar aquelas feições arquitetônicas, tocá-las e até acariciá-las. A garota sonhada teria que se assemelhar a uma lareira Adam: ser sensível, discreta e polida como mármore. Será que, ao cair da noite, alguma moça assim apareceria no terraço para tomar um café ou outra bebida enquanto o sol se punha?

O camelô empurrou o portão do jardim. Os dois entraram e se aproximaram da casa. Mais uma vez, o vendedor ambulante tomou a iniciativa, batendo palmas. Sua pressa era evidente: queria fazer o necessário rapidamente, ir embora e recomeçar seu trabalho. Ivaldo lhe deu uns trocados e perguntou:

– Não quer ficar mais um momentinho?

– Não, obrigado. Um novo mundo está aí à sua espera, não à minha.

O camelô se retirou. Dentro de casa havia bastante movimento e barulho. Ivaldo se espantou ao ver diante de si, emoldurada pela porta aberta, uma gorda matrona de roupão de banho branco, porém imundo, preso no quadril por um cordão. Sua voz era rouca.

– O que deseja?

– A senhora tem um quarto pra alugar?

– Tenho. Quer dar uma olhada?

– Sim, claro.

– Prazer, pode me chamar de Dona Perla.

Surpreendido pelo jeito rude da matrona, Ivaldo se perguntou se aí não estaria uma fonte de problemas. A intuição lhe disse que sim e que precisava se proteger, já momentos depois da chegada. Ouviu a matrona bater palmas para convocar uma velha agachada no chão, que logo se endireitou. Sem nem mesmo olhar para a criada, Dona Perla ordenou:

– O quarto desocupado, mostre pra ele.

A velhinha abriu uma porta que ligava o terraço ao salão interno. Encostou-se na parede enquanto Dona Perla e Ivaldo entravam. Ele ficou surpreso ao descobrir que o salão era escuro, fechado, claustrofóbico. Farejou o mau cheiro que invadia suas narinas, enojando-o. A criada abriu a porta do quarto desocupado e recuou de novo. Ivaldo entrou e inspecionou as proporções amplas das janelas, a sacada e a porta de madeira nobre. Exclamou:

– Eis um verdadeiro quarto!

– Restam poucos deste jeito nessa nossa cidade de Recife – observou Dona Perla. – Mas você precisa pagar o aluguel adiantado, moço. Seu nome?

– Ivaldo Cabral.

De novo Ivaldo espantou-se, desta vez pela rapidez com que Dona Perla abordara a questão do dinheiro. Ele supunha que gente fina só falasse de dinheiro depois e em um tom discreto. Um preço foi mencionado. Era alto demais, uma extorsão.

– Não tenho condições – desculpou-se Ivaldo. – Vou procurar uma vaga em uma pensão pra rapazes.

– Faça isso, não. Posso baixar o preço. Olhe, só por este mês. No final do próximo, se quiser ficar, falaremos outra vez sobre o valor do aluguel.

– Não pretendo pagar um preço alto.

– Deixe comigo arrumar um preço justo, certo?

E assim acertaram o valor. Dona Perla parecia satisfeita. Ivaldo lhe explicou que o dinheiro andava curto e que assumira há pouco o seu primeiro emprego. Respondendo à pergunta de Dona Perla, prosseguiu, contando que sua empresa em São Paulo estava construindo um *shopping center* de primeira linha em Recife. Isso a agradou. Dona Perla especulou:

– É uma boa grana, não?

– Para os donos, talvez. Para os peixes pequenos como eu, nem tanto.

De novo, Ivaldo olhou para o estilo sólido da casa e para as árvores que faziam sombra. Será que a sorte decidira sorrir para ele? Comentou:

– A casa é uma joia. Pelo que vejo, é uma construção colonial original.

– Está na lista de residências tombadas pela prefeitura – informou Dona Perla, em tom importante. – Mas você terá que dividir o banheiro e a cozinha com os outros hóspedes – advertiu.

– Outros hóspedes? – espantou-se Ivaldo, mais uma vez. – Não é só a sua família que vive aqui?

– Não é, não. Mas os outros inquilinos são gente fina – acalmou-o Dona Perla. – Você vai gostar deles.

O salão estava abafado e escuro. "Isso viola os princípios das casas coloniais construídas na virada do século XIX", refletiu Ivaldo, tentando enxergar pormenores na escuridão. Essa falta de sabedoria feriu sua sensibilidade arquitetônica. Perguntou à Dona Perla se podia abrir as venezianas. Ela concordou, acrescentando que, com o aluguel pago, a casa era dele.

Ivaldo abriu as venezianas, admirando o trabalho de marcenaria das janelas e os ornamentos de ferro das grades. Os vestígios de uma brisa do Capibaribe e do Atlântico, mais além, quebraram o sufoco do ambiente. A luz do sol também entrou. Agora era possível ver o interior da grande sala. Ivaldo apreciou suas proporções graciosas. Depois se surpreendeu ao deparar com duas mulheres, uma velha e outra jovem, deitadas, aparentemente adormecidas, em dois sofás. O fato de duas mulheres estarem dormindo no salão àquela hora espantou Ivaldo. Dona Perla, percebendo seu espanto, explicou:

– Minha filha e minha sogra.

De súbito, a curiosidade de Ivaldo se intensificou. Olhou Dona Perla de novo, dessa vez como mulher, avaliando seu rosto, imaginando a silhueta de seu corpo por baixo do roupão sujo. À primeira vista, a garota não se parecia nem um pouco com Dona Perla. "Mas espere aí", acautelou-se Ivaldo, observando-a melhor. Se olhasse só a cabeça, via um rosto oval e mediterrâneo, iluminado por olhos grandes e castanhos. Agora, se o pai da garota fosse magrinho, de feições finas, estaria explicada a aparência singular de sua filha deitada no sofá.

Dona Perla gesticulou enquanto se movimentava pelo salão interno, indicando as portas que davam para os quartos. Os alisares eram amplos, as portas bem-feitas, em madeira tropical. Depois mostrou onde ficava o banheiro e apontou o chuveiro, o vaso e a pia. O ambiente era dominado pelo cheiro de urina e de sujeira, mitigado por uma fragrância doce vinda de um frasquinho, daqueles comprados num supermercado.

Em seguida, foram para a cozinha, que se estendia pela largura de toda a casa. Nas portas havia pequenas janelas, grades e venezianas que, abertas, deixavam a brisa soprar e atravessavam a casa, da rua, na frente, até o quintal, atrás. Porém, tudo na cozinha estava fechado e abafado. O mau cheiro e a desordem reinavam por todo canto. Dona Perla sacudiu um molho de chaves e disse:

– Fique à vontade. A cozinha é sua.

Explicou que poderia cozinhar a qualquer hora e que os talheres, a louça e as panelas estavam à disposição dos hóspedes. A cozinha revelava a pobreza da dona da casa: louça com rachaduras escuras, talheres gastos, uma geladeira enferrujada, móveis quebrados, panelas sem cabo. Veio outra surpresa quando Dona Perla apontou para a porta da copa, fechada com corrente e cadeado e advertiu:

– A entrada na copa é proibida.

– Não podemos guardar nossos mantimentos lá dentro? – retrucou Ivaldo.

– Não. A copa é para o meu uso exclusivo. Aqui está o armário dos hóspedes.

Dona Perla mostrou um guarda-louça. Uma porta estava pendurada, a outra fechada com um pedaço de arame. "Como seria a vida por aqui?", perguntou para si mesmo. Curioso, nada menos. Dona Perla abriu uma torneira, da qual só saiu ar. Em seguida, explicou que só tinha água durante uma hora pela manhã e outra hora à noitinha.

– Sou eu quem controla a água – avisou.

– Mas, numa casa boa como esta, certamente tem uma caixa-d'água e uma bomba, não? – quis saber Ivaldo.

– Tem, sim – confirmou Dona Perla. – Sob meu controle. Precisamos poupar energia. São as regras da casa: economia e tudo o mais, entendeu? – Sem esperar resposta, Dona Perla apontou para velhos baldes mutilados e vasilhas amassadas que serviam para carregar água. – No quintal – prosseguiu – tem água na torneira doze horas por dia. Água boa da rua. Pode usá-la à vontade.

Dadas as informações, os dois rumaram para o quintal, onde havia um par de mangueiras com um cordão suspenso entre elas e roupas penduradas. Vários casebres se juntavam no alto muro do quintal. Dona Perla direcionou um olhar de desprezo para aqueles moradores.

– Os inquilinos que moram aqui fora vivem nesses casebres – explicou. – Eles, os chamados "inquilinos de fora", têm fogõezinhos próprios – acrescentou. – E fazem fogueira queimando lenha e lixo. Aqui fica o banheiro deles – continuou, abrindo uma porta com um empurrão. – Se você quiser, pode usá-lo. Fique à vontade.

– Inquilinos de fora? – gaguejou Ivaldo.

– Gentinha que nada tem a ver conosco, os de dentro.

Dona Perla era brusca na maneira de falar, até impaciente, mas Ivaldo não quis se apressar. "Seria possível existir nesta oligarquia que nada tinha a ver com uma República?", questionou-se. Deteve-se no banheiro do quintal. Nele só havia o vaso sanitário, o chuveiro e a pia. Era espaçoso, porém sujo. A chuva entrava pelas frestas, as paredes eram manchadas. A cerâmica estava quebrada e um cheiro de urina e diarreia impregnava tudo. Dona Perla se irritou com o interesse demonstrado por Ivaldo. Ela sacudiu a porta do banheiro do quintal e encaminhou-se para a cozinha. Depois, os dois passaram pelo salão interno onde a moça, ainda sonolenta, mudara de posição: agora estava meio sentada, meio reclinada no sofá.

Dona Perla tossiu e bateu palmas. A garota se assustou e, despertando, ajeitou-se, passando do estado de sonolência para uma atitude de interesse e curiosidade. Ivaldo parou, cativado pela aparência da jovem. Suas feições eram delicadas, seus olhos suplicavam atenção: neles se via medo e mágoa. Enquanto isso, Dona Perla tinha atravessado o salão. Demorando, meio relutante, Ivaldo seguiu-a e a alcançou no terraço na frente da casa, onde havia uma prateleira e, em cima dela, um binóculo, um sino e um livro sacro. "Objetos singulares que falam", especulou Ivaldo, parado. Na mesma parede, numa saliência, havia um castiçal com velas. Dona Perla, percebendo a curiosidade no olhar de Ivaldo, revelou:

– Somos mórmons. Meu marido é evangélico.

Dona Perla andou pelo terraço e, ao ouvir um barulho vindo do alto das árvores, parou. Logo em seguida, ouviu-se um ruído estranho e um bater de asas. Apreensiva, ela olhou para cima, enquanto algumas penas caíam, tremulando. O vento as soprou e as espalhou pelo terraço. Abaixando o olhar, fitou-as. Levantou a cabeça de novo, e inspecionou os ramos de árvore carregados de folhas e comentou:

– As aves parecem nervosas hoje.

De súbito, bateu palmas e, em seguida, apareceu a velha criada. Era ela quem varria as penas caídas no terraço, deixando Ivaldo refletir sobre "aves nervosas". A cena lhe fez lembrar de seu passado deixado em São Paulo. O jeito seria deixar fracassos para trás e ir para a frente, à procura de novidades, seguindo o conselho de seu guru oriental, também deixado em São Paulo.

2. Binóculo, sino, livro sacro

"Sim, o porte delicado do pai justificava a aparência esbelta da filha", concluiu Ivaldo, ao abrir, de madrugada, a veneziana de seu quarto. Olhou pelas grades. No terraço, binóculo na mão, de feições finas, estava o pai da menina. Evidentemente, era uma pessoa atenciosa porque, ao ouvir a janela se abrindo, aproximou-se e, acolhedor, convidou Ivaldo para se juntar a ele. Para Ivaldo, foi um momento mágico. Sem colocar camisa limpa, sem se lavar nem pentear o cabelo, foi direto ao terraço, onde o dono da casa estava à sua espera.

– Prazer, Adailton Chaves.

– Ivaldo Cabral, o prazer é todo meu.

– Estou contente por você ter vindo morar em nossa casa.

– Acho a sua casa uma joia rara. Gosto um bocado deste tipo de arquitetura.

– Que bom. – Adailton mostrou-se feliz. Logo em seguida, surpreendeu Ivaldo ao propor: – Se quiser, venha ver o nascer do sol comigo.

– Convite aceito! Que ideia legal, a sua. Você sempre começa o dia assim?

– Começo. Na verdade, é um privilégio presenciar a alvorada na tranquilidade desse terraço.

– Deve ser uma arte viver aqui. Gostaria de aprendê-la. O senhor me ensina?
– Eu, ensinando a arte de viver! – Adailton riu. – Olhe, você parece um filósofo, descobrindo verdades reveladas pela alvorada. Só resta compartilhar a sabedoria.
– Não posso ensinar nada a ninguém.
– Ah, você só está sendo modesto...
– Quem me dera... Sou prisioneiro em minha própria casa, sobrevivo a uma rotina. Os estragos estão aí, embutidos, como na marchetaria de uma mesa holandesa antiga.
– Estragos embutidos! Não vejo isso!
– Verá. Vivendo nesta casa descobrirá o que, à primeira vista, está oculto. Você vai se deparar com coisas estranhas. – Adailton olhou para a prateleira onde estavam o binóculo, o livro sacro e o sino. – Já testemunhou alguma coisa curiosa?
– Já. Os inquilinos do lado de fora. Parece que Dona Perla não gosta da presença dos destituídos aqui dentro de casa.
– Ela só queria ter uma casa cheia de gente do bem.
Foi então que se ouviu o barulho de uma porta se abrindo. Adailton deu uma espiada na direção da casa e perguntou:
– Quer me acompanhar no café da manhã?

– Com todo prazer! Não consigo nem imaginar outra maneira melhor de dar continuidade a essa mágica alvorada.

– Margarida está trazendo nosso café.

– A empregada tem nome, que bom!

– Sim, ela tem nome quando nós dois estamos sozinhos.

De fato, o ruído fora um sinal feito pela velha empregada, que agora Ivaldo sabia que se chamava Margarida. Uma boa e experiente serviçal; sem que os patrões tivessem dito nada, ela antecipara a arrumação da mesa. Na bandeja, havia dois copos de café, dois queijos, dois pãezinhos, duas frutas. Margarida pousou a bandeja na mesa e se retirou. Adailton, olhando-a, acenou com a cabeça em sinal de aprovação. De olho na cena, Ivaldo comentou:

– Surpresas... Imagine! Tomar café da manhã no terraço, em plena alvorada! Lá em São Paulo, esse tipo de coisa seria inimaginável.

– Por aqui, as coisas inimagináveis simplesmente acontecem. Já percebeu?

– Percebi, sim. Sua mãe e filha adormecidas na sala. Gostei da aparência das duas. Sua filha é exótica, surpreendeu.

– Você não é o primeiro a achá-la interessante.

– Lógico, seu jeito chama a atenção. E as outras pessoas que moram aqui, quem são?

– Além de você, há mais três inquilinos permanentes, os internos, como Dona Perla os define.
– Entendi. Têm duas classes, os de fora e os de dentro.
– Exatamente. Aposto que logo, logo, quando o caminho estiver livre, você receberá um convite dos internos pra tomar um vinhozinho. Vanessa Bernucci vai convidá-lo, com certeza. Ela é desse tipo, acolhedora por natureza.
– Joia! E você, Adailton?
– Bebo, em segredo.
– Um bom vinho italiano, francês, espanhol, australiano, por acaso?
Os dois riram. Ivaldo olhou para o céu.
– Nossa, que alvorada maravilhosa.
– É, a alvorada é sempre muito linda. – Adailton tirou alguns papéis de uma pasta. Olhou-os. – Mas só por um instante. Tenho de me arrumar pra ir ao trabalho. – Fez uma pausa e acrescentou:
– Ivaldo, você gosta de rituais?
– Nunca pensei no assunto. Por quê?
– Os rituais dão certa segurança àqueles que observam seus ritmos.
– Entendi. Olhar a alvorada é um ritual.
– Isso mesmo. E você, Ivaldo, vai trabalhar hoje?
– Vou. É o meu primeiro dia no emprego.
– Aqui no terraço estamos nos preparando pra enfrentar o trabalho lá fora – refletiu Adailton. – É outro ritual.

Ivaldo fez um gesto para a linha de casas do outro lado da rua.

– Olhe ali, é outro ritual. Coisas belas levantam o astral. Esses traços arquitetônicos mexem comigo.

– Me disseram que você é um arquiteto frustrado.

– É verdade... Mas como é que você sabia disso?

– Alaiza.

– Entendi. Contei à Dona Perla, que contou à Alaiza, que lhe contou. E você, Adailton, tem mais algum parente?

– Tenho, sim, outra filha, Ana, que não mora mais aqui em casa. Sobre ela não falamos mais, é proibido.

Ivaldo viu pela expressão trágica de Adailton que aquele era um terreno espinhoso e seria melhor mudar de assunto. Perguntou:

– É você quem recebe o aluguel?

– Não, Dona Perla é quem toma conta do dinheiro.

– Com que você trabalha?

– Sou escrivão.

– Imaginava-o um executivo com alto salário.

– As aparências enganam – Adailton sorriu. – Ganho uma ninharia, bem menos que um engenheiro civil.

De novo, Ivaldo espantou-se. Como é que Adailton sabia que ele era engenheiro civil? Limitou-se a observar:

– Será que nada é segredo por aqui?

– É o espírito desta casa.

Mais uma vez, Adailton remexeu em uns papéis do escritório e depois olhou ao redor, como se quisesse prolongar aquele momento no terraço em vez de ir ao trabalho. Resumiu:

– Aposto que você vai experimentar várias facetas da vida, personificadas por Dona Perla, a avó Chaves, Alaiza, a empregada Margarida, os três hóspedes internos e aqueles coitados que moram lá fora.

– É... falando assim, parece um império. Você acha que aqui vou ter chances de analisar a vida, então?

– Não, ao contrário: você será examinado pela vida.

– Humm, sei... Adailton, estou intrigado com uma coisa. Aliás, uma não, três! Será que você poderia me explicar, por gentileza, o que significam o binóculo, o livro sacro e o sino naquela prateleira? Por acaso, seriam nossos cúmplices aqui nesta casa?

– São. Eles nos rastreiam e nos olham. O binóculo serve para que observemos, daqui do terraço, as casas, as árvores e os outros moradores, nossos vizinhos. O livro sacro está ali pra conter o ódio que acompanhou a saída da nossa outra filha, Ana, de casa. Por fim, Dona Perla toca o sino pra chamar a atenção, convocar o pessoal, dar ordens.

– Ana parece ser uma pessoa *singular*.

– E é mesmo. Ela vive lá fora, em outro mundo bem diferente de nosso aqui dentro.

Era provável, conjecturou Ivaldo, que o discurso de Adailton fosse um apelo. Mas para quê? Evidentemente, algo além da amizade. E por que o marido de Dona Perla queria um cúmplice, um aliado, e para fazer o quê? Havia algo estranho nessa história... Adailton já estava com uma aparência melhor e estava fortalecido por ter tido alguém para confidenciar os seus segredos. Será que a confiança oferecida e aceita evidenciava uma índole que buscava algo mais? Chega. O que importava de verdade era o fato de que ele, Ivaldo, viera morar no seio de uma família, numa casa colonial. Ainda melhor: o chefe da família estava disposto a ser seu amigo e a revelar os mistérios daquela casa. No berço da casa, no salão escuro, estava Alaiza. E, misteriosamente afastada, estava Ana. Mais ainda: a fala de Adailton indicava que os três hóspedes internos, especialmente Vanessa Bernucci, prometiam algo diferente.

Foi então que uma mulher, carregada de cadernos escolares, passou pela lateral da casa e apareceu na frente do terraço. Jogou uma bola pelas grades.

– Obrigada – disse ela a Adailton. – Ontem, no *playground* da escola, jogamos vôlei. A meninada adorou.

Adailton acenou, apanhou a bola e olhou a mulher que se distanciava. Disse a Ivaldo:

– Vanessa Bernucci.

– Quem não gostaria de jogar vôlei com ela? – falou Ivaldo.

Os dois sorriram, e Adailton saiu da casa rumo ao trabalho.

3. Os internos

Após alguns dias, a profecia de Adailton se concretizou. Uma noite, quando o caminho estava livre – Dona Perla saíra para fazer feira –, Adailton apresentou os hóspedes internos: Vanessa Bernucci, professora de primeiro grau, Washington, dentista cansado pelo excesso de odontologia, e Pedro Ferreira, repórter alcoólatra, que saía do banho se enxugando. Vanessa foi cordial. Disse a Ivaldo:

– Quer se juntar à gangue dos inquilinos internos e experimentar um vinho novo que acabei de descobrir?

– Legal. De onde veio essa nova descoberta?

– Do supermercado!

Os quatro foram para o quarto de Vanessa, que empunhou um par de garrafas. Pedro pegou o abridor e tirou a rolha. Vanessa, colocando vinho nos copos, acolheu Ivaldo:

– Seja bem-vindo a esta casa singular onde nós três resolvemos viver.

– A casa me fascina, embora me deixe perplexo.

– Aos poucos você vai descobrir como ela é. Numa situação incomum, o segredo é ficar de olhos e de ouvidos abertos. Quer nossa ajuda?

— Sim, quero... Vamos começar por Dona Perla. Que tipo de pessoa ela é?

— Aparentemente direta e controlada — disse Pedro Ferreira.

— Atrás da aparência tem alguém que sabe o que quer — acrescentou Washington.

— Alguém que sabe, e muito bem, agir — qualificou Vanessa.

— E Adailton Chaves, qual é a "chave" dele?

— Sobrevivência — informou Pedro. — Os anos passam e ele ainda mora aqui com a gente.

— E Alaiza?

— Parece um bicho da floresta preso no cativeiro — comentou Washington.

— E a empregada, a Margarida?

— Margarida é uma *lady* decadente — informou Vanessa. — Me faz lembrar de uma personagem de filme antigo.

— E a avó Chaves? Só a vi à distância. Percebi algo de curioso em seu rosto.

— Conta-se que a velha tem um parafuso solto — observou Pedro.

— Por aqui, coisas inesperadas acontecem — resumiu Vanessa.

— Mas, então, o que vocês me aconselham?

— Aproveite — orientou Vanessa. — Vivendo aqui com a gente, você vai ter uma experiência insólita. A casa é como um palco de teatro. As pessoas que nela moram são atores. Gosta de drama, Ivaldo?

– Gosto.

– Então, você nem precisa ir ao teatro – acrescentou Washington. – O drama se desenrola de graça por aqui.

– E vocês, como é que vieram parar aqui e por que ficaram?

Washington foi o primeiro a responder. Explicou que, em seu caso, a razão fora a odontologia. Adailton Chaves tinha abscessos nas raízes de todos os seus dentes. Washington drenara o pus, fizera a cirurgia, colocara coroas... Durante o tratamento, descobriu que o problema de Adailton era outro: ele só precisava de um amigo e de uma boa conversa de vez em quando. Em suma, achou intrigante a personalidade da casa e foi ficando. Em seguida, Ivaldo direcionou sua curiosidade a Pedro Ferreira, que explicou como o esquisito tom da casa o cativou. Nunca tinha encontrado nada igual. Além disso, o insólito combinava bem com sua índole. Agora qualquer outro ambiente seria insípido para ele. Por fim, Ivaldo endereçou um olhar interrogativo a Vanessa, que se disse atraída pela singularidade que encontrara ali. Desde o instante em que chegou, sentia-se bem, em casa mesmo, e ficou.

– E você, Ivaldo, o que o trouxe aqui, nesse recinto?
– avançou Vanessa.

— Encontrei a casa por acaso. O táxi em que eu estava quebrou e, como já estava tarde, tive que procurar um lugar pra ficar. O rapaz da banca ali da rua me indicou a casa... Ele até me falou que eu devia "me proteger" da dona da casa. Na hora não entendi, mas acho que agora a ficha caiu...

— E como veio parar em Recife? – perguntaram os três.

— Recentemente, descobri que meu desejo era deixar São Paulo. Inspirado pelo conselho de meu *pundit* veio um sonho: cabia a mim me tornar nordestino.

— Feito um de nós – comentou Washington, rindo.

— Um maltrapilho – acrescentou Pedro Ferreira.

— Uma ambição nada comum – qualificou Vanessa.

— Gostei.

— E aí, Ivaldo, o que está achando da casa? – perguntou Washington.

— Estou intrigado com aqueles objetos na prateleira... Suspeito que o binóculo, o sino e o livro sacro têm uma história a contar.

— Acha que algo nebuloso está por trás dos três ícones que nos vigiam? – quis saber Vanessa.

— Algo assim. Exatamente o quê ainda não ouso arriscar...

A conversa deixou Ivaldo se sentindo bem acolhido. Como seria possível ser aceito nesse grupo de pessoas singulares? E comentou:

– Alaiza chamou a minha atenção também.

– Você não é o primeiro – observou Pedro.

– Por que os outros desistiram e sumiram? – perguntou Ivaldo, dando vazão à sua perplexidade.

Foi Washington que surgiu com a resposta:

– A natureza da casa e o tipo de inquilino, nós mesmos, que tinha escolhido morar nela.

Nessa altura, Vanessa refez o clima acolhedor da ocasião.

– Que bom que você veio morar conosco, Ivaldo. Fique com a gente. Tem mais alguma coisa que você gostaria de saber?

– Sim. Tem mais vinhos pra experimentar?

– No supermercado tem um monte – assegurou Vanessa, sorrindo.

Foi então que se ouviu o barulho de uma porta sendo aberta. A chefe da casa tinha voltado, e o grupo se dispersou. Mas Ivaldo sentia a presença de seus novos companheiros. Evidentemente, cada um tinha segredos a serem descobertos. Cabia a ele conhecer o pessoal e descobrir como é que o grupo se mantinha unido. Parecia que cada membro tinha seu elo particular com a casa. E o curioso era que os três gostavam de morar nessa residência incomum.

4. Alaiza

"Alaiza era delicada, bem parecida com o pai", deduziu Ivaldo. Era atraente, sim, mas de uma maneira fúnebre. Era magra, até descarnada. Com boa alimentação, carinho e, sobretudo, afastada daquele sofá, certamente não teria aquela aparência frágil. Na verdade, Alaiza tinha o aspecto de um bichinho encarcerado que ficava privado de seus instintos. Alaiza estava sendo domada à força. E era a força que descrevia o regime sob o qual a gente daquela casa morava. O jeito do pai e da filha, das outras pessoas também, era um reflexo da autoridade que ali reinava. "Como é que, anos atrás, Adailton tinha se casado com a jovem Perla?", interrogou-se Ivaldo. Será que a moça chegara à velha residência da família carregando roupas lavadas numa trouxa sobre a cabeça?

E o cotidiano de Alaiza? Às vezes ela se dedicava ao trabalho braçal no terraço, com vassoura e esfregão, dando uma ajuda a Margarida. Seu físico, apesar da fragilidade que aparentava, mostrava-se saudável quando trabalhava. Visto da rua, tudo parecia normal. Ninguém, observando do lado de fora, poderia imaginar que Alaiza, no ápice da juventude, passasse grande parte do dia em um salão escuro na companhia da avó de quem, diziam, faltava um parafuso. À noite, as três – a velha criada, a avó e Alaiza – deitavam-se nos sofás do amplo salão, ainda vestidas com a roupa do dia.

Apesar da clausura, às vezes surgia a oportunidade para algumas conversas furtivas quando, rumo ao banheiro ou à cozinha, Ivaldo atravessava o salão. Na primeira vez, fora Alaiza quem tomara a iniciativa; pedira desculpas a Ivaldo pelo fato de Dona Perla não os ter apresentado. Disse que era uma omissão por parte de sua mãe. Prosseguiu:

– Prazer, Alaiza.

– Ivaldo, o prazer é meu.

– Eu sei que você é Ivaldo Cabral – Alaiza sorriu. – Todo mundo sabe que você é engenheiro civil e está construindo um *shopping center* modernérrimo aqui no Recife.

– E eu sei que você sabe tudo isso. Seu pai me informou que não existem segredos por aqui.

– Aos poucos você vai se habituar às peculiaridades da casa.

A voz de Alaiza exibia uma força surpreendente, uma qualidade inesperada, vinda de uma garota que passava grande parte do dia estirada languidamente num sofá, escondida num aposento quase sem luz, ouvindo música pop. Porém, quando estimulada, Alaiza saía do torpor sonolento que a envolvia. Nessas ocasiões, apesar da indolência, algo vivo irradiava de dentro dela.

Aquela centelha, inteirinha e preciosa, iluminava seu rosto, embelezando-o. Quando questionada, Alaiza respondia às perguntas de modo aberto, sorridente. Interessada, engajada, sua fala tornava-se vibrante e sem rodeios. Fora assim sua reação calorosa a uma observação de Ivaldo, quando ele disse que o candelabro era belo e que ele poderia olhá-lo, olhá-lo, olhá-lo...

– É exatamente o que eu também faço!!!

– Contando os losangos do cristal?

– Cada detalhe... não me canso de fazer isso.

A maneira de Alaiza falar era especial. O que ela dizia tinha uma embalagem insólita, surpreendia. A conversa, bem começada, era convidativa e poderia continuar nesse tom brincalhão, mas mudou de rumo quando Ivaldo fez menção de se sentar numa cadeira ali perto. Alarmada, Alaiza o advertiu:

– Não se sente nessa cadeira.

– Por que não?

– Ela está caindo aos pedaços. Parece firme, mas não é. A madeira é forte, sim. Mas a cadeira ficou bamba depois que papai se enfureceu e a atirou longe uma noite. Por favor, me ouça.

– É difícil imaginar seu pai enfurecido. É tão calmo, tão sereno.

– Naquela noite ele não foi nada sereno.

Alaiza contou como seu pai tinha ficado louco de raiva por causa de outro projeto de sua mãe que terminara em fracasso. Aparentemente, Dona Perla se imaginava uma empresária, lucrando bastante com a compra de esculturas de madeira nobre no interior e revendendo as obras de arte a um preço mais alto na capital. De fato, conseguiu comprá-las com facilidade, mas foi impossível vendê-las depois. Mais uma vez, graças às suas loucuras, a família estava na pior.

– Papai ficou louco de preocupação – prosseguiu Alaiza. – Ele ganha uma ninharia. Houve uma briga danada. Pra descarregar sua ira, papai se lançou sobre essa cadeira e, a socos e pontapés, atirou-a contra a parede. Ela caiu aos pedaços. Foi remontada, mas hoje é apenas peça de decoração. Não serve pra nada. Depois daquela noite, papai se tornou evangélico.

Era verdade. Aos domingos, Ivaldo observava a família Chaves indo à igreja. Nessas ocasiões, graças a uma aparente religiosidade, Alaiza saía de casa de sandálias, saia preta e blusa creme. Mas sua expressão era de quem queria mais do que aquela espiritualidade dominical. Ao regressar, ela voltava para o sofá, mas pelo menos durante uma parte do domingo tinha fugido da clausura, o que a motivava a suportar o restante da semana. Seu jeito, concluiu Ivaldo, a retratava: Alaiza queria falar, queria escapar, queria ser amada.

Em outra conversa às escondidas, Alaiza foi além e perguntou a Ivaldo se ele gostava de coisas bonitas. E antes de ouvir a resposta, acrescentou que isso era evidente, e que ela podia perceber pela maneira como ele tocava e olhava as preciosidades da casa. Ivaldo confirmou a impressão dela e observou que naquele salão havia muitas coisas belas: o relógio em cima da lareira, a mesa rústica feita de madeira maciça, a porcelana numa prateleira, objetos de prata atrás do vidro da cristaleira, aquelas cadeiras esculpidas... Por fim, arriscou uma declaração:

– E você, Alaiza, que se encaixa perfeitamente entre essas obras de arte.

– Eu?! Ah, pare...

– É verdade! Especialmente quando fala, você tem personalidade. E este salão é o cenário perfeito para seu encanto. Sinto-me privilegiado de estar aqui com você.

– Detesto este lugar. Gostaria de fugir daqui, como fez minha irmã, Ana.

– Como assim? Do que você está falando?

– Ana escapou e se tornou garota de programa.

– Nossa! Sério?

– É verdade. Ana trabalha naqueles lugarzinhos no porto: *Ship's Chandlers*, *Scotch bar*... Papai mantém contato, em segredo. Se mamãe descobre, imagine o inferno! Como naquela noite quando papai deixou aberta a porta do terraço pra Ana fugir... Nossa, que briga! Coitado do meu pai. Ficou tão magoado. As sequelas estão aí até hoje.

Alaiza pegou a reprodução do quadro *Cristo dividindo o pão*, que estava na parede. Girou-o, revelando a parte de trás e disse:

– Minha irmã, Ana.

Ivaldo olhou a foto e comentou:

– É a cara de Dona Perla. É muito diferente de você. Aliás, você é a cara do seu pai.

– Somos parecidos, sim, e nos amamos muito também.

Alaiza mostrou o segundo quadro que estava na parede, *Cristo transformando água em vinho*, revelando a foto que estava colada atrás e confidenciou:

– O noivado de meus pais.

– Casal impressionante – murmurou Ivaldo, comovido.

Alaiza virou o terceiro quadro, *O beijo de Judas*, e iluminou a foto que estava colada atrás dele: Adailton Chaves e a pequena Ana em cima dos seus ombros, brincando à beira d'água.

– Bonito – disse Ivaldo, balançando a cabeça, aproximando-se para ver a foto de perto.

Alaiza virou o quarto quadro, *A anunciação*, e o iluminou com um *spot*, mostrando Adailton Chaves e Ana, grudados, montado em um cavalo. Alaiza desligou o *spot* e contou como seu pai pretendera montar uma pequena pinacoteca de reproduções de quadros sacros ali no salão. Infelizmente, só havia os quatro quadros. O dinheiro secara graças às extravagâncias da mãe. Ainda chocado com a revelação, Ivaldo mal conseguiu murmurar:

— Sua irmã, Ana, tomou outro rumo.

— Minha irmãzinha...

— Alaiza, quantos anos você tem?

— Vinte e dois.

O corpo era de mulher, a mente rápida, madura. Mas Alaiza vivia como uma criancinha, vigiada dia e noite. Aparentemente, Alaiza só saía para ir à igreja ou para cumprir os deveres impostos por Dona Perla. Até que um dia Ivaldo se deparou com Alaiza na rua, carregando livros. Ela notou a surpresa no rosto dele e comentou:

— O que foi?

— Nada... Bom, na verdade, não sabia que você estudava...

— Não precisa ficar espantado. Posso sair de casa duas tardes por semana para ir à escola. Estou no início do ensino médio.

— Nunca a vi estudando em casa.

— Claro que não, tolinho. Não estudo.

Ivaldo ainda não sabia como, mas o salão refletia a família e retratava Alaiza. Pretendia sondar mais e confessou que a casa toda ainda era um mistério que o deixava intrigado. Ivaldo disse que gostaria de fazer um retrato da casa. Antes, aconselhou Alaiza, seria melhor conversar com a avó e a criada a fim de descobrir mais detalhes sobre a casa. De certo, as duas velhas esclareceriam algo. Afinal, as duas refletiam o tom do ambiente.

– Conheça-as e vai conhecer a casa – concluiu Alaiza.

– Então, por favor, Alaiza, fale com elas, prepare o terreno para mim.

– Pode deixar, vou falar! – prometeu Alaiza.

5. As duas velhas

A rotina conduzia as duas velhas, a criada Margarida e a avó Chaves, que eram companheiras inseparáveis: as duas até dormiam lado a lado, nos sofás do salão interno. De madrugada, ao ouvir Adailton se movimentando, a criada levantava, dobrava os lençóis e os guardava numa gaveta. Enquanto isso, a avó Chaves continuava a dormir no meio da catinga de carne velha e suor. "Ambas, pela fala e pelo estilo, eram de boas famílias, o que explicava suas maneiras gentis", deduziu Ivaldo. Pelo menos, as duas tinham um abrigo. Uma ganhava seu pão trabalhando, mas a outra não fazia nada. A criada tomava conta daquela mulher demente e estranha. Assim, uma velha zelava pela outra, na hora de levantar, de fazer xixi no penico, das refeições e do banho.

A velha serviçal usava roupa de saco marrom e preta e um xale preto, puxado em torno da cabeça, como o de uma camponesa. Depois de servir o café da manhã para Adailton no terraço, ela preparava papa de leite e pão para a avó Chaves e a servia numa tigela. Em seguida, colocava o café da manhã de Dona Perla numa bandeja bem arrumada. Então, começava a faxina, supervisionada pela matrona, que costumava levantar tarde. Dona Perla aparecia vestida naquele robe encardido de cordão na cintura. Dava ordens a Margarida, que tinha de dar conta da sujeira e da desordem, carregando água, lavando pratos, esfregando o chão, limpando o banheiro, passando pano, enxugando. Era na cozinha que a batalha contra a bagunça se tornava mais clara e invencível. E era precisamente ali que a presença de Dona Perla dominava. A patroa passava o que restava da manhã acossando a criada magra e curvada. E a rotina de Margarida continuava assim até o cair da noite, quando ela tomava seu lugar atrás da família para assistir à televisão no terraço. Às vezes, as palmas ou os gritos de Dona Perla interrompiam o único lazer da criada para dar conta de um desejo ou atender a um capricho qualquer. Mesmo assim ainda havia nela tempo e vontade de sobra. Uma noite, a criada disse a Ivaldo que preparara um prato de verduras e carnes frias para ele experimentar. Agradecido, Ivaldo perguntou:

– Você não vai me acompanhar?

– Não, obrigada. Se tiver sobras, como-as mais tarde.

– Que sobras, que nada. Vou deixar a metade pra você. Está uma delícia. De onde vieram as especiarias?

– Fique quieto. Dona Perla se esqueceu de fechar a copa. Às vezes, em momentos de preocupação, ela é descuidada.

— Seu português é refinado.
— Meu pai era professor em Coimbra. Eu era pequenina quando a família emigrou. Vivíamos em tempos ruins.
— Você é bem paga pelo trabalho que faz aqui?
— Eu não sou paga por isso.
— Sério?! Nem um salário mínimo?
— Nadinha. Recebo casa, comida e banho. Estou grata. Veja bem, não tenho nada na vida. Preciso desse abrigo.
— Como todos nós. A propósito, estou montando uma colagem que reúne todos nós, os internos, num quadro.
— Que ótimo! Mas tome cuidado, se Dona Perla descobrir, ela não vai gostar nem um pouco. Intuo que algo vai acontecer e que ajudará você a compor esse retrato.
— Tomara, e algo que una nós cinco: avó Chaves, Alaiza, Adailton, você e eu.

Como Margarida tinha profetizado, ocorreu algo que trouxe uma definição ao cotidiano. Ivaldo estava com Adailton no terraço, sob a aurora, no ritual matinal de sempre, quando um pássaro caiu com uma pancada surda no chão. Os dois foram inspecionar a ave morta. Em seguida, Adailton pegou o binóculo e examinou as árvores e as janelas ao redor. Olhou atentamente para a janela de uma casa no outro lado da rua e sugeriu que o pássaro morto podia ser um sinal.

"Sinal de quê?", Adaílton perguntou-se a si mesmo. Mas disse apenas:

– É bom deixar a ave aí mesmo pra que os outros a vejam.

À noite, em segredo, Margarida relatou a Ivaldo o que aconteceu quando Dona Perla viu a ave morta: zangou-se e, nervosa, bateu palmas para chamá-la. Margarida aproximou-se e perguntou o que Dona Perla queria. Evidentemente amedrontada, a patroa mandou a criada queimar aquele bicho nojento. Obediente, Margarida ensacou o pássaro morto e o colocou em cima de uma fogueira no quintal.

Porém, foi a segunda velha, a avó Chaves, que tirou o máximo proveito do incidente. A queda do pássaro pareceu acordar nela um interesse adormecido e uma coerência de ideias que se supunha perdida. Ela perguntou a Ivaldo:

– É verdade, como Dona Perla nos informou, que você possui poderes estranhos e que toca tambor pra fazer mágica?

– Mas que absurdo! Sou engenheiro civil, não xamã.

– Dona Perla diz que a casa ficou infestada de formigas, baratas, pulgas e todo tipo de bichinho desde que você veio morar aqui conosco.

Foi então que Ivaldo percebeu que a avó queria puxar conversa e adivinhou que o chá era uma fraqueza da velha e disse que, se ela quisesse, ele prepararia uma xícara num instante. A avó Chaves aceitou, e Ivaldo foi para a cozinha. Quando voltou, os dois se instalaram no terraço. Ivaldo contou que estava procurando informações para seu caderno arquitetônico e perguntou:

– Então, você conhece bem a velha Recife?

– Conheço. Fui criada nestas bandas.

– Quais são os nomes das árvores antigas que estão plantadas aqui na rua?

– Oiteiros, jambeiros, flamboyants, mangueiras, castanhas, ipês. São curvadas e sulcadas, como um serviçal dos tempos antigos.

– E você sabe quais são os pássaros que fazem seus ninhos nessas árvores?

– Beija-flor, bem-te-vi, pintassilgos, andorinhas. Cantam divinamente, não é?

– Cantam. Mas, e seu nome, qual é?

– Antônia.

Ivaldo confidenciou o quanto gostaria de conhecer os lugares pouco visitados de Recife. Cada um traria de volta um pedacinho da história da cidade. Foi nesse momento que avó Chaves mostrou seu livrinho de colorir. Disse que o livro o ajudaria na pesquisa arquitetônica: nele havia retratos de prédios antigos. Ivaldo o folheou e disse que pediria à sua empresa, em São Paulo, que lhe enviasse umas canetas coloridas especiais.

– Aceita o presente, Antônia?
– Nossa, claro! Vou adorar!
Agora a avó Chaves estava com a aparência alegre, porém logo em seguida ficou angustiada. Ivaldo notou o desconforto e perguntou:
– O que é que há?
– Dona Perla diz que me falta um parafuso. Você acha isso também?
– Claro que não! Quando a gente conversa, a senhora é um modelo de lucidez. Seria bom dar uma fugida. Um dia, vamos passear pela velha Recife pra ver o que resta da arquitetura colonial.
A ideia animou a avó Chaves. Os dois terminaram o chá, sentados no terraço, contemplando o pôr do sol. Era apenas uma pausa. Porém, a repercussão da ave morta continuava a reverberar pela casa. Foi Alaiza que informou a Ivaldo que sua mãe o culpava pelo acontecido e repetia o boato que Dona Perla fez circular: "Um belo dia ele chega e, logo depois, apareceram as plumas e, em seguida, o cadáver de uma ave."
– Mamãe disse que uma maldição paira em cima desta casa desde que você veio viver conosco.
– Mas quanta bobagem! Nesta época do ano, formigas, baratas e outras pragas estão procriando e saem à procura de comida. E nesta casa resto de alimentos é o que não falta.

– Mas mamãe diz que sua chegada pressagia algo ruim pra nós e que, quando você cruzou esta porta, foi um dia maldito.

– Não gosto desse papo sujo pelas minhas costas. Vou falar com Dona Perla já.

Contudo, quando Ivaldo abordou o assunto, Dona Perla não quis discutir nada a respeito e deu um ultimato:

– Se não gosta da casa, sabe o que fazer.

– Gosto da casa. Só estou sugerindo que mandemos limpá-la e desinfetá-la.

Avexada, Dona Perla voltou-lhe as costas, como costumava fazer quando algo a aborrecia. De fato, ela estava aproveitando ao máximo o acontecimento dos bichinhos indesejados em casa.

O próximo incidente teve a ver com o baú de Margarida. Ao ouvir gritos irados vindos do salão interno, Ivaldo foi investigar o que estava acontecendo. Viu as roupas de Margarida, tiradas de um baú, espalhadas no chão. A patroa gritava, e Margarida estava chorando, com as costas curvadas, os braços escondendo seu rosto. Vanessa veio do seu quarto, pareceu assustar-se e saiu de casa às pressas. Washington apareceu, olhou com espanto a cena e voltou para o seu quarto. Com um gesto de resignação, Pedro Ferreira também se refugiou em seu aposento.

"Que tristeza!", refletiu Ivaldo, ao ver seus companheiros sumirem. As roupas de Margarida estavam cheias de traças. Os famintos bichinhos tropicais estavam devorando o tecido. A estufa fervia como se desse seu último espasmo. Dona Perla, apertando o nariz, convocou os inquilinos do lado de fora para queimar os destroços das roupas de Margarida. Fizeram uma fogueira no quintal. Logo, a fumaça formou grandes colunas. As chamas vieram, lambendo renda, veludo, cretone, brocado, musselina. Em um instante, envolveram o baú. Ivaldo olhou para Margarida, que se encontrava em estado de choque. Ela emitia uns murmúrios ininteligíveis. Em seguida, em meio a soluços, declarou que aquilo era tudo o que possuía no mundo e que agora não tinha mais nada. Segurando seu braço, Ivaldo a conduziu para o salão, onde Margarida caiu num dos sofás, chorando. Aos prantos, disse:

– Como é que uma coisa dessas pôde acontecer comigo?

Ivaldo se abaixou à sua frente e lhe disse que encomendaria um baú novo no fim do mês, quando recebesse o salário, e que, juntos, começariam a repor seu tesouro, com tecido moderno à prova de traças e que colocariam naftalina para repelir os insetos. O plano para o futuro foi interrompido: a voz de Dona Perla foi ouvida, penetrando pelas venezianas, portas pesadas e até mesmo pelas paredes:

– Desde que aquele engenheiro civil veio morar aqui, estamos infectados por pragas.

Margarida teve um sobressalto:

— Ivaldo, pelo amor de Deus, saia desta casa maluca enquanto é tempo.

— E deixar vocês todos pra trás? De jeito nenhum, eu vou ficar! Não posso abandoná-los.

— Pelo menos, Ivaldo, você tem a amizade de Adailton Chaves.

— Graças a Deus. — Ivaldo segurou o braço de Margarida e a conduziu até o terraço, onde havia uma cadeira de palha. Depois, trouxe chá. Sentaram-se juntos, tomando chá, enquanto a brisa da noitinha vinda do estuário fazia as folhas das árvores balançar nos galhos.

— E a nós duas velhinhas, eu e avó Chaves, como é que você está nos vendo, Ivaldo?

— Como um farol que mostra o rumo ao navio o tempo todo.

6. Reflexões e ressonâncias

I. Os dois quartos

Será que depois de dois meses era possível discernir os rituais que situavam os moradores nas rotinas de casa? Deve haver uma história que explique. À primeira vista, olhando da rua, no dia em que chegou, Ivaldo esperara encontrar uma família requintada, morando naquele rincão de fina arquitetura. Nada disso. A casa era alugada, e os quartos, sublocados. Os aluguéis não resolviam a situação financeira precária da família. Adailton não tentava mais ocultar a verdade.

– Somos pobres como ratos de igreja.

A amizade progrediu com tal confissão. Adailton achava que mostrar seus respectivos quartos um ao outro era a melhor maneira de fortalecer o elo entre os dois. Essa incursão tornou-se possível numa manhã de sábado, quando Dona Perla saíra para fazer a feira, deixando a porta do quarto da família destrancada por descuido. Primeiro, foram para o quarto de Ivaldo. Os dois atravessaram o batente da porta. Adailton suspirou ao ver os cinco quadros pendurados nas paredes.

– Que lindos! – exclamou. – Fale-me sobre cada um deles, por favor.

Ivaldo apontou para o Parthenon, um templo dórico construído em 447-432 a.C. na Acrópole, uma colina em Atenas. Disse que o edifício representava o ponto alto da arquitetura clássica e tinha um aspecto divino.

– Hoje em dia vemos influências desse estilo ao nosso redor, aqui em Recife – comentou Adailton.

A arquitetura era assim mesmo, concordou Ivaldo. Preservava detalhes preciosos do passado, como ficava aparente no segundo quadro, o *Pantheon*, uma construção romana concluída em 125 d.C. A arquitetura preservava a história, e isso se notava nas origens hindus do prédio, que estavam presentes, embora distantes. No hinduísmo, as pessoas importantes eram sepultadas num edifício parecido com o *Pantheon*. Bastava dar uma olhada para ver o mesmo arco romano e a mesma cúpula redonda.

– E aqui, o que seria? É um Deus terrestre? – arriscou dizer Adailton.

– Sim, a cúpula abre caminhos surpreendentes – acrescentou Ivaldo, apontado para o terceiro retrato, do majestoso Taj Mahal. Foi o imperador mongol Shah Jahan que mandou construí-lo em Agra, perto de Delhi, em memória de sua esposa favorita, Mumtaz Mahal. O edifício ficou pronto em 1652, e é interessante como o sol e o vento entram delicadamente no mausoléu por meio de brechas discretas nas telas feitas de mármore.

— Que mistura de raças, religiões e natureza! — observou Adailton.

Em seguida, Ivaldo disse que admirava muito os fragmentos históricos que se reuniam no quarto retrato, da catedral gótica de Chartres, construída entre 1194 e 1240. Destacou a beleza singular das janelas de vidro colorido e das esculturas de pedra. O estilo gótico era centrado em um impulso vertical e arrojado.

— E o quinto quadro? Que surpresas revela? — quis saber Adailton.

— O que vemos na parede — revelou Ivaldo — é uma reconstrução que eu mesmo estou fazendo do Templo de Salomão em Jerusalém, que foi destruído em 586 a.C. Não restou nada do original, o que me deixa totalmente livre. É uma colagem composta por fragmentos arquitetônicos tirados de sinagogas na Rússia e na Índia e da sinagoga mais velha da América Latina, que fica aqui em Recife.

— A Ana é que iria gostar de ver isso. Parabéns, Ivaldo, você vai longe. Aqui em seu quarto vemos sua paixão nas paredes. E quanto ao futuro?

— Um dia pretendo viajar pra Roma, Atenas, Índia e todo o Oriente Médio. Já estou poupando dinheiro. Agora, vamos dar uma olhada no quarto da sua família.

Os dois concordaram, saíram de um quarto e entraram no outro. Adailton fez um gesto hospitaleiro e apontou para as caixas e para os pacotes que escalavam as paredes até o teto e explicou que as bugigangas eram sobras das loucuras de Dona Perla. Viam-se porcelanas, bijuterias, cerâmicas indígenas, esculturas africanas, achados interioranos que a tinham fascinado. Passado o entusiasmo, viraram entulho. Resumindo, seus projetos grandiosos terminaram empilhados ali. Isso explicava as dívidas e o estado daquele quarto, recheado de sucata, em que a família morava esmagada, como numa lata de sardinhas.

A novidade daquela "excursão" estava implantada no rosto de Adailton. Ele confessou:

– Nunca tinha convidado ninguém pra ver nosso quarto.

– Eu me sinto lisonjeado. Dois quartos, ambos com coisas singulares a dizer.

– Acho que agora é o momento de eu saciar minha curiosidade. Dá pra me dizer o que o trouxe a morar aqui no nordeste, Ivaldo?

– Nada demais. Apenas quis dar fim ao vazio de minha vida lá em São Paulo. Eu tinha de deixar o fracasso pra trás e abraçar o novo. Consultei meu guru. Escolhi me mudar pra Pernambuco. Uma vez aqui, o jeito era refletir e, se precisasse, até arriscar o improvável. Enfim, sobreviver com dignidade intacta.

– E conseguiu. Parabéns. Olhe aí Ivaldo, você realmente achou um novo caminho!

– Pois é, parece que sim.

Foi então que, de súbito, os dois se empertigaram ao ouvir o portão principal da casa se abrindo. O rangido foi seguido por passos pesados no salão interno e por um barulho de chaves. A matrona voltara inesperadamente. Avançou e parou. Emoldurada pela porta perguntou:

– O que é que vocês dois estão fazendo aqui, na privacidade do meu lar?

– Ivaldo demonstrou interesse pela lareira neoclássica, pela cornija, a arquitrave, a moldura circular no meio do teto – explicou Adailton. – Por isso, trouxe-o para ver as preciosidades do aposento. Restam poucos quartos requintados feito este no Recife.

– É um privilégio olhar boa arquitetura de perto – reforçou Ivaldo, dando respaldo a Adailton.

Feita essa troca de gracejos, os dois saíram, como um par de garotos pegos fazendo uma travessura. Sorriram um para o outro. A amizade se consolidou ainda mais. Ivaldo e Adailton ouviram um chacoalhar de chaves na fechadura do quarto, o que levou Ivaldo a constatar que esse encontro era a confirmação de que Adailton não tinha condições de dar nem uma ajuda prática a ninguém. Porém, poderia oferecer o exemplo de ser um sobrevivente, junto com a sabedoria que acompanhava a sobrevivência.

II. Autoridade

Logo tornou-se claro que a casa refletia Dona Perla. Nela reinava uma atmosfera de incerteza. Outra anomalia residia no fato de que a casa não era um abrigo seguro. A qualquer momento poderia se transformar em uma bomba. Organização, ordem, comportamento correto, nem pensar. Recentemente, Alaiza mostrara a Ivaldo que uma incorreção ocorrera outra noite, quando Dona Perla estava com raiva dele, porque ele tinha voltado de madrugada, mostrando indiferença pela matrona. Se alguém demonstrava indiferença, ela se zangava. Alaiza comentou:

– E você não deu bola. Isso provoca. Sempre se corre o risco de minha mãe ficar nervosa, ansiosa e depois detonar a sua ira. Cuidado. Por trás dessas irregularidades mora o imprevisível.

– Mas o que irá acontecer se eu continuar sendo leal a mim mesmo?

– No fim do mês, depois de ter pagado o aluguel, a chefona botará você no olho da rua. – Alaiza teve uma ideia. – Se sincronizarmos a hora, podemos nos encontrar às escondidas na rua, depois da escola. O que você acha?

– Perfeito!

Alaiza entendia perfeitamente a natureza volátil do ambiente da casa. Sua apreensão se manifestava em seu tom, na sua índole. O estado das coisas foi reve-

lado a Ivaldo por completo quando ocorreu uma briga entre Alaiza e sua mãe. Dona Perla achara que a moça demorara demais para comprar comprimidos na farmácia da esquina da avenida Conde da Boa Vista com a Rua do Hospício. De seu quarto, porta aberta, Ivaldo escutou Dona Perla ralhando com a filha:
– Você é uma vagabunda. Expondo-se nas esquinas de novo.
– Não é o que você está pensando, mamãe! Demorei porque fui ao centro da cidade procurar emprego numa loja ou num escritório. Só isso. Estou cansada de não ter nem um tostão.
– Ninguém por aqui tem bufunfa.
– Por isso mesmo! Acredite em mim, mamãe, estou falando a verdade.
– Depois da última desgraça, como posso acreditar em você? Está no mesmo caminho daquela vadia, sua irmã, aquela cachorra, a Ana.
Ivaldo arrepiou-se. Mesmo assim, apesar do perigo, conscientes da ameaça, ele e Alaiza se encontraram na rua, depois da escola. Alaiza admitiu:
– Eu morreria se a gente não pudesse mais se encontrar. A propósito, ser leal a si mesmo, o que você quis dizer? Foi isso que o trouxe aqui pra Pernambuco?
– Foi... devia isso a mim mesmo.
– Como assim?

– Com o fim da faculdade, eu precisava repensar a vida, analisar as alternativas, as quais conduziam a um futuro para ser eu mesmo.

– Entendi. Que desafio incomum. Gostei.

Era só um encontro clandestino em uma rua escura, mas para Alaiza já era um prazer enorme ter alguém de fora para quem ela pudesse se revelar. Era um milagre terem tantos assuntos em comum. Alaiza brincou:

– Sabe, Ivaldo, descobrir o fato de você ser um arquiteto frustrado me fascinou.

– Então, a arquitetura lhe fascina?

– A arquitetura não, a frustração, sim!

O encontro apontava para uma possibilidade de aproximação entre duas pessoas insólitas. Nos dias que se seguiram, o rosto de Alaiza floresceu. Mas ela continuava nervosa e, numa outra conversa arrebatada no salão interno, implorou por cautela. Na advertência dela Ivaldo enxergou uma mistura de felicidade e apreensão.

– Se exagerarmos, minha mãe vai nos flagrar. É melhor não desafiar o destino, né? Sou supersticiosa. Algo vai acontecer por bem ou por mal. A casa é desse jeito.

"Será que os eventos confirmariam o que Alaiza previa?", questionou-se Ivaldo.

III. Desobediência

A curiosidade estava no ar: Adailton, Margarida e a avó Chaves ofereciam um desembaraço que apontava para outras facetas que compunham o ambiente. Por exemplo, à noite, Margarida costumava deixar o grupo que assistia à televisão no terraço. Ia à cozinha, onde fazia café e preparava petiscos. Nessas ocasiões, deixava a porta da cozinha aberta para que os inquilinos do lado de fora pudessem entrar e tomar o café puro num copo de porcelana e experimentar boa comida. Dona Perla indiretamente permitia aos inquilinos do quintal essa indulgência. Às vezes, parecia que ela deixava a porta de sua amada copa aberta de propósito. Lá dentro havia várias comidas. E, de certa maneira, sentia-se apreciada quando os inquilinos se aproveitaram da sua comida! Além disso, notoriamente suas panelas eram as melhores. Aí na copa estava um recinto que parecia uma caverna da história de Aladim. Lá havia alimentos, louça, talheres, prataria, cristais... Numa ocasião, Dona Perla esqueceu a porta aberta. Foi um descuido por parte dela, mas mesmo assim ela ficou furiosa e advertiu:

– Caso alguém veja a porta da copa aberta novamente, reporte a infração pra mim imediatamente. Fui clara?

A casa em si, sua maneira de funcionar, também sinalizava contradições. Por exemplo, o andamento da cozinha e do banheiro retratava o estilo da casa. O funcionamento de tudo tinha uma história para contar. Os painéis de controle de água e de energia estavam localizados atrás de uma portinha fechada com chave e cadeado: lá se encontravam os interruptores, os fusíveis, os metros, as válvulas e os registros. Dona Perla era a detentora da chave, a controladora do abastecimento de água e eletricidade da casa. Era ela quem decidia quando haveria água nas torneiras, pias, nos vasos e chuveiros e quanto a casa consumiria de luz. Mas nem sempre ela estava em casa, no comando. Vez por outra, viajava para o interior, para visitar uma tia doente, deixando a chave nas mãos dum inquilino por ela selecionado. Corria o boato que ela ia ver uma velha decrépita para pedir dinheiro.

Certa ocasião, Dona Perla viajou para o interior para pegar um dinheirinho e, por um lapso de memória, deixou a portinha aberta. Enquanto a matrona esteve fora, todo mundo aproveitou a água limpa e os aparelhos higienizados, as descargas que funcionavam, a louça enxaguada, as roupas lavadas. Enquanto a paz prevalecia, os hóspedes, internos e externos, se deliciaram com água quente e eletricidade. Naqueles dias o espírito da casa se transfigurou. Houve um clima festivo, de temeridade, de atrevimento.

Ivaldo, entrando no clima de felicidade, convidou os outros três hóspedes internos para se juntarem a ele no seu quarto e experimentar um par de garrafas de vinho compradas no supermercado. Descontraídos, eles aceitaram o convite. O que tinha atiçado a curiosidade de Ivaldo desde sua chegada foram o binóculo, o sino e o livro sacro naquela prateleira do terraço. Aproveitando a ausência de Dona Perla, ele abordou a questão com seus companheiros. Será que os três objetos tinham algum significado?

O binóculo era um bom amigo de Adailton Chaves, deduziu Washington, que o habilitava a trocar gestos com os vizinhos, realizando uma aproximação. Era bom pertencer a um grupinho, acrescentou Pedro. Complicando o assunto, Vanessa sugeriu que, enquanto Adailton estava dentro de sua própria casa, ele, na verdade, queria estar do lado de fora e não ficar como um cativo dentro dela, o que fazia do binóculo um meio de fugir da realidade penosa. O sino, lembrou Pedro, promulgava disciplina e obediência quando tocado, como acontecia em um navio. E o sino era o companheiro íntimo de Dona Perla, disse Vanessa, rindo. E o livro sacro, como qualquer texto sagrado, apontava externamente para o correto e internamente para a dualidade, sugeriu Washington, saboreando a ambiguidade de seu comentário.

– A casa reflete certa curiosidade – disse Vanessa – uma vez que os ocupantes querem ficar e não sair à procura de outro lugar. Mas por quê?

– Este é o lado meio oculto da situação a ser analisada. A proposição dentro/fora – continuou Pedro – engendra a casa onde de fato a gente mora. A moradia, dado o fato de que tem uma personalidade própria, confere personalidade aos seus ocupantes também.

– Em suma, devemos um aspecto de nossa personalidade à casa em que moramos – concluiu Vanessa. – Ela, a casa, nos pertence, e nós pertencemos a ela, fato que nos une e nos deixa em dívida com Dona Perla.

Em seguida, Vanessa perguntou a Ivaldo sobre o posicionamento dele dentro de casa. Ele admitiu que estava sentindo certa inquietação a respeito do futuro de Adailton e Alaiza. Será que pai e filha deveriam sair daquele império? Logicamente presume-se que os dois suplicavam para serem resgatados e arrastados para liberdade que estava lá fora. Se esse fosse o caso, portanto, em princípio, teoricamente, poderia ele, Ivaldo, montar uma operação planejada para salvar os dois. Que desafio, que empreendimento, que ambição!

• • •

Naqueles encontros clandestinos na rua, o corpo de Alaiza almejava ser acariciado. Foi tão bom ver seu rosto iluminado enquanto seu corpo ocultava-se nas sombras. Sua boca ofegava, seus braços não soltavam o corpo de Ivaldo, suas mãos procuravam o que tanto queriam possuir. Durante tais instantes, aquelas mãos estavam livres para se expressar. Naqueles momentos, seu corpo se entregava ao desejo que circulava nele.

Porém, o triunfo era confinado àquele belo, mas fugaz, momento. De fato, Alaiza continuava presa na casa. Cativa, ela não poderia sair e, exultante, proclamar a todos uma paixão. Mesmo esses encontros furtivos cortejavam o perigo. Numa ocasião, Alaiza, apavorada, puxou a orelha de Ivaldo e sussurrou:

– Estamos brincando com a morte.

Entretanto, seria impossível para Ivaldo retroceder agora. Seria um crime deixar Alaiza voltar à abstinência e à frigidez do salão interno. Seria covardia permitir que ela regressasse à onda triste de ser silenciada e derrubada. Seria imperdoável deixar que a frustração continuasse seu trabalho mortífero. Alaiza assemelhava-se a um quadro preso na sua moldura: seus olhos imploravam a ação e a audácia que a libertariam, tirariam-na da moldura e a colocariam em liberdade. Que prêmio: uma mulher dotada com aquelas qualidades requintadas. Então aquela aparência descarnada, que às vezes a deixava parecida a um doente, iria embora para sempre.

• • •

Todos ali falavam muito bem de Alaiza. Não havia moça melhor, afirmou Washington. Havia candidatos que a achavam interessante, advertiu Vanessa. E o que acontecia com eles? questionou Ivaldo. Saíam da casa escorraçados, informou Pedro, colocando mais vinho nos copos. Pedro quis saber se Ivaldo ainda pretendia cortejar a moça. E a pergunta de Pedro ainda insinuava que Ivaldo poderia ser o herói daquela história. E foi ele mesmo, Ivaldo, quem lembrou como nos tempos passados, quando uma donzela estava em perigo, um cavaleiro vinha resgatá-la a cavalo. A hora de empunhar a lança e o sabre já chegava, zombou Vanessa, divertindo-se. Evidentemente, Vanessa e seus três companheiros queriam ver Ivaldo lutando de lança e sabre! Cabia a ele, Ivaldo, no papel de herói, ser o guerreiro e tirar a armadura e o escudo do baú. O sucesso viria, bastava seguir o exemplo de São Jorge e o dragão, encorajou Vanessa. A recompensa seria boa, ironizou Washington. A dama estava aí e traria um dote gordo: um pai, uma avó, uma serviçal velha e uma irmãzinha que trabalhava no cais como garota de programa.

Logo a reunião se dissolveu. Ivaldo ficou olhando as belezas do salão, perguntando-se como se transformar em um herói com espada em punho. E o que aconteceria a um cavalheiro cuja lança fosse forjada em metal mole? E se o seu cavalo ficasse aleijado? E se São Jorge se apavorasse ao ver o dragão de perto? Precisava enfrentar a realidade e refletir sobre o que diria seu guru oriental.

A trégua durou pouco: acabou no dia seguinte, quando Dona Perla voltou. Logo de cara ela percebeu as irregularidades: energia e água consumidas à vontade por todos. Contudo, ninguém confessou o delito.

O silêncio a enfureceu:

– Quem foi que ligou a bomba sem minha autorização? Quem abriu o registro de água sem minha permissão? Se alguém encontrar o painel de controle novamente aberto, deve me informar imediatamente!

Assim, Dona Perla reassumiu o poder que, por três dias, estivera à deriva. De novo, ela podia, por meio do controle de energia, iluminar a casa ou mergulhá-la nas trevas. A qualquer momento, quando ela quisesse, a água podia fluir ou não na cozinha e no banheiro. A casa era desse jeito. Todos que nela moravam tinham de se adaptar. Enfim, era uma arte de viver tipificada por Alaiza: fugir estava num polo; ficar docilmente, no outro.

Como libertar Alaiza das normas que a mantinham cativa? Ela vivia uma ausência de independência. Momentos de liberdade nunca seriam gozados por ela? Tinha condições de descobrir a si mesma e ser acessível às pessoas ao seu redor? Alaiza tinha condições de gozar da gloriosa experiência de um dia ser atrevida e até descuidada? Enfim, a moça teria coragem de tomar uma decisão?

As perguntas deixaram Ivaldo perplexo. Como entender a atmosfera reinante numa casa cuja essência era refletida por Alaiza?

– Só resta procurar o conselho de Adailton e decifrar a imagem da cadeira quebrada – sugeriu Margarida.
– E descobrir o que é meu posicionamento nessa casa – acrescentou Ivaldo.

...

Mais, tarde, com Adailton, Ivaldo lhe pergunta:
– Acha que temos condições de chegarmos a uma conclusão sobre nossa posição nesta casa?
– Creio que sim. Cabe a nós cavarmos a resposta.

IV. Kibbutz

Uma explicação que pessoalmente Adailton achava muito convincente repousava sobre duas facetas do ser humano, que são os seguintes: todos nós precisamos duma família e uma casa, quer dizer um lugar onde morar e alguém com quem temos contato.
– Permita-me ilustrar essa dependência por meio do seguinte exemplo insólito. Não é segredo nenhum que alguns soldados japoneses, após a derrota de seu país na Segunda Guerra Mundial, compelidos a viver sozinhos e sem casa na selva indonesiana, enlouqueciam. Impressionante ver fotos dessas tropas emergindo duma floresta tropical após anos de isolamento.
– Gostei da história. Descreve nosso refúgio, não? – questionou Ivaldo.

– Descreve, sim – respondeu Adailton. – Deixe-me ilustrar a similaridade com outro exemplo. Logo depois do fim da Segunda Guerra Mundial o estado de Israel foi erigido. Incluídos na construção do novo país estavam os coletivos rurais, os chamados *Kibbutz*, que recebiam imigrantes do mundo inteiro à procura de trabalho e cidadania.

– Entendi. E o *kibbutz* os conduzia a uma posição segura e respeitada.

– Exatamente. Coisa boa depois de ter sido um nômade exposto às vicissitudes do mundo.

– E quais são as similaridades entre o *kibbutz* e nosso domicílio? Dá pra explicar melhor, Adailton?

– Dá, sim. Nos turbulentos anos 1960 e 1970, os não conformistas vieram de todos os continentes à procura de espaço no antigo mundo, então aberto ao experimental. Uma nova geração estava viajando, gozando da recente liberdade. Não tinha importância nenhuma se a origem do pessoal era o frio nórdico da Europa ou as estruturas disciplinadas que conduzia ao sucesso norte--americano. Qualquer lugar no mundo proporcionava gente à procura de novidade. Simplesmente chegavam, sem documentação, identidade, referência.

– Acharam uma casa como a nossa pra morar?

– Exatamente! Além disso, que prazer para os europeus nórdicos ao descer do frio dos Alpes encontrar o calor da Itália.

– Não parou aí. Estou certo, Adailton?
– Certíssimo. O caminho espalhou-se adiante.
– E estava destinado a alcançar o berço da civilização. Que encontro! E seus outros achados, Adailton, dá pra compartilhá-los?
– Claro. Outro domicílio cuja localização aos pés do vulcão Vesúvio me fascina. Tem mais: bem pertinho, como guardiões, estão um par de ilhas bonitas, Ischia e Capri. O extraordinário é que Keats, Byron e Shelley simplesmente chegaram ao local e ficaram deleitados. O que me lembra do espaço kafkiano que recebe pessoas sem fazer ofertas, promessas e pedidos. Era minha ambição escrever um conto desse tipo sem compromisso, no molde kafkiano, que retratava um cara que escalava uma escada, cuja subida exigia paciência e determinação. Ao atingir o topo, havia uma porta a ser aberta. Ao abri-la, o cara enfrentava um vazio, nada.
– A Geografia nos amplia horizontes! Que loucura!
– Loucura mesmo! Outro *kibbutz* fica do outro lado da península no litoral do mar Adriático. Que posicionamento glorioso. Um vento frio vindo dos Balcãs sopra do nordeste. Uma semana depois, um vento quentinho originado no deserto saariano sopra do sul. E a Geografia também leva a nós dois.
– Para onde?
– Naqueles anos turbulentos, a nova geração estava à procura de povoamentos informais, até clandesti-

nos, em Goa perto de Bombay e do outro lado do continente e lá em cima na China.
– E a história nos diz verdades semelhantes?
– Diz, sim, se ouvirmos.
– E nos leva longe?
– Leva. Lá na Grécia antiga, o *kibbutz* existia. E se não me engano foi Sófocles quem atravessou a água e estabeleceu uma colônia *kibbutziana* na Itália. Mais perguntas, Ivaldo?
– Sim. É uma ousadia de minha parte, mas me parece que a palavra *drifter* (molengo) captura a essência de Keats, Byron, Shelley?
– Captura, sim, a imperfeição.
– Nossa, que interessante descobrir que há outras pessoas que tinham escolhido viver da mesma maneira que nós.
– Estamos em sintonia? – inquiriu Adailton.
– Sim, me faz sentir uma parte de seu universo. E agora, capitão?
– Vou arrumar um encontro entre você e Ana. Graças à amizade dela com Gwendoline, que trabalha com distúrbios mentais, Ana entende as curiosidades reinantes aqui em casa. Tenho muito orgulho de minha filha.

7. Ana

Ivaldo desceu do ônibus na frente dos Correios e continuou sua peregrinação a pé, rumo ao porto de Recife, que ficava mais à frente, ao lado do estuário. Parou, admirando a elegância das fachadas dos edifícios. Não faltavam cúpulas, arcos, abóbadas! Era um milagre que a velha Recife ainda estivesse preservada. Tornou a caminhar e chegou à margem do rio Capibaribe, que desaguava no oceano Atlântico. A maré estava baixa, deixando os bancos de lama expostos. Aquelas águas tinham viajado muitos quilômetros desde sua nascente, percorrendo o interior até a capital. Era bom saborear o momento do encontro entre aquelas águas fluviais e o oceano Atlântico, que se estendia até as praias frias da distante Europa. "Que bom viver numa cidade que traz de volta a história e que preserva o legado daqueles marinheiros e arquitetos holandeses", pensou Ivaldo.

Ele se encaminhou lentamente, valorizando cada passo, rumo ao endereço informado por Adailton. A casa onde encontraria Ana ficava pertinho da sinagoga mais antiga da América Latina. Quando chegou, foi escoltado para a sala dos fundos, onde o encontro aconteceria. Suspirou frente a uma reprodução de

Rembrandt que retratava aquela terra plana abaixo do nível do mar. Era verdade que, séculos atrás, uma criança tinha inserido seu polegar num buraco daquele dique, parando o fluxo de água, e assim salvando a cidade de Amsterdã! No centro da sala havia uma mesa de madeira nobre. No chão, um tapete indicava estilo, uma cortina apontava discrição. Duas fotos, uma da Amsterdã antiga e outra da cidade moderna, estavam lado ao lado na parede. Ivaldo já se sentia na companhia de Ana. Foi então que a porta se abriu. Na soleira, Ivaldo viu uma pessoa cuja aparência se assemelhava à de Dona Perla.

– Prazer, Ana. Meu pai me disse que você está perdido no meio dos mistérios da casa. Posso lhe falar sobre o que está oculto?

– Claro! É isso o que quero descobrir.

– Ótimo. Pessoalmente, vivi – e como! – os segredos escondidos atrás daquelas paredes. Quer acompanhar meu raciocínio? Ele é um pouco peculiar!

– Com certeza. O palco é seu.

– As peculiaridades daquela casa podem ser decifradas por meio de um entendimento da histeria, cujos conflitos psíquicos se exprimem de maneira teatral.

– A escolha da palavra "histeria" sugere uma verdade cruel, então?

– Isso mesmo. Histeria é a chave para entender a minha mãe, Dona Perla, e a casa, que é o seu império.

– E como é que essa erudição toda nos levará ao cerne de sua família, Ana?
– É um segredo, o mais íntimo da minha vida. Porém, meu querido pai me deu liberdade para contar tudo a você, Ivaldo.
– Sinto-me honrado.
– Nossa dívida com Sigmund Freud é muito grande. Foi ele quem falou em histeria, que transformava desejos sexuais recalcados em sintomas no corpo, como cegueira, paralisia, perda de voz...
– Que interessante. Fale mais!
– A histeria pode ser de defesa, que acontece quando tentamos nos proteger de sentimentos desagradáveis, ou de retenção, quando não conseguimos jogar fora as nossas afeições por meio da ab-reação.
– Defesa? Ab-reação?
– Bem, a palavra defesa descreve a proteção empregada pelo ego contra agressões internas e externas. Ab-reação é a descarga emocional que libera a afeição ligada à lembrança de um trauma. É claro que esse método esbarra em vários obstáculos criados pelo paciente, as chamadas resistências. O que você acha, Ivaldo?
– Acho crucial seu encontro com o conceito de histeria.
– Foi um encontro que me salvou.
– Entendo. Ocorreu naquela noite quando seu pai deixou a porta da casa aberta, você fugiu e a cadeira

foi quebrada? Você estava prestes a desaparecer como pessoa...

– Exatamente. Eu tinha de chegar a um entendimento ou ficaria obliterada para sempre.

– E como é que você chegou a essa compreensão?

– Por meio de Gwendoline, que se tornou não apenas minha salvadora, mas minha grande amiga também.

– E quem é Gwendoline?

– Você sabe, Ivaldo, não é segredo. Tornei-me garota de programa, trabalhando aqui no cais. A prostituição me proporcionava a sobrevivência. Era o preço a ser pago por minha independência, e eu o paguei. O extraordinário, descobri, é que às vezes o diabólico e o divino andam de mãos dadas. Foi então que encontrei Gwendoline.

– Como? O que ocasionou esse encontro?

– Infidelidade! O marido de Gwendoline era meu cliente, a quem acabei passando paz e compreensão. Graças ao nosso entendimento, ele não quis mais se separar de sua mulher. Gwendoline, infinitamente grata, me procurou. Ela é terapeuta e foi com grande entusiasmo que transmitiu seus conhecimentos para mim. Selecionou ensaios para eu ler e debater com ela. Cabia a mim questionar, assimilar e refletir. Sim, foi um encontro divinamente inspirado. E então, Ivaldo?

– Entendi. Você salvou o casamento de Gwendoline, e ela, em troca, resgatou sua vida. E tudo girou em torno da compreensão da histeria. Estou certo?

– Certíssimo. A histeria explica...

– Parece-me que a histeria proporciona um retrato daquela casa singular onde você morava e eu moro...

– Proporciona, sim. É meio complicado... Quer que eu fale sobre isso?

– Beleza. Claro! Não dá para ignorar. Fale.

– A quebra da cadeira revela a perfeição-histeria em erupção. Foi um acontecimento que nos leva ao coração daquele lar.

– Vi Dona Perla tentar impor ordens em seu império repetidas vezes. Parece que exige obediência, então?

– Exige, mas não sempre. Como água e luz caíam do céu, às vezes o inesperado a impossibilitava de ter o novo sob controle. Do mesmo jeito, os cubículos na cozinha ficavam fechados, a copa era vasculhada, os banheiros eram limpos... Normalmente, mas não sempre. Ao longo dos anos sempre foi assim, todos vivendo conforme seus requerimentos erráticos.

– Entendo. Tudo gira em torno da presença ou da ausência da chefona. Tem outros episódios no império perliano em que podemos ver a histeria em ação?

– Tem, sim. Por exemplo, em reação a uma situação cômica, testemunhamos, por parte de minha mãe, risos e choros, indiferença e euforia, uma fala aberta e alegre, a outra restrita e triste. No dia a dia, presenciamos a cegueira e a visão alucinada, sua anorexia e sua ânsia, seus movimentos energéticos e sua paralisia.

– As manifestações histéricas sempre são desse jeito, contraditórias, sem lógica?

– Sempre. Porém, os sintomas não aparecem totalmente ao acaso. Pelo contrário, parecem fadados a despertar inquietação naqueles que gozam de poder. Enfim, o que o histérico procura fazer é perturbar as referências sólidas e respeitáveis.

– Estou percebendo um vínculo entre histeria e rebeldia. Estou correto?

– Corretíssimo. A índole da matriarca não a inclina a se conformar.

– Intuo que chegou o momento de deixar a sabedoria de Gwendoline desvelar *seu novo universo*. O que o cais aqui no porto de Recife tem a nos mostrar?

– Acena para o oceano Atlântico.

– Entendi. Uma visão oceânica.

– Exatamente. Do cais, olhando para o estuário e além, na direção do oceano, Gwendoline me mostrou uma analogia entre o oceano Atlântico e um mapa meteorológico que localiza as fontes de ventos, chuvas, tempestades, neve e representa a emergência da mulher moderna. O que você acha disso, Ivaldo?

– É só dar uma olhada no mapa marítimo do Oceano Atlântico para apreciar a extensão do feminino na atualidade. Acho que a comparação de Gwendoline fez é um achado revolucionário.

– E como é que isso se estabelece na visão de um arquiteto?

– Parece que o sentido de histeria mudou ao longo dos séculos, como o estilo arquitetônico, porém as mudanças em ambos têm feições duradouras. Continue, Ana.

– Com o Renascimento, instaurou-se um retorno à Ciência e à Filosofia fundadas na Antiguidade. A sabedoria de Gwendoline me levou à conclusão de que os mitos e as lendas clássicos ainda vivem conosco. O que nos conduz à nossa conclusão: a questão central naquela casa é o complexo de castração.

– Intrigante. Castração no império perliano, então?

– Isso mesmo. Para nós que vivemos nos tempos modernos, castração não se trata mais da remoção dos testículos. Aliviado, Ivaldo?

– Estou, e como!

– Hoje em dia, a castração é definida como um complexo, ao passo que, na Antiguidade, por exemplo, quando Atis quis se casar, Cibele, sua mãe e amante, o impediu, e ele se castrou antes de se suicidar.

– E como é que fica o complexo de castração hoje?

– O conselho de Gwendoline é manter a cabeça aberta e deixar Freud nos impelir na direção das

respostas e, depois, colocar as inovações ao lado do tradicional.
— Entendi. Precisamos voltar às origens e deixar os desenvolvimentos nos escoltar para a frente. Acha muito complicado?
— Acho. Porém, se torna discernível se nos dirigimos a um par de palavras reveláveis: ameaça e ausência. Para Freud, eram palavras provocativas que captavam a sexualidade infantil e adulta e que evocavam a ameaça de castração no homem e a ausência do pênis na mulher. Portanto, a ameaça ou a ausência seria experimentada pela criança ao constatar a diferença anatômica entre os sexos.
— Parecem uma escavação à procura dos alicerces dum prédio sepultado. O que mais?
— De novo, no esquema freudiano, o pai ou a autoridade paterna era o agente dessa ameaça. Na menina, a castração era atribuída à mãe, sob a forma de uma privação do pênis. No menino, o complexo de castração assimila a saída do Édipo e a formação, por meio da identificação com o pai ou seu substituto, do superego. Ou, reformulado, nas palavras enfáticas do próprio Freud: "O complexo de Édipo naufraga pela ameaça de castração".
— Por favor, explique a saída do Édipo. Parece violenta.
— Aliás, é violentíssima. Ninguém escapa, todos estão subjugados. Castração termina o relaciona-

mento sexual que cada criança tem com seu pai e sua mãe, o que dá um fim ao Édipo. A saída do Édipo, aos cinco anos aproximadamente, possibilita a entrada no mundo adulto, na cultura lá fora.

– Não tem como fugir das teorias que Freud nos lega, me parece.

– De novo o conselho de Gwendoline é manter a cabeça aberta e atualizar as conclusões freudianas e, se necessário, corrigir os erros.

– Existe um exemplo do erro freudiano?

– Existe, sim, o monismo. Buscando seus modelos na biologia darwiniana, Freud defendeu a tese de um monismo sexual e de uma essência masculina da libido humana. Enganou-se ao afirmar que a emancipação feminina ocorreu no período entre guerras. Mais tarde Freud deu-se conta de seu erro e corrigiu-se.

– E os sucessores de Freud?

– Deixe-me mencionar um, Melanie Klein, que enfatizou o impacto da relação arcaica com a mãe, o que ocorreu bem antes do Édipo.

– Então, só nos resta buscar confirmação do princípio de castração nas evidências do mundo. É isso, Ana?

– Isso mesmo. De fato, testemunhamos o complexo de castração em todo canto, ao nosso redor e dentro de nós mesmos. Um objeto ameaçado pode ser deslocado, como ocorria na cegueira, na extração de dentes, na amputação de um braço. De maneira semelhante, o ato de fantasiar a castração pode ser substituído por outros danos infligidos ao corpo: acidente na estrada, uma cirurgia, uma infecção intestinal. Além disso, o agente paterno pode encontrar substitutos diversos.

– O que faz da castração uma arma bem poderosa, não é?

– Exatamente.

– O que isso tem a ver com o império de Dona Perla?

– Tudo! Por exemplo, o complexo de castração é reconhecido por meio de uma gama de efeitos, como tabu da virgindade, homossexualidade, fetichismo ou sentimento de inferioridade. Como você vê isso, Ivaldo?

– Posiciono-me em busca das remanecências. Acho bom ser orientado pelos retalhos de nossa reflexão sobre histeria e o complexo de castração. A emancipação da mulher explica, me parece.

– Explica, e muito. A revolução cultural que se deu após a primeira guerra mundial colocou a mulher ao lado do homem como igual. Veja, Ivaldo, durante a guerra as mulheres trabalhavam, e muito bem, nas fábricas. Logo depois da guerra o voto foi concedido a elas.

– Gwendoline falou sobre avanços na atualidade?

– Falou, sim. Vou mencionar dois pioneiros. Gladys Swain, que definiu a histeria como um estado puro e, consequentemente, nada em si, porém capaz de assumir a forma de todas as doenças. Dessa maneira, ela aproximou "doença" e "mulher" de uma forma muito interessante. O segundo é Jaques Lacan que, por meio de sua teoria do significante, postulou a equação menino igual menina.

– Conclua este pensamento, Ana.

– Com relação a homens e mulheres, seguindo nas pegadas de Gwendoline sobre o complexo de castração na sua forma evoluída, podemos dizer o seguinte: castração é sinônimo de emasculação, que significa ser privado de virilidade ou tornar-se estéril.

– Em suma, então...

–... A palavra resume o andamento daquela casa é "castração".

8. Resíduos

I. O prisioneiro de guerra modelo

Seria possível atingir uma conciliação após a observação fulminante de Ana? perguntou-se Ivaldo. Seria verdade que viver naquela casa conduzia à castração? Mas a casa era seu retiro, refúgio, lar. Na madrugada veio uma ideia a Ivaldo: guiar-se pelo prisioneiro de guerra modelo. Ele tinha lido, não se lembrava onde, uma coleção de comentários sobre a vida dos prisioneiros nas duas guerras mundiais. Havia ocorrido bem antes de seu tempo, porém parecia um discernimento ainda válido. Que tipo de gente morava num campo de concentração que abrigava prisioneiros de guerra? E como viviam? Tipicamente, eram pessoas humildes vivendo num prédio convertido para receber soldados presos. Para eles, suas novas circunstâncias seriam totalmente diferentes daquelas que tinham deixado atrás e aos quais se tornariam após o fim da guerra. Era uma oportunidade de fazer amizades e gostar da vida que não existia antes, e terminaria no fim do prazo vivido como prisioneiro.

A analogia era entre a experiência de um soldado preso durante a guerra e a experiência de Ivaldo vivendo naquela casa no império perleano. O soldado gozava o prazer que seu grupo de colegas prisioneiros lhe oferecia, e Ivaldo o prazer que o contato com seus colegas cativos naquela casa lhe dava. Era surpreendente descobrir, concluiu Ivaldo, que ser preso pelo exército inimigo proporcionava novidades: o prazeroso e o memorável. "Os melhores tempos de minha vida", Ivaldo tinha lido naqueles comentários.

II. A conversa dourada

No mais recente encontro, Adailton Chaves tinha mostrado um lado diferente. Antes não havia exposto suas singularidades. Reprimia o essencial. Agora não. Uma mudança estava aparente. E evidentemente, ele estava disposto a compartilhar. Além disso, havia um reservatório de experiência e sabedoria, outrora encoberto, que agora emergia, refletindo sua essência.

Por outro lado, Ivaldo reconhecia o fato de que ele mesmo estava vivendo um vazio. Cabia a ele então encher o vácuo, formulando questões e expondo todas elas a Adailton Chaves, cuidando, assim, de seu futuro. O primeiro passo era desenredar as incertezas entrelaçadas no presente. Ivaldo respirou e perguntou a Adailton:

— Algo, não sei o quê, me deixa intrigado.

— Posso imaginar o que seja. Desde o berço a vida gira em torno de dilemas. Até o fim, dilemas refletem uma pessoa. Um dilema fisga outro. Uma vida cansada é renovada por dilemas. No centro, onde tudo gira ao redor, localiza-se um dilema. Mais alguma coisa, Ivaldo?

– Sim, como é que é ficar a bordo de um navio em alto-mar sem rota, sem direção?

– Ter direção é um desejo enigmático. O enigma dá sentido à vida de todos. Ninguém escapa. Um navio bem navegado fica na direção certa, enquanto o ser humano talvez sim, talvez não. E a vida a bordo de seu navio em alto-mar sem rota deixa você vivendo um enigma? Dá pra chegar a um sentido, a uma decisão, Ivaldo?

– Decisões me iludem.

– Tomar uma decisão é um reflexo de personalidade. O ilusivo atrai, uma decisão põe fim ao ilusório. E quem quer dar um adeus ao atraente? E a sobrevivência a bordo de seu navio em alto-mar, como é?

– Não vou arriscar uma opinião.

– Ter uma opinião dá substância a uma pessoa. Ficar sem uma opinião deixa espaço para uma lacuna. Privada de uma opinião sobre um assunto, a pessoa torna-se vazia. Ficar indiferente rouba uma opinião de seu âmago. Ter uma opinião em comum unifica um grupo e exclui a intrusão.

– E ter uma atitude faz o quê?

– Garante um ponto de vista pessoal. Uma atitude em comum une as pessoas e deixa o dissidente isolado. Além disso, uma atitude compartilhada dá calor às pessoas da mesma opinião.

– É possível que eu tenha um lugar seguro aqui em nosso refúgio! Só depende de minha atitude, da minha posição! O que você acha, Adailton?

– Posso sugerir que a palavra "posição" reúne atitude e opinião? Num time de futebol, os onze jogadores e o árbitro têm suas posições no campo. Posicionamento dá definição e descreve a função de cada um. De mesma maneira, na televisão, após um documentário ou episódio, vemos os nomes dos participantes cujo trabalho lhes dá posição na tela.

III. Ressurreição

Diante da ameaça de castração naquela casa, proposta por Ana, só ela mesma permanecia intacta como pessoa. Todos os outros conformavam as regras e exigências postas em vigor por Dona Perla e, consequentemente, sumiam, pelo menos em parte, como pessoas. Perdiam um aspecto de seu caráter. Esta era a implicação do comentário de Ana, que resumia o andamento daquela casa numa palavra: castração.

Isso incentivou Ivaldo a examinar a proposta de Ana e a descobrir como seus colegas se relacionavam uns com os outros e como se encaixavam no império perliano. Ao fazer referência ao prisioneiro de guerra modelo, Ivaldo deduziu que a resposta poderia ser muito boa. Uma atmosfera tranquilizante reinava em casa. A harmonia inclinou Ivaldo a voltar-se para as duas velhas, avó Chaves e a criada Margarida, pessoas distintas que tinham um dia a dia definido.

Logo percebeu que o sentido da avó Chaves, até sua personalidade, residia em outras pessoas, seu filho Adailton, suas netas e, claro, Dona Perla. Evidentemente, para ela, uma atmosfera amigável era muito importante. Com Ivaldo falou de sua origem no velho Recife. Um interesse em comum sobre a arquitetura naqueles tempos unia os dois. Trocaram fotos e desenhos e fizeram um passeio, tomando um café e depois um vinho à margem do rio Capiberibe.

Ivaldo também falou com a criada Margarida sobre sua origem. A atmosfera amigável em casa aflorou interesses em comum. Margarida foi tocada pela intenção, ainda que distante, de Ivaldo viajar para as capitais no velho mundo, assim colecionando feições arquitetônicas.

Ivaldo achou seus outros companheiros ainda mais hospitaleiros. Todo mundo se mostrava aberto e amigável. Ivaldo só podia concluir que o prisioneiro de guerra modelo encapsulava a atmosfera reinante na casa governada por Dona Perla.

Não menos notável era a conversa dourada que girava em torno da fala de Adailton Chaves. Aí estava alguém que dava qualidade a qualquer discussão envolvida com as sutilezas da língua. Enfim, um lado de Adailton sobrevivia à autoridade imposta por Dona Perla. Aí estava outra verdade válida para todos da casa. Um bem-vindo também foi dado à inclusão de uma hipótese abstrata. Tinha espaço para o acadêmico. Boa notícia.

• • •

"Evidentemente o lado de Adailton Chaves que escapou da autoridade imposta por Dona Perla refletia sua independência", deduziu Ivaldo. E esse lado rebelde tinha recebido expressão dinâmica na conversa dourada entre o dono da casa e ele. Agora, Ivaldo enxergou uma pessoa dividida: de um lado estava alguém obediente que se conformava com as exigências de Dona Perla e de outro, um indivíduo que valorizava sua autonomia. Sim, aí em sua frente estava um amigo, alguém com experiência densa e extensa, um estudioso capaz de questionar a complexidade contida na declaração fulminante de Ana.

Ivaldo se abriu:

– Que bom que estamos juntos. Por favor, Adailton, socorro, estou perdido.

– Você, perdido?!

O dinamismo do comentário de sua filha, Ana, de que uma palavra resume o andamento daquela casa: castração, me deixou mistificado.

– Tudo depende da evolução da palavra castração cujo sentido na Antiguidade era literal, violento. Tratou-se de uma faca e a remoção de órgãos. Mas a história da humanidade avançou e trouxe certa moderação no uso de algumas palavras outrora provocativas.

– Lindo, estou resgatado então?

– Está, sim. Graças às opiniões diversas. Está pensando em quê Ivaldo?

– No nosso prisioneiro de guerra modelo.

– Perfeito. Adeus poder e autoridade total.

– Tem espaço/posição para mim por aqui?

– Tem, sim, se você quiser abrigo.

– Quero, sim. Um lugar a que eu pertença.

– Então aqui está. Junte-se a nós, seja um de nós. Está pensativo, Ivaldo?

– Estou pensando em Alaiza. O preço é a castração.

Isleide Corelli

1. Uma viagem além-túmulo

Não foi tão longe de casa que uma gangue de trambiqueiros armados de cassetetes assaltou Bruno Alvarez quando ele voltava de um encontro com amigos na praia, de madrugada. Ele reagiu e levou uma surra danada. O sangue fluía de sua nuca, ele não via quase nada com os olhos inchados e mal conseguia andar. Estava sem um tostão, não podia pegar um táxi, portanto, o único jeito foi fazer o último trecho a pé, lenta e penosamente. No prédio onde morava, tudo estava silencioso e às escuras, salvo uma faixa de luz por baixo de uma porta. Bruno conseguiu chegar lá. Ficou encostado contra a porta, ofegante. A porta se abriu, e ele caiu na entrada do apartamento de Isleide Corelli.

– Bruno! O que aconteceu?!
– Levei umas porradas.
– Tem sangue por todo canto. Venha cá, deixe-me cuidar de você.

Isleide pôs Bruno na cama, foi para a cozinha e esquentou água numa panela. Voltou para o quarto, lavou o rosto e a cabeça dele suavemente com água morna. Depois, aplicou uma pomada nas feridas e, com muito cuidado, testou sua visão e audição. Aliviada, disse que tudo parecia estar em ordem, mas chamaria um médico pela manhã. Acrescentou:

– Você quer ligar para alguém?

– Quero, sim. Para minha noiva... mas depois eu ligo. Fique tranquila.

– Como quiser. Meu telefone está à disposição.

Naquele momento ele precisava descansar, sem preocupações. O melhor era relaxar e esquecer o susto. Isleide se encarregaria de tudo. Foi assim que os dias seguintes se passaram, com ela cuidando de Bruno nas horas de folga do seu trabalho na escola. No início, Isleide preparava uma comidinha leve, como sopa. Bruno estava tão mal que nas primeiras refeições Isleide o alimentava de colher; só depois passou a usar garfo. Quando ele melhorou um pouco, passou a cozinhar pratos mais substanciosos: minestrone, espaguete, canelone. Sempre lhe apertava a mão, encorajando-o. Bruno foi recobrando a saúde e, para acompanhar as comidas italianas, Isleide providenciava vinhos: chianti, marsala frascati...

Uma noite, quando Isleide passava uma pomada anti-inflamatória nas feridas, Bruno disse:

– Isleide, quero confessar uma coisa.

– Fique à vontade.

– No fim das contas, foi muito bom ter levado essa surra. Esses dias em que você tem cuidado de mim estão sendo os melhores da minha vida. Queria que

eles durassem pra sempre. Mas estou curioso, quero saber mais de você. Conte-me a sua história.
– Ela é estranha.
– Quero conhecer essa estranheza.
– Nunca contei a ninguém.
– Então serei o primeiro.
– É uma história longa e complexa.
– Quanto mais longa, melhor. Quero saber de tudo. Não deixe nada escapar.

Isleide providenciou uma garrafa de chianti e dois copos e começou a falar:
– Passei pelo inferno.
– Bem... não precisa me contar, se isso for trazer alguma angústia de volta.
– Não vai, não. É bom ter alguém disposto a me ouvir. É um consolo.
– Então fale do inferno, sem pressa nenhuma. Temos todo o tempo do mundo.
– É um relato de vida e de morte. Quando você não aguentar mais, avise-me que paro.
– Está certo. Finja que estamos no teatro: você no palco e eu na plateia.
– Meu pai estava com uma doença terminal lá no Rio Grande do Sul. Recebi um telegrama que solicitava minha presença urgente. Ele implorava, e eu não tinha como recusar. Viajei, deixando meu marido, Orlando, e nosso filhinho Jorge para trás. – Isleide

fez uma pausa. – Olhe, para que você possa entender bem a história, precisa saber que Orlando era um homem silencioso, amedrontado e recolhido. Para ele, era praticamente impossível ficar perto de uma pessoa mentalmente desgovernada. Caso isso ocorresse, ele ficava descontrolado: tinha reações inesperadas, qualquer coisa podia acontecer, sem aviso, lógica ou razão. Logo no início, descobri que Orlando não aguentava olhar para qualquer tipo de deformação, física ou mental, e isso me inquietava demais. Ver um cara com uma perna amputada na rua ou de meio braço, corpo torcido, de andar esquisito, deixava Orlando tenso e trêmulo. A mera visão de um anão ou de sangue o deixava com uma angústia terrível estampada na cara. Para Orlando, era uma regra fugir desses acontecimentos angustiantes do cotidiano. Sua sobrevivência dependia de recuar de algo que podia detonar uma tragédia. Em suma, o fundo desse poço negro era a loucura.

Isleide tomou um gole de vinho e prosseguiu:

– Tivemos um filho doente. Jorge nasceu com uma deficiência mental que o incapacitava de falar direito, desajeitado, com o olhar estrábico, destinado a passar sua vida na infância. Contudo, era uma criança afetuosa: dava amor, brincava, passava alegria, ria. A doença mental estava estampada nas suas feições. Enfim, a questão era a seguinte: Orlando não aguentava olhar para nosso filho. Se Jorge ficasse diante dele, Orlando fechava os olhos, fugia para o quarto, saía de casa correndo. Eu sabia, sabia, sabia... Mesmo assim, viajei ao Rio Grande do Sul para acompanhar meu pai amado em seus últimos dias. Tão logo pude, voltei pra casa. E defrontei-me com algo terrível: Jorge tinha sido estrangulado e Orlando envenenado.

À sua frente, Bruno viu um rosto tomado de horror. Sugeriu:
– Não prefere parar agora?
– Não. Agora que comecei, vou até o fim.
– Como posso lhe ajudar?
– Já está me ajudando. Só me ouça. No instante em que me deparei com tamanho horror, eu quis seguir Orlando e Jorge na morte. Sem eles, não me restava nada neste mundo. Já havia me acostumado a viver para os dois, encarregando-me das dificuldades que suas anormalidades me impunham. Tinha de tomar uma decisão: suicidar-me ou não.
– Eu entendo, afinal, como viver após esse fato apavorante?
– Aí está o "xis" da questão: como viver quando se almeja morrer? Olhando para os dois cadáveres, um pensamento me espiava: eu era a responsável pela morte dos meus dois queridos. Sem eles, o vazio me engolfava. Depois do funeral, entrei num silêncio profundo, temia sair de casa, fiquei numa clausura total.

– Mas agora você está na minha frente, viva!
– Estou, sim, graças a uma amiga. Uma noite, Daniela arrombou a porta da minha casa e me arrastou até um salão onde haveria um recital de trechos da *Divina Comédia* de Dante. Um poeta italiano fora convidado a fazer a apresentação em sua língua original. E eu, descendente de imigrantes italianos, estava lá, na plateia, apesar da minha aparência macabra.
– Uma espécie de conexão italiana?
– Exatamente. E essa cultura é a coisa mais bonita que existe no mundo!
– Conte-me!
– Em casa, quando eu era pequena, a gente falava italiano. Acabei aprendendo um vocabulário básico e uma boa pronúncia. Então, eu estava preparada para ouvir o poeta recitando Dante no original. Entendi o suficiente para concatenar as explicações do estudioso. E aí, aconteceu a experiência mais construtiva de toda a minha vida. No início da noite, eu estava voltada para a morte. No final, descobri que desejava viver de novo.
– Entendi. A magia daquele país tinha legado maravilhas a você...
– Isso mesmo. Naquele momento, floresceu a certeza de que eu, a insignificante Isleide, ia embarcar numa amizade com esse poeta lendário. Fiquei convencida de que não poderia existir experiência mais

bonita e profunda. Fui salva. Chorei, chorei, chorei. Fugi do salão, olhando em meio ao pranto para o poeta ainda no palco, implorando sua compreensão. Sumi na noite, corri pelas ruas escuras. Tinha chegado o momento da virada. Tinha encontrado um caminho: ia me dedicar ao estudo da *Divina Comédia*. Pedi um ano de licença no meu trabalho. Esvaziei a poupança e viajei para Florença, onde procurei um professor. A finalidade era estudar cada palavra da *Divina Comédia* e me apossar daquele vocabulário maravilhoso. Consegui. Aos poucos, ao longo do ano que vivi na Itália, descobri que era possível entender o poema e, consequentemente, olhar e viver o caminho adiante. Dei as costas para o suicídio.

Bruno tinha os olhos cheios d'água.

– Está dizendo que a *Divina Comédia* a resgatou?

– Sim.

– Que história linda. Nunca ouvi nada igual. Mas como é que aconteceu?

– Foi o amor. Eu, viúva e sem nada, tendo perdido meu pai, meu filho e meu marido, apaixonei-me pela *Divina Comédia* e por seu autor, Dante Alighieri. Durante aquele ano na Itália vivi um amor sem igual.

– Isleide, que história extraordinária. Continue, por favor!

– Vou contar o que me vier à cabeça, livremente. Hoje, meus estudos e revelações estão bem organizados, até decorados. Todavia, o que é aparente agora não estava tão às claras no decorrer do ano em que vivi na Itália: havia uma sequência de eventos ligada ao desenvolvimento do pensamento. Como a abertura da *Divina Comédia*:

Nel mezzo del cammin di nostra vita
Mi ritrovai per una selva oscura,
Ché la diritta via era smarrita.

A meio caminhar de nossa vida
Fui me encontrar em uma selva escura
Estava a reta minha via perdida.

– Precisei encontrar a via certa – suspirou Isleide. – Fiquei comovida quando li o poema pela primeira vez. Choro quando o releio. A abertura nos convida a pôr os pés na estrada e participar de uma viagem inusitada. Era o próprio Dante quem estava perdido numa selva escura. O poeta mais original de todos os tempos nos convida a compartilhar suas aventuras rumo à salvação. O privilégio é nosso. Que viagem!

Isleide fez uma pausa, depois continuou:
– A selva escura é alegórica. O percurso tem início no Inferno, progride pelo Purgatório e termina no Paraíso. O estilo alegórico, já empregado pelos poetas e dramaturgos clássicos, aparece modernizado

nos *Contos de Hoffman* de Ofenbach, no surrealismo e nas cenas fantásticas de nosso carnaval, onde são relatadas as mais diversas histórias: a escravidão, a vida de Gandhi, a chegada das caravelas... Uma cena fala de traição, outra de medo, outra de galanteios... O enredo é uma visão poética: um personagem representa o bem, outro o mal, outro esperança, outro o cinismo... A realidade é apenas insinuada. Acontece assim também na *Divina Comédia*, onde conhecemos um elenco de personagens imaginários que se encontram, brigam, amam e detestam... numa sequência de episódios montada contra um pano de fundo teatral. Dá pra entender?

– Dá sim, e como! – respondeu Bruno. – Sua viagem à Itália tem tudo a ver com o percurso de Dante. Mas uma viagem tão difícil precisa de um guia, certo?

– Ah, sim – concordou Isleide. – Não dá pra ficar perdida. Dante percorre os três reinos. Exposto aos perigos, perdido, precisa de uma direção para se manter no caminho certo. A Graça, lá de cima, envia-lhe socorro por meio de Beatriz, que desce do seu assento eterno no Paraíso e chama Virgílio, que mora no Purgatório. Foi assim que Dante conheceu seus dois guias, Beatriz e Virgílo, cuja missão seria apontar o caminho para a salvação. Virgílio, pagão romano, não poderia entrar no Paraíso, mesmo sendo poeta! Portanto, Dante só terá o conselho de Virgílio no Inferno e no Purgatório.

A tarefa de Beatriz, o amor de sua mocidade, será conduzi-lo pelo Paraíso a fim de revelar a ordem perfeita. Seguindo-a o poeta chegará à salvação. Na prática, Virgílio, o poeta da *pax romana*, legou a Dante o belo estilo da poesia e se tornou seu mestre literário. Guiado por seus dois mentores, Virgílio e Beatriz, Dante terá coragem pra trilhar o trajeto que leva ao conhecimento do universo. Dialogando com Virgílio no Inferno e no Purgatório será concedido ao poeta conselhos a respeito de seu passado e de seu futuro. O erro, a causa de sua perdição, será revelado. Em suma, haverá avanço na direção do conhecimento, da sabedoria e da verdade. De acordo com a ideia da ressurreição, Dante se encontrará com seres humanos intactos, cujos corpos e almas ainda estão juntos. Porém, toda semelhança com o nosso mundo material muda na subida ao Paraíso. Ali, no patamar do Paraíso, Dante se depara com uma surpresa inquietante: a alma de Beatriz foi separada do seu corpo desintegrado. O destino se impõe. E só o viajante conformado com o destino atingirá o objetivo da viagem: o juízo final diante de Deus. O triunfo, finalmente atingido, será a salvação. É uma trajetória que leva um ser humano da perdição até a paz eterna, um final feliz, conforme a estrutura da comédia clássica.

2. Naquele tempo e agora

– Bem, Bruno, olhando para trás – constatou Isleide –, dou-me conta de que a viagem de Dante além-túmulo assemelha-se à minha viagem pela Itália. Nós dois começamos perdidos. Nada tinha dado certo na vida de Dante: seu amor eterno, Beatriz, havia morrido; fracassaram suas ambições políticas; deu em nada seu plano para o futuro do povo florentino; condenado à morte, vivia exilado, numa solidão penosa, longe de sua Florença amada. Dante se sentia um fracassado, um inútil, um nada. Aí está a causa de sua perdição e a explicação da abertura do poema, em que ele diz estar cheio de culpa por ter desperdiçado sua vida. Tudo tinha terminado em pizza florentina! Dante tinha de percorrer a longa via do castigo, passando por provações, para encontrar a redenção. Tudo bem, houve os pecados com a incontinência, a violência e a fraude, alegoricamente simbolizados pela onça, pelo leão e pela loba, respectivamente. Mas estes, penso eu, foram meras infrações que não espelham uma moral baixa. No fundo, Dante estava perdido porque vivia um desânimo que lhe roubava todo o desejo de viver. Eu entendo esse estado de espírito. Vivi-o após a morte de meu filho e de meu marido.

Diante da lei, não fui culpada, porém senti que a culpa era minha. Convenci-me de que eu era a assassina das duas pessoas mais próximas de mim, o que me deixou perdida. Como já lhe contei, Bruno, àquela noite, escutando o poeta recitando a *Divina Comédia*, pus-me a caminho. De onde viria a força que me impelia para a frente? Com a passagem do tempo, a resposta veio: de mim mesma. A fonte da resiliência estava dentro de mim. Eu tinha de aperfeiçoar meu italiano, aprender a língua do povo de Dante. Cabia a mim, ao longo do meu trajeto na Itália, entender o poema. O desafio me salvou. Eu, como Dante, tinha um destino.

– Lindo, Isleide. Que história maravilhosa!

– Há palavras-chave que falam um bocado: perdição, salvação, culpa, julgamento, caminho, viagem. E você, Bruno, que ideia faz de viagem?

– A meu ver, viajar é uma atividade prática que observa os limites, conforme as restrições, obedece às regras. Uma viagem poderia ser de bicicleta do Alasca até o Cabo Horn; outra, de barco à vela através do Atlântico; outra, de mochila até o alto dos Andes.

– E o que cada viagem tem em comum com as outras?

– Um começo, quer dizer uma partida: preparativos, mapas, bússola; um fim; e, eventualmente, um retorno ao ordinário ou normal. Como foi sua partida, Isleide?

– De imediato, naquela noite, ouvindo o poeta, eu estava junto a Dante na selva escura, eu, Isleide, produto de tempos seculares. Eu também fiquei aterrorizada, perdida num inferno, cega na selva, à procura do caminho. Compartilhávamos a mesma angústia, o desespero nos vinculava, o medo transferia empatia um ao outro. Eu tinha uma intuição: não importava o fato de que, aproximadamente, sete séculos nos separavam. Vivendo o mesmo tormento, compartilhávamos uma viagem que ligava os nossos destinos. Não importava o fato de que a viagem de Dante se desenrolava num outro mundo, no além-túmulo. De maneira incerta, perguntava-me se seu inferno era igual ao meu, se nossas duas agonias eram deste mundo, factual, material, atual. Concluí que as montanhas, os rios, os bosques, as chuvas, os lampejos, os trovões, os personagens, as emoções desencadeadas, os perigos, as incertezas eram uma sequência de cenas testemunhadas por nós dois. Eram meus, eram dele. Em suma, estávamos no mesmo caminho, na mesma selva escura, eu com 26 anos, Dante com 33.

– Dá pra falar mais detalhes sobre essa viagem que resgatou a vida de duas pessoas, a sua e a de Dante?

– Dá, sim. O segredo é voltar ao poema:

Ahi quanto a dir qual era è cosa dura
Esta selva selvaggia e aspra e forte
Che nel pensier rinova la paura!

Ah! Que a tarefa de narrar é dura
Essa selva selvagem, rude e forte,
Que volve o medo à mente que a figura.

— Dante, o poeta amedrontado, o peregrino frágil, fala dos acontecimentos que balizavam aquela viagem além-túmulo. Houve encontros perigosos e aventuras alarmantes, que conduziram o viajante à sabedoria. Só chegaria ao fim arriscando tudo. Eu também arrisquei tudo. Não tinha experiência, fiquei vulnerável. O relato da viagem de Dante é escrito no vernáculo da época, o que espantou os *literati*, que esperavam um texto escrito em latim. Dante era poeta do povo. Todavia, o vocabulário é rico e extenso, eclético e erudito, da terra, do trabalho, do cotidiano. Amo minha herança italiana, amo a Itália, amo a *Divina Comédia*, amo Dante.

Poi ch'èi posato un poco il corpo lasso,
ripresi via per la piaggia diserta,
sí che'l piè fermo sempre era'l piú basso.

Após pousar um pouco o corpo lasso,
me encaminhe, pela encosta deserta,
c'o pé firme mais baixo a cada passo.

— Cansado e desanimado, Dante quis abandonar a viagem e regressar para casa. Às vezes eu também sentia que não podia mais continuar. Como Dante, era prisioneira das dúvidas. Porém, me restava uma obstinação mágica que me salvou. Não caí naquela selva hostil. Dante e eu éramos viajantes na selva! Que coisa milagrosa para se ter em comum.

– Ser exposto na selva era assustador?

– E como! Dante descreveu cenas como, de repente, no caminho adiante aparece uma onça, logo em seguida, um leão e, por fim, uma loba. Três animais selvagens cuja presença tinha um significado alegórico. Como já lhe expliquei, a onça simbolizava incontinência; o leão, a violência; a loba, a fraude. Era um mundo instantaneamente reconhecível para nós, um mundo povoado por malandros, picaretas, canalhas, crápulas, cafajestes...

Isleide elaborou o retrato da selva com citações:

– A loba aterrorizou Dante e o forçou a regredir "para lá onde o sol calava". Ao tombar "no vale decaído", Dante relatou como uma coisa extraordinária aconteceu. À sua frente, "um vulto incerto e silencioso, irrompeu no degrau deserto". "Tem piedade de mim", gritou Dante. "Quem quer que sejas, sombra ou homem certo." "Homem já não sou", respondeu o vulto. "Homem eu fui, e de pais lombardos e de montanhas. Nasci *sub Julio* e vivi em Roma sob o bom Augusto. Poeta fui. Mas tu, por que está indo cheio de temor? Por que não galgas o precioso monte, a causa de todo prazer?" "És tu aquele Virgílio, aquela fonte da inspiração que expande num vasto flume e que valia um longo estudo e que em mim fez explodir um grande amor que me fez procurar o teu volume. Tu és meu mestre, tu és meu autor, foi em sua obra que eu procurei colher o belo estilo que me deu louvor. Dá-me, meu sábio, socorro e coragem contra ela que meus pulsos faz tremer."

Isleide se calou. Estava ruborizada. Falando da odisseia, do caminho, do mestre, tinha recobrado a exuberância. Ela investira tudo nessa viagem de descobrimento. Toda sua vontade estava ali. Suas feições falavam com paixão. Evidentemente, sua gratidão a Dante era total. E o fato de ela saber de cor diversos trechos do poema era prova de sua dedicação absoluta.

– Assim aconteceu o mais lindo encontro de todos os tempos, entre Virgílio e Dante, não é?

De súbito, ela começou a soluçar, mas logo se controlou de novo:

– Para mim certamente era porque, na minha concepção de vida, não existe coisa mais linda do que um encontro com alguém capaz e disposto a ser seu mestre. Olha, Bruno, estamos no âmago do desafio de Dante, que gira em torno de um dilema: como é que uma pessoa original vai encontrar alguém capaz de trocar ideias, medos, fracassos? Difícil, improvável, quase impossível, eu diria, seria preciso um milagre. Mas o milagre aconteceu, para Dante e para mim. Só uma intervenção divina poderia proporcionar algo tão incrível. De fato, os dois poetas tinham se encontrado: Virgílio, pagão, o melhor poeta latino, e Dante, cristão, o melhor poeta de todos os tempos. Imagine o encontro, a magia, a conversa, as descobertas, a troca de inspiração. O belo intervém quando uma pessoa, implacavelmente sozinha, descobre que não está mais sozinha, mas vinculada a outra. Foi assim que os dois poetas começaram aquela viagem pela selva escura. Caminhando juntos, passavam pelo Inferno e pelo Purgatório e chegavam até a porta do Paraíso.

Isleide fez uma pausa e perguntou:

– E para você, Bruno, como deve ser um encontro com um mestre?

– Pessoalmente não sei. Deve dar segurança, transmitir confiança. A vida é feita de encontros. Sem eles só resta o vazio. Um encontro abre possibilidades e alternativas, oferece incentivo, mata a indiferença, fortalece a personalidade, sugere novas direções, confirma o passado, revela o futuro. E como foi com Dante na selva escura?

– Foi um encontro com aquele vulto, Virgílio, que o inspirou e lhe capacitou escrever a *Divina Comédia*.

Ambos ficaram em silêncio por um instante. Impelida a continuar, Isleide disse:

– Eu estava sozinha, prisioneira da minha tragédia, quando fui apresentada à obra de Dante. Conheci o desespero e a solidão do poeta. Nós dois estávamos perdidos, desolados, abandonados, amedrontados, vagando no deserto. Foi assim que ocorreu nosso encontro.

3. Quebra-cabeça

Isleide chorou. Logo vieram soluços. Bruno estava deitado, encostado nas almofadas, ela sentada na beirada da cama. Ele indagou:
– Isleide, você acredita em algo?
– Sim, em magia.
– Nas coisas incríveis, então?
– Sim, o incrível, o extraordinário, o inesperado que simplesmente acontece. O fato de nós dois estarmos juntos agora é mágico. Estar diante de alguém, disposto a me ouvir, é lindo e raro. Só a magia possibilita isso. E quanto a você, Bruno?
– Bem, eu sou engenheiro mecânico. E um engenheiro mecânico só acredita naquilo que vê funcionar.
– Com que você trabalha exatamente?
– A sede da minha empresa fica em São Paulo. E eu faço consertos em máquinas de aquecimento e refrigeração para eles nesta região.
– E faz tempo que você trabalha com isso?
– Três anos. Antes fiz um curso de especialização por dois anos em São Paulo.
– É seu primeiro emprego?
– É.

– Entendi. Mas e o nosso encontro, Bruno? Também o vê de forma tão pragmática como um engenheiro?
– Bem... tudo começou com um assalto!
– Você levou uma surra e, por acaso, viu a luz brilhando por baixo da minha porta.
– Uma estranha força me impeliu na direção dela. Você tem razão, foi magia.
– Não menos insólito foi o meu encontro com o poeta italiano que recitava a *Divina Comédia*. E como é que uma pessoa tímida feito eu resolveu largar tudo e embarcar pra Itália? E *nós dois* aqui, comendo macarrão e tomando bons tragos de chianti!
– Assim como o frescor que acompanha a chuva depois de um dia sufocante. Magia! Na sua opinião, Isleide, Dante retratou o incrível que é a natureza?
– Na *Divina Comédia*, muitas vezes, a natureza era o pano de fundo para os encontros. Dante valoriza as amizades da juventude, das quais a natureza traz lembranças, que o poeta nos convida a partilhar. Ele nos faz excursionar por uma galeria de personagens. Sua capacidade de retratar o ser humano é um dom mágico. Ler a *Divina Comédia* é conhecer um bocado de pessoas, como na visita a uma pinacoteca.

Isleide parou. Seu olhar era inquisidor.

– Fizemos justiça à magia?
– Fizemos, e como! E as paisagens mágicas pelas quais os dois poetas, Virgílio e Dante, passaram nessa viagem?

– Geografia pura, antes mesmo de existir mapas.
– E a História?
– Percorre o poema. Dante era eclético, e sua obra reflete as épocas históricas na arquitetura, filosofia, medicina, astronomia, escultura, matemática, engenharia, pintura.
– E seu herói, Virgílio?
– Nos traz conhecimento ainda mais distante dos tempos clássicos. A *Divina Comédia* tem tudo a ver com o realismo de hoje. Agora, depois de um ano e meio pensando sobre o assunto, posso afirmar que o mundo de 1300, retratado por Dante em sua poesia, é bem parecido com o nosso. Tem mais: a geografia dantesca, selvagem e bela, lembra as obras dos paisagistas Turner e Monet. No decorrer desses meses todos, comecei a trabalhar o feio e o belo, o bem e o mal. Em Dante, a feiura da escura selva onde os dois poetas viajavam era de fundamental importância. Não menos cativante a beleza que residia na promessa a ser cumprida. Os dois poetas, Virgílio e Dante, progredindo pelos nove círculos do Inferno, encontraram personagens históricos, os bons e os pecadores, que seriam julgados por terem cometido delitos na vida terrena. Minha visão estava evoluindo: tornava-se cada vez mais aparente que o mundo além-túmulo dantesco assemelha-se ao nosso mundo material. Não há nenhuma novidade: existe uma correspondência entre os pecadores espa-

lhados pelos nove círculos dantescos e nossos traficantes de drogas, de crianças, de órgãos, de armas. Evidentemente, existiam e ainda existem a mentira, o roubo, a falsificação, a propina. Viam-se e ainda se veem malandros, canalhas, trambiqueiros e cafajestes operando na clandestinidade. Essa é a topografia atravessada pelos dois poetas quando desceram pelos nove círculos que compõem o globo terrestre. E repare que, naquela época, acreditavam que a Terra fosse o centro do universo, descrito pelo geocentrismo de Ptolomeu. Você gosta de cosmologia, Bruno?

– Não conheço muito, mas gosto da ideia, sim.

Isleide abriu um mapa que mostrava a cosmologia de Dante e explicou:

– Na visão cosmológica daqueles tempos, os limites orientais e ocidentais do mundo habitado eram o rio Ganges, na Índia, e as colunas de Hércules, em Gibraltar. O centro do mundo era Jerusalém. No interior do globo terrestre, situava-se o Hemisfério Norte, que parecia um funil que se estreitava em direção ao centro, onde estavam os nove círculos do Inferno. Na sua parte mais profunda, no centro da Terra, morava Lúcifer que, ao cair do céu logo depois da Criação, se enfiou fundo na terra. Ao fazer isso, empurrou pra cima uma enorme massa, que deu origem a uma grande montanha acima do oceano, que cobria todo o hemisfério meridional. Essa massa era a montanha do Purgatório, moradia das almas que iriam para o Paraíso, mas que ainda esperavam purificação. No seu cume, no ponto em que a Terra estava mais próxima à esfera mais baixa do céu, ficava o Paraíso terrestre, onde, antes da queda, viveram o primeiro homem e a primeira mulher, Adão e Eva. As esferas celestes que constituíam o Paraíso verdadeiro organizavam-se segundo os corpos celestiais. Primeiro, vinham as esferas dos sete planetas da astronomia antiga: Lua, Mercúrio, Vênus, Sol, Marte, Júpiter e Saturno. Seguia-se a oitava esfera, onde estavam as estrelas fixas. A nona esfera era o céu cristalino e invisível, e a última esfera era o Empíreo. O movimento era concêntrico e circular, originado pela força do ardente desejo de união com Deus. Um movimento circular da mais alta velocidade seria a transmissão à nona esfera, aquela que ficava mais próxima do Empíreo imóvel, onde habitava Deus. O objetivo seria chegar ao Paraíso para um encontro com Deus, o último julgamento.

Isleide balançou o mapa que mostrava os corpos celestiais e inquiriu:

– Deu pra entender o modelo de Dante?
– Acho que comecei bem, ouso acreditar que sim.
– Ótimo.
– Isleide, você conseguiu fazer sua viagem, que parecia com a viagem que os dois poetas fizeram juntos, sozinha, sem ajuda?

– Sozinha, não. Li a *Divina Comédia*, aprendi o vocabulário, acompanhei os eventos e os encontros a respeito. Porém, não consegui ligar as partes num conjunto compreensível. A preciosidade da odisseia me escapava, a confusão reinava na minha cabeça. Precisei de conselhos.
– E apareceu ajuda?
– Apareceu. Cruzei com Sônia Tuvid. Uma moça austríaca que encontrei num albergue da juventude lá na Calábria. Sônia também estava viajando de carona, alojando-se nos albergues, que são baratinhos. Foi um encontro extraordinário, redescobri minha direção.
– Como?
– Olha, tudo começou por causa de dinheiro. Eu tinha pouco, aí precisei economizar muito, porque meu objetivo era ficar um ano inteiro na Itália. Em menos tempo, não daria pra estudar a *Divina Comédia* e ir fundo na língua italiana. Eu queria dar adeus a meu sotaque e entender aquele país maravilhoso. Bem, botei o pé na estrada, viajando de carona. Não tinha condição nem de pagar uma passagem de trem. Era perigoso pra uma moça viajar sozinha desse jeito. Pra não chamar a atenção, usava roupas molambentas, chinelo, calça jeans, camisa velha, mochila nas costas. Em nome da economia, evitei hotéis. Eu era uma andarilha durante o dia e, à noite, hospedava-me em albergues. Encontrei todo tipo de gente viajando

dessa forma. Acostumei-me a comprar comida nos mercados e a cozinhar no albergue. Lá havia todo tipo de gente. Um misto de pessoas descobrindo o que é a civilização.

– E o que é civilização?
– A Itália!
– Fantástico! E aí, como foi a reviravolta?
– Ocorreu a coisa mais linda da minha vida. Eu estava no dormitório feminino, encolhida, lendo, refletindo sobre minha leitura incompleta da *Divina Comédia*. Foi então que Sônia Tuvid, vendo minha ansiedade, aproximou-se. Começamos a conversar cercadas por aquelas fileiras de beliches. Sônia estava viajando pela Itália, estudando arte, aprendendo a língua, pesquisando, colhendo material para o seu mestrado. Instantaneamente, percebi que havia uma ligação profunda entre nós. Nossa! Como a vida é cheia de surpresas! A descoberta de que uma pessoa tão parecida comigo existia era prova daquele elemento mágico que torna a vida extraordinária. Descobrimos que éramos duas loucas, viajando de mochila, de carona, dormindo em albergues, arriscando tudo para atingir o que nós valorizávamos: o belo que a Itália oferecia àqueles que são receptivos ao inusitado.

– Como você e Sônia Tuvid?
– Sim, como nós. Fomos a uma mercearia, compramos comida e vinho, voltamos para o albergue e pre-

paramos nosso jantar. Conversamos, trocamos confidências. Foi então que contei a Sônia Tuvid o dilema que estava vivendo a respeito de minha leitura incompleta de Dante.
– Aposto que ela ajudou você a achar a solução.
– Foi exatamente o que fez, meio das heranças culturais de sua família.
– Como assim?
– A história da família Tuvid contém fugas, perigos, desafios, descobertas, enfim, sobrevivência. O avô de Sônia tinha sido aluno do filólogo e crítico literário Erich Auerbach. Mas passaram por um momento de perigo e a família Tuvid teve de fugir. Foram para a Venezuela. Durante o exílio, a família sentiu a falta da língua alemã. Por isso, após a guerra, voltou para a Áustria. Mas o ponto crucial foi quando Sônia teve um palpite: havia um vínculo entre Erich Auerbach e o meu impasse. Ela mandou um fax para seu pai, em Viena. A resposta veio logo: sim, uma leitura da obra de Auerbach me traria uma interpretação moderna da *Divina Comédia*. Ele enviou também uma lista de livros relevantes e dinheiro para comprá-los.
– Quanta compreensão e generosidade!
– Sinceramente, Bruno, fiquei atordoada.
– E Erich Auerbach lhe foi útil?
– Foi. De imediato, ele se tornou meu querido mestre.

– Olha, Isleide, estou vendo que seu apelo a Sônia Tuvid se assemelhou à súplica que Dante, perdido no deserto, lançou à Virgílio. Certo?
– Certíssimo.
– E o conselho de seu mestre lhe deu confiança para retomar o caminho?
– Deu. Fui salva por Erich Auerbach e sua teoria da figura.
– Encontrar um guia no momento certo só pode ser uma sorte mágica.
– Aconteceu comigo. Fui em frente, na companhia de um mestre capaz de me explicar a odisseia dantesca em termos modernos.
– E o que é a teoria da figura? Dá pra você me explicar?
– Dá, sim, Bruno. Como discípula, mergulhei nela. Todavia, antes vou falar de meu dilema. Eu tinha lido a *Divina Comédia*. Trabalhei cada palavra, ampliei meu vocabulário. Apossei-me da língua italiana. Porém, eu estava irrequieta. Senti que já tinha presenciado cenas descritas no poema. Eu já conhecia as serras, os vales, os bosques. Já tinha visto lama, enchentes, vivi sob um sol escaldante, rajadas de vento. E não era só isso, não. As caras no elenco de Dante eram instantaneamente reconhecidas por mim. E, claro, meu referencial só poderia vir da minha experiência nesse nosso mundo atual: as pessoas que eu conhecera, as traições,

as mentiras. Então surgiu meu problema: eu estava neste mundo secular que proporcionava cenas reais, enquanto Dante descrevia uma viagem transcorrida além-túmulo. E Dante era um cristão de sua época, enquanto eu sou da era digital, produto da cultura visual e da internet. Aí irrompeu o dilema que me preocupou. Como conciliar os dois mundos: um profano, o outro espiritual? E como ligar o escritor Dante e eu leitora?

– Você tinha se afastado de tudo, tinha deixado tudo para trás?

– Tudo, tudo, tudo. Só me restava o desfecho da minha viagem pela Itália, o que dependia de uma leitura correta da *Divina Comédia*. E se eu tivesse lido o poema de maneira errada, tudo iria desmoronar. Eu teria de voltar ao Brasil em desgraça, como uma idiota fracassada. Por isso fiquei tão preocupada.

– Entendi. Foi então que Sônia Tuvid e Erich Auerbach a salvaram.

– Foi. Redescobri minha personalidade, minha voz voltou.

Isleide fez uma pausa. Bruno brincou:

– Quero ouvir sua voz. Posso?

– Pode, por meio da teoria da figura de Erich Auerbach! Foi sua sabedoria que me equipou para distinguir entre os dois mundos. Além disso, passou-me afinidades que ligavam o leitor ao escritor. A teoria da figura estabelece uma relação entre dois acontecimentos, objetos ou duas pessoas aparentemente separadas como o texto escrito e a leitura de um poema. Escrever e ler a *Divina Comédia* são duas atividades que envolvem dois olhares separados pelo tempo (no meu caso, sete séculos) e pela história. Para ver como os dois se relacionam, Erich Auerbach nos conduz à Bíblia, onde nos defrontamos com dois textos interligados: o Velho e o Novo Testamento. Interpretando os dois, constatamos que o Novo Testamento desvaloriza o Velho Testamento. Histórias do povo judeu, encenadas no Velho Testamento, convertem-se, no Novo Testamento, num panorama de figuras que previa o aparecimento de Jesus.

– Que interessante ver o passado remoto se tornando atual. Continue.

– Os pais da Igreja reinterpretavam a tradição judaica numa série de *figuras* a fim de prognosticar a aparição de Cristo e situar o Império Romano no seu lugar dentro do plano divino da salvação.

– Manipulação em ação.

– Sim, Bruno. Para ilustrar como um novo sentido foi imposto, Erich Auerbach nos lembra de duas cenas bíblicas. Na primeira, tirada do Velho Testamento, lemos como Deus criou a primeira mulher, Eva, da costela de Adão adormecido. A segunda cena, peça central no Novo Testamento, representada nos mosaicos de

Ravena e nas janelas de Amiens, retrata o momento em que um soldado cravou a lança no corpo de Jesus, morto na cruz, de modo a fazer fluir sangue e água. Deparamos aí com a distorção do sentido imposto em cima do primeiro acontecimento por aquele subsequente. Ambos os episódios estavam a serviço do Novo Testamento e em detrimento do Velho. O que aconteceu a Adão é uma imagem que prefigurava a crucificação de Cristo. Da ferida no flanco de Adão nasceu a mãe primordial da humanidade, Eva, de carne e osso. Do mesmo modo, da ferida no flanco de Cristo, nasceu a mãe dos vivos, o espírito, a Igreja. Em ambos os retratos, a cena sensorial empalidece pela significação que lhe é imposta depois.

– Aí está a figura modelo de nossos Velho e Novo Testamento. Certo?

– Certíssimo. Legado a nós por Erich Auerbach.

– Não somos órfãos, então?

– Temos duas mães, porém uma vai desaparecer.

– Antes do sumiço, dá pra falar mais sobre as duas?

– Dá, sim. Essencialmente, uma é material, de carne e osso, enquanto a outra é de aparecimento espiritual.

– Parece-me que a teoria da figura nos disse o quanto é importante o significado numa relação entre dois acontecimentos. Certo?

– É isso mesmo, Bruno. De acordo com a interpretação figurativa, um acontecimento ou uma pessoa não só significa a si mesmo, mas também completa o significado do outro. Ambos estão separados no tempo: porém, como acontecimentos ou figuras reais, permanecem dentro do tempo, quer dizer no fluxo de tempo, que é a história, e, consequentemente, podem ser consumidos. Um dos dois desaparece. Já vimos, por analogia, como os pais da Igreja do Velho Testamento viraram figuras ou profecias dos acontecimentos do Novo Testamento. Efetivamente, como indivíduos ativos, desapareceram, foram engolidos. A ideia de Erich Auerbach é abstrata. Ajuda bastante se a repensamos em termos materiais. E não há exemplo melhor do que uma fusão entre uma empresa tradicional, arcaica, caduca, decadente e uma firma dinâmica, baseada em tecnologia de ponta, eficiente, atualizada. Entendeu?

– Entendi. O arcaico desaparece.

– Exatamente. No processo de fusão, a velha companhia é devorada, incorporada pela nova. A analogia ilustra, cruelmente, como o Novo Testamento consumiu o Velho. Aconteceu uma fusão. Porém, mais tarde, um historiador de peso trará de volta às duas companhias suas características próprias; ambas serão reposicionadas na história e separadas no tempo.

– Mas não será tarde demais?

– Não necessariamente. Na fusão, o que era distinto some. Contudo, na mente da pessoa que contempla a união, o tempo entre os dois eventos se dissolve.

Entretanto, para o pesquisador, eventos e tempo são uma preciosidade a ser preservada.

– E seu impasse, Isleide? Você foi resgatada por Erich Auerbach?

– Fui, sim, graças à relação entre o texto escrito por Dante e lido por mim. E foi Erich Auerbach que fez uma distinção marcante entre escrever e ler a *Divina Comédia*. E estou grata a ele.

– Hoje, *o atual reina*. Cada geração vê as peças de Shakespeare de maneira diferente. Não é isso que Auerbach quer dizer?

– É. A plateia julga a peça no palco conforme o estilo predominante. O atual fala mais alto.

– Como a tocha das Olimpíadas! Muda a cada nova edição dos jogos, não é?

– Isso mesmo! A tocha tem pouco a ver com aqueles jogos que ocorreram em Atenas há tantos séculos. Em suma, os séculos se dissolvem na mente da pessoa que testemunha o evento esportivo atual.

– A Santa Missa tradicional, silenciosa e respeitosa, desaparece frente à versão moderna, barulhenta e sensacionalista, transmitida pela televisão.

– Perfeito, Bruno. Gostei da comparação. O mesmo sumiço acontece quando vemos uma peça de Shakespeare no cinema.

– Vejo que Erich Auerbach salvou você, Isleide, por meio de sua teoria da figura. Qual é a chave dessa teoria?

– A chave é que tudo depende das circunstâncias a serem enfrentadas.

– Em seu caso, Isleide, quais foram as circunstâncias durante aquele ano na Itália?

– Viajei pra caramba. Conheci cidades, aldeias, montanhas, florestas, rios, campos férteis, seca. Vivi e testemunhei uma correspondência entre minha observação dos arredores e as descrições das paisagens de Dante na *Divina Comédia*. Mas minha experiência, como pessoa, era global, empírica, prática, material. Ao passo que as observações dos arredores feitas por Dante no poema deveriam ter sido em consonância com sua espiritualidade, religiosidade e piedade. Mas não eram. Pelo contrário, eram idênticas às minhas. O que fazia a espiritualidade, religiosidade e piedade de Dante uma invenção vazia e falsa.

– Meu Deus, que revelação! E era sua, Isleide.

– Sim, era minha. Aí vemos a figura modelo de nossos Novo e Velho Testamento posta em prática.

– Gostei, aí está uma verdade. E é o que nos impulsiona para a frente!

– Foi o ensinamento de Erich Auerbach que me levou à convicção que, no caso de Dante, não havia um mundo espiritual. Só tinha espaço para aquele mundo que se encaixava na tradição de Platão, cuja aspiração era investigar a realidade e procurar a verdade. Vieram os padres da igreja que substituíram esse mundo clás-

sico e básico por um mundo espiritual, divino, transcendental. Para Erich Auerbach essa religiosidade era vazia e falsa, um discernimento que o permitia descrever Dante como um poeta do mundo secular.
– Que tipo de pessoa era Dante? – perguntou Bruno.
– Era como um de nós? Será que nos encaixamos no molde dantesco?
– Cabe a nós encontrar nosso lugar nesse molde – disse Isleide.
– Uma oportunidade dessas não cai do céu. É preciso procurá-la aqui na Terra, na vida – postulou Bruno. – Isleide, o que possibilitou a escrita da *Divina Comédia*?
– O fato de que Dante era um *Renaissance Man*, quer dizer, completo como pessoa, alguém que tinha um monte de habilidades e estava disposto a colocar tudo em prática. De fato, Dante era matemático, filósofo, engenheiro e, claro, escritor, artista. E não para aí: tinha amigos e era pai de família.
– E foi a Itália que proporcionou essa completude de Dante?
– Sim, Bruno, foi. Dante era um reflexo da Itália.
Bruno inclinou-se para Isleide e perguntou:
– Como é que você tornou-se uma filha tão leal da Itália?
– Por meio do elo entre mim e Florença. Durante aquele ano fiz de Florença minha casa. Compartilhei a cidade com Dante. Florença já era seu lar e tornou-se o meu.

— Que coisa maravilhosa pra se ter em comum!

— Tudo começou quando vi o retrato de Dante no afresco de Domenico di Michelino, pintor na escola florentina, na igreja de Santa Maria del Fiore em Florença. Subir nos degraus e olhar ao redor era transcendental.

— E o que liga tanto Dante à Florença? — indagou Bruno.

— O fato de Dante ter sido exilado de sua cidade natal — respondeu Isleide. — Raiva e dor explicam a origem da *Divina Comédia*.

Bruno acenou a cabeça.

— Entendi. Tudo começou aí e teve uma continuidade, o que fez da *Divina Comédia* uma viagem. Isleide, você trouxe relíquias da Itália que a lembram daquele ano deslumbrante?

— Sim, trouxe moedas, atlas, esboço de um arco romano, uma pedra com letras gregas...

— Fascinante! E como você e Sônia Tuvid viajaram juntas? Qual foi o itinerário de vocês?

— Começamos pela Calábria. Depois, atravessamos o estreito de Mesina e desembarcamos na Sicília. E, no fim, despedimo-nos na Catânia, quando Sônia subiu a bordo do *Estrela de Malta* e embarcou para Malta.

— Você ficou triste com a despedida?

— Fiquei, mas fiquei feliz também. Tinha feito uma amiga para sempre, a primeira de minha vida.

– Vocês ainda se falam?

– Sim, trocamos e-mails, escrevemos mensagens repletas de confidências e relatos.

– E o que Sônia estuda?

– A pesquisa dela gira em torno da ilha de Malta, especificamente as peças *O judeu de Malta*, de Christopher Marlow, e *O mediterrâneo*, de Fernando Braudel. Este último via a passagem da cultura e da história como ondas em movimento.

– Interessante. E agora, o que pensa em fazer?

– Daqui a pouco, quando Sônia tiver terminado seu mestrado, planejaremos fazer outra viagem de descobrimento, dessa vez aqui na América Latina, na Venezuela e no México.

– Que bom. Tem algum objetivo?

– Tem sim. Pretendemos dar uma olhada no que o descobrimento encobriu.

– O descobrimento e o encobrimento?!

– Perfeito! O foco maior será a pintura e a música pré-colonial.

– Que legal, Isleide! Mas ainda quero ouvir mais sobre as aventuras que você viveu no Mediterrâneo.

4. Alpes, Apeninos, Ischia, Messina, Etna

Isleide pegou um envelope pardo e disse:
– Dentro tem a coisa mais íntima que fiz na minha vida.
– Só pode ser um caso amoroso.
– É. Dá pra adivinhar com quem?
– Com Dante, por acaso?
– Isso mesmo. Várias vezes, na *Divina Comédia*, Dante mostrou interesse por seus leitores, que iam segui-lo na posteridade. Ele confiava em seus seguidores dos séculos futuros. Tinha escrito o poema para eles. Foi um momento de realização saber que eu fazia parte desse seleto grupo. Que coisa maravilhosa, não é, pensar que Dante escreveu pra mim? Sinto-me honrada, lisonjeada. O fato de que Dante tratava seus leitores com carinho foi uma descoberta que me emocionou. Seria possível que tivéssemos algo mais em comum? Essa possibilidade me deixou inspirada. Uma noite, no finalzinho do meu ano pela Itália, enquanto bebia uma garrafa de chianti, veio-me uma audácia inusitada: escrevi uma carta para Dante. E o extraordinário é que o poeta, na minha imaginação, me respondeu, solicitando que eu lhe escrevesse sobre minha viagem na Itália. As cartas estão aqui.

Bruno olhou para o rosto cansado de Isleide e se ofereceu:
— Quer que as leia?
— Quero. Adoro quando alguém lê em voz alta para mim. Por favor, leia, leia, leia...

> *Ilustre poeta Dante,*
> *Durante este ano na Itália, estudei o retrato que o senhor fez do poeta latino Virgílio. Baseei-me na sua leitura das obras de seu guia. Minha dedicação à* Divina Comédia *foi total. Excluí o supérfluo para que pudesse concentrar-me no poema. Hora após hora, li-o, em silêncio, longe dos tumultos. Futuramente, quero escrever-lhe mais, se o senhor quiser ler as palavras de uma humilde leitora. Espero de todo o coração que tenha a paciência de ler minhas palavras.*
>
> *Isleide*

• • •

> *Querida Isleide,*
> *Sim, quero ler suas modestas palavras. Aposto que descobrirei nelas algo lindo e verídico. Permita-me sugerir que a senhorita escreva sobre sua viagem pela Itália.*

Dante

...

Ilustre Dante,

Sete séculos nos separam. Viajando pela Itália, olhando os castelos, as basílicas, as igrejas, as casas nobres, as aldeias medievais, senti que a história estava à minha frente no presente. A beleza que eu encontrava em todo canto fazia meu espírito voar e abolir o tempo terrestre. Portanto, estes sete séculos não impõem distância nenhuma entre nós dois. Sinto que o senhor vive conosco nesses tempos modernos, e que seu século pertence a mim. Não estamos separados, estamos juntos. Estamos unidos por sua obra que é eterna e por meu interesse nela. O que o senhor escreveu tanto tempo atrás é válido até hoje.

Uma característica da Itália, que reparei, é que a índole italiana – retratada pela paisagem, a arte, a arquitetura – traz de volta o passado. O passado torna-se o presente. O senhor amava a sua Itália. Eu, lendo seu poema, a amo também. Esse é o vínculo que nos une e faz dissolver as dimensões de tempo e espaço. Viajando por seu país, fiquei na sua companhia. Revivi aqueles encontros com seus amigos descritos na Divina Comédia. *Não só amigos, mas a gentinha detestável também. Passei pelas paisagens onde o senhor ficou mergulhado na juventude.*

Logo, percebi que a Europa não é homogênea. Há diferenças imensas. Conversas com gente da Alemanha, da Escandinávia, da Escócia, da Holanda revelaram que ainda existe uma fronteira entre o território conquistado pelos legionários romanos e as terras bárbaras. Assim surgiu a divisão entre o latino e o anglo-saxão, o que remete aos tempos clássicos e, depois, às cortes na França. Presenciei esse reflexo, evidente ainda hoje, por meio dos meus encontros com todo tipo de pessoa nos albergues da juventude.

O clima da Itália é uma maravilha que oferece variedade sem excesso. Lá no norte, nos Alpes e nos Dolomitas, vi neve pela primeira vez na minha vida. Na Lombardia, vi o campo verde e fértil, lugar do nascimento de seu mestre, Virgílio. Vi o gelo e a relva de Veneza e extrapolei, pensando como seria além das montanhas, na Áustria, na Alemanha, na Noruega. Gostei do inverno gelado nos Apeninos. E a beleza dos vinhedos da Toscana e da Úmbria me encantou. A Divina Comédia *me guiou. Naquele trecho sobre a fama, o senhor menciona Giotto. Fui para Pádua e fiquei horas na Capela degli Scrovegni. O beijo de Judas é o mais famoso beijo de todos os tempos. Fui a Assis, depois a Rimini, onde demorei, esperando o siroco quente e árido do Saara. Em seguida conheci o mistral, nascido no frio do mar*

Báltico, soprando pelo mar Adriático. Vi os mosaicos bizantinos em Ravena e Palermo. Juntei-me a um grupo de alpinistas para escalar o Etna. Vi a beleza romana decadente nas vilas e nos jardins da Catânia. Vi Nápoles, mas não morri!!! Visitei as relíquias romanas em Pompeia e fiquei maravilhada frente os afrescos clássicos. Achei extraordinário como o Vesúvio tinha entrado em erupção e como a lava sepultou a civilização romana. Fiz a travessia a Ischia, onde tomei um banho de duas horas numa terma. Velejei de barco a vela em alto-mar para simular a morte do poeta Shelley. Vi o lago Maggiore que encantara Keats. Nessas águas, fiz um passeio de barco a remo, maravilhando-me com o fato de que músicos, artistas, filósofos e playboys nórdicos tinham deixado seus países frios para gozar do calor e da cultura lá no sul, na Itália: Tchaikowski, Mendelsohn, Ibsen, Dostoievski, Freud, Mahler, Thomas Mann e meus poetas prediletos, Keats, Shelley e Byron.

    Estou no final da viagem, o dinheiro acabou. Dediquei minhas últimas possibilidades a Perugia, onde a gente da rua fala um italiano puro. Ouvi o Requiem de Verdi perto das escadas espanholas em Roma. Foi assim que passei a véspera do meu regresso ao Brasil. Nunca mais voltarei à Itália. Uma pessoa humilde feito eu não tem recursos para isso. Sua via-

gem virou a minha. Obrigada, ilustre poeta, por ter me mostrado a Itália, a coisa mais bela neste mundo.

Isleide

Bruno olhou para o rosto interrogativo de Isleide e observou:

– As cartas são você falando de coração aberto. Adorei. Obrigado por confiar em mim. Estamos prestes a chegar a uma conclusão?

– Estamos, sim. Dante refletia a Itália. Mas, e a Itália? Reflete o quê?

5. Janela

Pelo rosto cansado, Isleide dava a impressão de ser uma pessoa que dera tudo de si. Parecia que sua história chegara ao fim – ou quase. Só restava a conclusão. Sua fala captara a essência dela em todo seu sofrimento e beleza. Sua voz emergiu como um murmúrio:

– Resumindo, na *Divina Comédia* encontramos a profecia do moderno, no sentido de que o atual foi antecipado. A forte presença de Virgílio no poema traz relíquias do mundo clássico, ecos de Sócrates e Platão e toda a gama do drama grego. Lá, na Universidade de Florença, um filósofo me ensinou como encarar nossa história cultural. A solução residia em duas palavras fundamentais: "aberração" e "mimese". O pensamento grego tinha passado por uma releitura nas obras de Santo Agostinho, Santo Tomás e dos neoplatonistas. Assim sendo, a herança helenística foi apropriada pelos pais da Igreja. A adaptação da sabedoria clássica fornecera aos missionários armas potentes, impossíveis de resistir. O mundo ocidental sucumbiu e ocorreu uma aberração.

– O que a palavra "mimese" quer dizer? – perguntou Bruno.

– A palavra grega "mimese" significa imitar ou representar a realidade, principalmente no pensamento e nas artes. A filosofia e a arte, no tempo de Platão, tinham como meta conhecer a realidade até chegar à verdade. Para Platão, o maior desafio do ser humano era desfilar diante do Tribunal da Verdade e responder às perguntas dos juízes lá congregados. Infinitamente lindo, não é? Os padres, pelo contrário, não se interessavam por descobrir a realidade e, em consequência, aproximar-se da verdade. Para a Igreja, o que importava era a transmissão de uma mensagem: a criação, a encarnação divina, a paixão, a ressurreição, o juízo final perante Deus. E eram as palavras dos pais da Igreja que mandavam, palavras que se obedeciam até os tempos de Dante. Eram a própria lei.

Sem nem dar uma pausa, Isleide continuou: – Essa aberração foi um convite para corrigir um erro, utilizando o princípio da verdade buscada pela Ciência e pela Filosofia. Esse filósofo de Florença me explicou que, no decorrer dos séculos, a Filosofia e a Ciência se uniram. As duas trabalhavam em torno da mesma meta: expor a falsidade. A mais fulminante correção veio por intermédio da célebre hipótese de Copérnico, que corrigiu o geocentrismo de Ptolomeu. Os padres, em concordância com a doutrina cristã, tinham optado pelo geocentrismo, que foi imposto e se tornou inquestionável até os tempos de Dante e do Renascimento. Vê-se como o pensamento grego, reinterpretado pelo neoplatonismo, absorvido pelo cristianismo, promulgado por Santo Tomás, balizou a estrada durante séculos. Essa foi a história da cultura e do pensamento ocidental, que o querido filósofo florentino me ensinou. Finalmente, houve o impulso de corrigir o erro. Bonita a crença na certeza de que um dia o falso será exposto, não é? Desse jeito, abre-se o caminho para a verdade. E, nessa trilha, estava situada a *Divina Comédia,* um elo entre o clássico e o moderno. Essencialmente, o Renascimento trouxe de volta o pensamento, a matemática, a tecnologia e a arte dos gregos. E, no fundo, no fundo, o mundo clássico era material, profano, secular. Mas Dante não dava conta do legado. Pensava que tinha retratado uma viagem além-túmulo. Nada disso! Sua arte se assemelhava à música profana de Vivaldi!

Bruno olhou para o rosto incendiado de Isleide e indagou:

– E hoje?

– Desde o berço vivemos em simbiose com a tecnologia: a câmara, o chip, o vídeo, o computador, a internet, números, medidas, estatísticas. Coisas concretas que alimentam a mente moderna. Tudo repousa em cima de dados. E para ter peso, a informação deve ser quantificável, medida, vir de um estudo.

– Tem lugar para os loucos, pessoas como nós?

– Tem, sim, sempre. Cabe a nós criar esse espaço.
– Como? Por favor, me dê um exemplo.
– Recentemente, uma antropóloga mostrou que, na periferia do Rio de Janeiro, há mil barracos sagrados, construídos precariamente com madeira, plástico, sucata, todos seguindo o modelo de templos, sinagogas, mesquitas, igrejas.
– Magia?
– Magia negra! A história da Igreja é uma saga penosa. Os padres queimaram noventa por cento da literatura grega e decapitaram aquelas lindas esculturas clássicas.
– Só sobreviviam corpos esculpidos sem cabeça, então?
– Isso mesmo. Na Inquisição, mandaram judeus, ciganos, africanos, mouros e muitas mulheres para a fogueira.
– Gosto de seus exemplos de loucura, Isleide.
– Quer ouvir mais um?
– Quero.
– Joana d'Arc, acusada por heresia, também foi mandada pra fogueira. Poucos anos depois de sua morte, ela foi perdoada e beatificada. Quer mais?
– Quero.
– Na música sacra, a peça aparentemente mais solene de todas, o *Magnificat*, foi composta para incluir vozes femininas extremamente sexy.
– Que linda mistura de acontecimentos vivemos.

– Mas, como foram esses cinco dias de convalescência pra você, Bruno?
– Foram dias de paz perfeitos. Mas não podem durar para sempre. Descobri, ouvindo sua explicação. Somos duas pessoas diametralmente opostas. Sou engenheiro mecânico ligado às práticas deste nosso mundo material. Você, pelo contrário, é uma pessoa lírica e iluminada, vivendo num universo esplêndido. Minha fala é limitada, cotidiana, empírica. A sua, pelo contrário, atinge tudo: História, Geografia, guerra, paz, arte, o que me deixa com uma curiosidade. Posso fazer uma pergunta?
– Pode, claro.
– Durante aquele ano na Itália, você teve alguém? Algum amor real?
– Não.
– Posso saber por quê?
– Será meu prazer contar. Porque dei tudo de mim a um estudo da *Divina Comédia*. Não sobrevivia nada.
– Seu discurso dantesco tem uma riqueza sem igual. Foi meu prazer e privilégio ouvi-la, Isleide. Você foi magnífica. Obrigado. Agora me sinto outra pessoa, capacitada e incentivada a pensar e a trabalhar com um novo olhar... Além disso, sinto-me guiado pela figura modelo de nossos Velho e Novo Testamento.
– É só esperar que as oportunidades se apresentem.
– O que levou você a esse mapa de discernimentos?

– Sofrimento, seguido daquele ano vivido na Itália.
– Você foi testada pra caramba, não?
– Sim. Fui julgada.
– Por Deus?
– Não. Por mim mesma. Aquele filósofo florentino que me guiava me levou a um autoquestionamento. Descobri, no decorrer daquele ano, o que normalmente se leva uma vida toda.
– Entendi. Você emergiu do julgamento como se estivesse quarenta anos mais velha?
– Sim, emergi uma decrépita.
– Uma ideia perturbadora me bateu, depois de apenas cinco dias aos seus cuidados...
– Cinco dias é muito tempo, Bruno.
– Muito tempo! Como é que você sabe tudo isso, Isleide?
– O mundo me ensinou. Vivi um sofrimento tão intenso que a realidade da nossa existência me foi revelada. A crueldade endêmica do mundo é que dita as ordens. Impôs seus limites, suas proibições, seus tabus.
– Tudo isso gira em torno de crueldade. Pra você, a meu ver, foi um encontro penoso com uma realidade cruel. Quer que eu continue?
– Quero, claro.
– Foi um processo de reconhecer a realidade para chegar à verdade. Parece-me que durante seu ano na

Itália, sua devoção a Dante e à *Divina Comédia* era total, o que deixou o resto da sua vida vazia. Enfim, você vivia como uma criancinha na fase edípica cuja devoção e obediência a sua mãe era completa. Desculpe-me... mas como é que um nada, um ninguém, feito eu, tem a imprudência de sugerir um insulto tão penoso? Confesso que...

– O que foi, Bruno?

– Confesso que minha insolência me surpreendeu. Será que disse uma verdade?

– Sim, é uma verdade cruel. Mas você tem razão. E o fato de ter falado algo que diz tanto a meu respeito me impressiona. Eu devo lhe dizer obrigada. Sim, serei eternamente grata. Eu vivia uma compulsão, agora tenho que recuperar minha independência.

– A viagem para a Venezuela e México vai trazer-lhe uma nova vida. Vá!

A porta desparafusada

1. O enterro

Quando não sei o que fazer, eu, Lasteña Hortas, procuro o conselho de Hartmut. Fiz exatamente isso quatro dias atrás, quando recebi um fax de meu irmão, Rodrigues, que mora no Recife, pedindo minha ajuda. O falecimento de sua esposa, Helena, tinha deixado uma brecha na casa. Minha presença era rogada para preencher o vazio. Mas eu me sentia indecisa, o que explica meu pedido a Hartmut.

Quem é Hartmut e o que o habilita a me dar conselho? A resposta me alegra. Ele é um filósofo alemão que veio tentar a vida num país tropical. Gostou da América Latina e resolveu ficar. Tem mais: dos meus amantes, Hartmut é o único que se tornou um amigo verdadeiro após o rompimento.

Um filósofo alemão disposto a me ouvir e a dar conselhos, vejam só! E foi isso que Hartmut fez durante aqueles quatro dias. Havia dois fios alinhavando seu argumento: o insólito e o difícil. Precisava, dizia ele, dar as boas-vindas a ambos. Minha família é um tanto curiosa. Se eu aceitasse o "convite" para ir a Recife, teria a oportunidade de viver o incomum. Hartmut aconselhou:

– Melhor não deixar uma chance dessas escapar. Uma experiência fora do usual vale ouro. Uma oportunidade está aí. Agarre-a e o proveito será seu.

Então aceitei o convite e viajei para Recife. Logo ficou claro que Rodrigues queria que eu assumisse o papel que Helena tinha desempenhado ao longo de vinte e dois anos de casada. Helena sempre manteve a casa bem organizada e silenciosa, assim garantindo que o trabalho de meu irmão sobre as implicações das atividades políticas em Brasília, dos documentos decorrentes desse trabalho, bem como a consultoria que ele dava aos funcionários que trabalhavam na área, tivessem bom andamento. Ao longo dos anos, a definição das tarefas políticas era considerada "documentos de ouro", porém a maneira em que suas cláusulas foram apresentadas ao público deixou espaço para aqueles que quiseram refletir sobre seus reflexos. Daí o trabalho de Rodrigues. Evidentemente, ele quis fazer de mim a guardiã da ordem e da tranquilidade na casa: cabia a mim, dali em diante, assegurar que nenhuma ansiedade ou barulho passassem pela porta da biblioteca.

Cheguei algumas horas antes do funeral e fui direto à casa da minha família, onde as pessoas estavam reunidas. Na hora marcada, fomos para a igreja. A cerimônia não demorou a começar.

O sol estava de rachar. O padre, celebrando os ofícios divinos, suava copiosamente. Ele tinha um ritual a cumprir: fazer as exéquias de Helena, minha querida cunhada, que partira há quatro dias. Pelo menos a coitadinha escapou do inferno em que, agora intuo, ela vivia neste mundo. Com os braços estendidos, o padre começou o discurso:

Hoje, na hora do pôr do sol, estamos reunidos nesta velha igreja barroca para homenagear Helena Hortas. Solidarizamo-nos com a aflição da família Hortas, tão respeitada aqui no Recife. Foi no seio dessa ilustre família que Helena deu apoio incessante ao seu marido, Rodrigues Hortas, no desempenho do seu trabalho em nome do bem-estar da sociedade civil e de suas leis. A vida de Helena foi uma história de devoção ao bem comum. Reflitamos um momento sobre suas filhas, Madalena e Ilka, ambas cursando a universidade. Quero, também, acolher Lasteña Hortas, tia de Ilka e Madalena, presente aqui conosco, que veio do Rio de Janeiro para presenciar a despedida de sua cunhada. Também estimamos a presença dos noivos de Ilka e Madalena, João e Marcus. Enfim, quero agradecer a presença de todos reunidos aqui nesta homenagem. Abençoo a todos.

Depois da bênção, o padre pediu aos presentes que ficassem de joelhos. Quando todos estavam acomodados, o clérigo avisou que o organista, um jovem músico, tocaria um trecho de a *Missa solene* de Beethoven, para que pudéssemos refletir sobre a santidade de Helena, que agora repousava em outro reino.

Do órgão, restaurado à sua glória antiga, veio a música divina. Ajoelhada, olhei em volta e vi todos comovidos pela música fúnebre. O órgão era afinado, o organista exímio. Eu fiquei nas nuvens. Olhei para cima e, lá na janela de vidro colorido, vi os doze apóstolos retratados em posições reverentes e bondosas. A música ressaltava as cores, embelezando ainda mais a cena. Por fora, a janela foi iluminada pelos últimos raios do sol que se punha por trás duma serra.

Olhei ao redor. Rodrigues, em seu paletó preto impecavelmente engomado, apresentava-se como autêntico advogado constitucional que era. Interessante como as pessoas importantes assumem a *persona* de suas atividades profissionais. Rodrigues irradiava poder, confiança e autoridade, em suma, encarnava a própria lei. Helena se fazia presente por sua ausência.

Dei uma olhada nas minhas sobrinhas. Madalena parecia um tanque de guerra, Ilka era frágil. João, o namorado de Ilka, era robusto. Diziam que era doido por barcos à vela. Marcus, o namorado de Madalena, tinha cabelo longo e despenteado. De traje preto, porém desalinhado, tinha uma aparência afinada com sua paixão pela música: fiquei sabendo que ele tinha um grupo que tocava ritmos afro-caribenhos. De repente, a música parou. No lugar de Beethoven, entrou a voz mansa do sacerdote murmurando palavras sacras. Ele convidou Ilka e Madalena para fazer um tributo à sua falecida mãe. As duas se levantaram e se dirigiram ao púlpito. Uma após outra proferiram palavras para a congregação.

Ilka:
Mãe, o que farei sem você dando vida àqueles cômodos vazios em nossa casa? Sem o seu ânimo, querida Helena, aquela casa se transformará num necrotério. O chão será duro ao encostar do pé, sem seu gênio dando ternura e cor a ele, como se fosse um tapete persa. Sua índole era como papel de parede, cobrindo as paredes nuas. Sua presença trazia delicadeza às nossas vidas.

Madalena:
O trabalho que a senhora fazia em casa era de importância fundamental para o bem-estar de nossa sociedade. Sem sua devoção doméstica, nosso trabalho preparando conselhos legais teria sido gravemente prejudicado. Sua presença atrás dos bastidores era de valor inestimável para a nação. Pena que uma pes-

soa tão útil tenha que morrer cedo. Mãe, de todo o coração, obrigada.

Fiquei imaginando palavras que descrevessem a ocasião. Helena foi uma mãe dedicada e uma esposa fiel. Porém, por trás das aparências, era uma mulher que morreu anos antes de seu tempo. Por quê? Aí estava a questão subjacente. De certo, após a sua morte, como disse Ilka, a casa seria moribunda. E, nessa nova ordem, qual seria a minha reação às exigências de Rodrigues? Tenho ou não uma presença capaz de preencher o vazio deixado por Helena? Não tinha jeito. Eu estava encurralada: tinha de aceitar a proposta. A perspectiva de começar uma nova vida, longe dos divórcios e dos amores fracassados no Rio, deixou-me aliviada. Será que a disciplina de um trabalho me daria certa definição? Se não, voltaria ao Rio com mais um fracasso em minha lista.

O sacerdote olhou para o grande órgão, uma montanha de tubos prateados. Depois, de relance, acenou para o organista, que fez um gesto para um grupo de cantores que estava nos bancos do coro. Anunciou que, acompanhados pelo coro, nós todos cantaríamos trechos dos salmos 22, 33 e 129. O organista começou a reger a abertura. Os primeiros acordes soaram, enquanto todos, agora de pé, repetiam o texto impresso em uma folhinha. A música era bela. De novo, espantei-me com sua qualidade. Todos os olhares se voltaram para o organista. Surpreendentemente, uma missa solene estava proporcionando alegria. Tive a impressão de que a ocasião unia a família. Ao gesto do organista, começamos a cantar. Enquanto isso, o padre, sentado num banquinho, refrescava-se com a corrente de ar vinda de fora. Ele se animou e fez um sinal. O músico pôs um CD. Na mesma hora, reconheci a música: era a missa solene *São Sebastião*, de Villa-Lobos. De novo, a música mudou. Agora, ouvia-se a *Marcha fúnebre* de Félix Mendelssohn. "Que tocante", pensei, olhando o coroinha avançar pelo corredor entre os bancos, indicando, com gestos firmes, que os presentes o seguissem em direção ao portão.

Fomos atrás do caixão enfeitado de flores, carregado pelos noivos das minhas sobrinhas e mais duas moças. Saímos da igreja em cortejo, acompanhados pela música solene, rumo ao cemitério ao lado da igreja. Juntamo-nos ao redor da cova, que já estava pronta para o enterro. Os quatro carregadores, pondo cordas sob o caixão, posicionaram-se para baixá-lo. O padre, com o livro de orações na mão, parou e observou o caixão descer. Atirou-se terra sobre o esquife. Uma brisa fresca soprava do estuário. Ouvimos o apito de uma sirene de navio vindo do porto. Um cachorro latiu. O sol estava se pondo. A voz do padre, recitando pedacinhos da oração de réquiem, soava caduca:

> Ó Deus, sempre inclinado a perdoar-nos, rogamos pela alma de Vossa serva Helena, que morreu há quatro dias, retirada pelo Senhor deste mundo para que não caísse nas mãos dos inimigos. Pedimos ao Senhor que jamais se esqueça dela. Por favor, maestro, ordene aos santos anjos que a recebam e levem--na à pátria celeste a fim de que Helena não sofra as penas do inferno, mas desfrute dos gozos eternos.
>
> Conceda-nos, ó Deus Onipotente, que a alma de Helena, quando purificada por esses sacrifícios e livre de seus pecados, mereça alcançar o perdão de suas culpas e o descanso eterno. Nós vos pedimos, ó Senhor, que a alma de Helena mereça receber de Vós o orvalho perene de Vossa misericórdia. Senhor, nós Vos suplicamos que, aplacado, atenda aos sacrifícios que Vos oferecemos pela alma de Helena, a fim de que, purificada com os remédios celestiais, repouse em Vossa paternal bondade. Aqui jaz em paz Helena...

Os últimos ritos foram observados, Helena fizera a passagem. E nós, saindo do cemitério, ouvimos a *Sinfonia solene* de Tchaikóvsky, música que o compositor compusera para seu próprio funeral. Outra escolha sagaz do organista. "Que músico comovente", pensei, enquanto fomos rumo ao portão do cemitério. Incrível como músicos e poetas compunham seus próprios epitáfios. Olhei para trás. Vi Ilka ao lado da cova, oferecendo seus últimos respeitos. Fomos todos para os carros. Notei que os motoristas conversavam uns com os outros como se nada tivesse acontecido. Para mim, algo tinha acontecido. Não sabia o que, nem o que ainda estava aí para ser descoberto. Só sei que o encontro com a morte abriu horizontes. Enfim, será que a morte nos mostra como viver?

2. Dog-clip

Vendo Rodrigues na recepção, após o enterro de Helena, tive a impressão de que, para meu irmão, nada de grande importância havia acontecido. Embora eu não tivesse convivido muito com ele nos últimos tempos, eu o conhecia bem. No fundo, ainda era o mesmo rapaz com quem passei a adolescência. Como outrora, ainda era devotado a si mesmo. Arrisco dizer que vivia para seu trabalho: fazendo ajustes aos trechos brotados de uma gama de documentos legais, assim dando munição aos seletos abençoados pelo poder.

Depois da recepção, voltamos para casa. Evidentemente, Rodrigues queria deixar o clima funesto para trás e recomeçar o trabalho sem perder mais tempo. Para isso, convocou a mim, Ilka e Madalena para uma reunião. Ficamos à sua espera na frente da porta da biblioteca. Curiosa, olhei para a madeira tropical, rubra, lustrosa. Em cima, no batente, havia duas luzes, uma vermelha, outra verde. Sinal de trânsito em casa, por acaso, especulei? Um pegador estava pendurado em um gancho em forma de espigão afixado na porta, ao nível dos olhos. Perguntei:

– O que é isso?

– Um *dog-clip* – informou Madalena.

— A boca de um cachorro — gracejou Ilka. — É pra segurar bilhetes.
— E mordê-los — sugeri, olhando para Ilka, partilhando com ela o lado cômico de ter a boca dum cão para engolir mensagens.
— Um clipão que rosna — brincou Ilka.
— Nada disso — corrigiu Madalena. — Está aí para agilizar a comunicação. Na biblioteca, se desenvolve um trabalho importante. Papai e eu precisamos de paz total.
— E a gente, do outro lado da porta? — indaguei, consciente do fato de que eu estava colocando lenha na fogueira e incendiando a hostilidade entre as irmãs.
Silêncio. Ninguém falou nada. Limitei-me a inferir que a porta separava os dois mundos. Madalena apontou para a porta e explicou:
— Aqui em casa tudo se ajusta ao que se passa do lado de dentro da porta, onde se realiza o trabalho solicitado por nossos governantes e outras pessoas influentes.
Não pude resistir à tentação de ser encrenqueira.
— Então, a biblioteca é um lugar sagrado?
— Não há nada de inspiração divina no trabalho que papai e eu fazemos lá dentro — defendeu-se Madalena.
— Fazer ajustes aos princípios de um bom governo republicano é um trabalho mundano.
— Ateu, até — acrescentou Ilka.

– Rodrigues convocou esta reunião – observei. – Onde é que ele está? Madalena apontou para a luz vermelha acesa sobre a porta. Disse:
– Papai está na biblioteca, do outro lado da porta, trabalhando.
– Já?! – exclamei. – Poucas horas depois do enterro?
– Não há tempo a perder – comentou Ilka, cínica. – A nação está esperando.

Percebi que o que parecia normal para eles, que moravam na casa, era insólito para quem vinha de fora. Ilka me trouxe de volta à Terra quando disse:
– Seja bem-vinda, tia.
– Obrigada pela acolhida – respondi, tocada pela sensatez de minha sobrinha. Vi nela uma alma gêmea.

Isso me deu forças, até audácia, para sugerir:
– Não podemos bater na porta ou tocar a campainha?

Madalena fez uma careta.
– Não. Só esperar.

Eu já estava com vontade de abraçar uma sobrinha e bater na outra, mas consegui me segurar. Ficamos alguns momentos à frente da porta. Vi Madalena tirar da bolsa um celular. Ela digitou um código no aparelho, que foi entendido do outro lado da porta. Apagou-se a luz vermelha, acendeu-se a verde. Madalena e Ilka cruzaram a fronteira da porta. Eu me detive, saboreando o momento, imóvel na soleira da porta, a entrada permitida ou recusada por meio de uma luz verde ou vermelha. Fiquei surpresa quando me dei conta de que tinha sido convidada para vigiar a passagem entre os dois mundos.

Segui minhas sobrinhas. Madalena andava rápido, Ilka se detinha me esperando. Já dentro da biblioteca, dei alguns passos e parei, consciente do fato de que eu estava fazendo uma travessia. Ao meu redor, vi todo tipo de livro: enciclopédias, livros velhos de couro castigado, livros modernos, toda espécie de manuscrito. Senti um arrepio. Ilka, perceptiva, recuou e me ofereceu a mão. O gesto me encorajou. Seguimos pelo corredor entre prateleiras recheadas de informação.

Foi então que enxergamos Rodrigues sentado numa cadeira giratória, curvado em cima dos documentos espalhados sobre a mesa. De forma elegante, meu irmão se levantou e apontou em torno da biblioteca, como um guia atento. Partimos. Minhas sobrinhas nos seguiram, Madalena respeitosa, Ilka flutuando. Olhamos o computador, o fax, os CDs. Passamos à seção de línguas, onde estavam dicionários, enciclopédias, gramáticas. Fizemos uma pausa para assistir à exibição de um *software*. Foi então que me dei conta de que eu já estava sentada no centro de operações.

– Que bom que você veio nos ajudar – observou Rodrigues. – Sem Helena, nosso ritmo se rompeu.

– Estou grata, eu é quem estava em apuros.

– Como assim? – perguntou Madalena.

Vi Ilka apreensiva, esperando minha resposta.

Confidenciei:

– O último divórcio me deixou um grande vazio.

– Aqui terá uma família, tia – consolou Ilka. – E trabalho.

Com um gesto, Rodrigues revelou que meu papel era manter a casa tranquila e resolver os problemas antes que os distúrbios chegassem à biblioteca, um lugar que, evidentemente, sempre fora, nos tempos de Helena, um santuário para o trabalho. Essencial que Rodrigues e Madalena não se preocupassem com o resto da casa, deduzi. Concentração exigia ordem.

Fiquei intimidada. Mesmo assim, indaguei sobre a natureza do trabalho que se realizava na biblioteca. Comentei que, para onde quer que eu dirigisse meu olhar, podia ver a lei, a linguagem e a gramática olhando de relance. Percebi que minha observação agradou Rodrigues. Ele se apoderou da oportunidade e disse que, se substituíssemos a palavra "tradução" por "transição", o trabalho que se fazia na biblioteca seria revelado. Explicou que as impressões fluindo de documentos judiciais estavam em estado de transição constante. A lei também estava num eterno estado de evolução, o que trazia novas exigências e necessidades de reajuste. E a natureza desses requerimentos residia em decretos de emergência, ordens provisórias, projetos que não tramitam na Assembleia. Madalena resumiu a questão, dizendo que atualizar e depurar documentos era o objetivo do trabalho empreendido por ela e meu irmão naquele lado da porta.

Rodrigues balançou a cabeça. Evidentemente, tinha aprovado o comentário de Madalena. Continuou:

– Todo dia fazemos ajustes nas cláusulas, nos decretos, nos estatutos, nas ordenações.

"Sim, na verdade, se pensarmos no caráter permanente das mudanças, este trabalho só pode ser interminável", deduzi.

– Tudo isso não poderia ser feito em Brasília? – perguntei.

Surpreendi-me ao ouvir o questionamento no meu tom de voz. Rodrigues advertiu:

– Tememos o que poderia acontecer se deixássemos a reformulação dos reflexos vindos de documentos políticos, um trabalho tão delicado, nas mãos dos nossos políticos.

Senti um tom de desprezo na voz de meu irmão, o que me compeliu a comentar:

– Não é pra isso que eles são pagos?

– São pagos para aparecer. – Rodrigues sorriu, benevolente. – A mídia mostra nossos políticos trabalhando arduamente. Mera fachada.

Tentei sondar o assunto de outro ângulo.

— Tenho a sensação de que há algo permanente sobre o trabalho que vocês dois fazem em cima do transitório.

— Os políticos vão e vêm — disse Madalena. — Nós, não. Permanecemos.

— Nós quem? — persisti.

— No país inteiro há cerca de meia dúzia de pessoas trabalhando como nós — informou Madalena.

Foi nesse momento que Ilka entrou em cena. Pediu a seu pai que explicasse melhor a questão. Rodrigues afirmou que as leis remontavam à Antiguidade. Era preciso certo tipo de conhecimento para perceber as nuances linguísticas dos legisladores gregos e romanos e providenciar uma interpretação moderna.

— E onde é que todo esse ecletismo me coloca? — explodi, percebendo que a minha frase soava feia no meio daquele diálogo refinado.

— Continuando de onde Helena parou — disse Rodrigues.

— Não quero ficar nas pegadas de Helena — resmunguei. — Helena fez um excelente trabalho e acabou morrendo.

— Ela tinha boas razões... — informou Rodrigues.

— Pra morrer? — comentei. Vi que tinha cometido outra gafe. Às vezes, a discrição me abandona.

Rodrigues, impecável, resgatou a paz.

– Falando em Helena, vai ajudar se você, Lasteña, organizar os pertences dela e arrumar o quarto que está uma bagunça.

– Darei conta de tudo – prometi. – Existe algo mais para resolver?

– O quarto precisa de uma limpeza radical, – acrescentou Rodrigues –, inclusive uma descontaminação. Ilka, você pode ajudar sua tia?

– Claro.

Percebi que era chegada a hora de sair da biblioteca. Vi que Rodrigues e Madalena queriam ser deixados em paz. Ilka queria escapar da atmosfera carregada. Trocamos olhares. Saímos da biblioteca, deixando Madalena e Rodrigues grudados nos textos. Pegamos minha bagagem e, carregadas, fomos até o quarto que eu ocuparia enquanto estivesse na casa. Notei que Ilka tinha dado um trato no cômodo que estava pintado de cores alegres, o que fazia o quarto acolhedor. Ilka me confidenciou que arrumá-lo lhe ajudou a superar a solidão. Foi um bom momento, um dos instantes raros e preciosos para serem guardados. Abraçamo-nos calorosamente, longe daquele *dog-clip* pronto para nos morder.

3. Relíquias

Entramos no quarto de Helena. Fiquei parada, refletindo. Há vinte e dois anos, Helena se casara com um advogado com uma bela carreira pela frente e tivera duas filhas com ele. Hoje, tinha sido enterrada. Não existia mais. Mas teria ela existido algum dia? Ou teria vivido em um eclipse permanente, incapaz de salvaguardar qualquer vestígio de si mesma. O jeito, sugeri a Ilka, era deixar que os objetos abandonados no quarto de Helena falassem. Ilka acenou com a cabeça e indagou:

– Acha que esses objetos têm voz, tia?

– Sim, para pessoas que têm ouvidos.

– Como nós?

– Sim, como nós.

Logo percebi que o lugar era penoso para Ilka. Era evidente que, para ela, sua mãe ainda estava presente, representada por seus pertences, que falavam conosco. O quarto ecoava aflição. Coloquei Ilka na cadeira giratória para que ela pudesse me dar apoio sem botar as mãos nos objetos que traziam de volta memórias penosas. Enquanto eu trabalhava, Ilka não fechou os olhos: queria ver os escombros de uma vida. Nem tapava o nariz: queria cheirar os restos. Vi que Ilka não iria fugir do quarto. Ela pretendia testemunhar o esqueleto que lá estava à mostra, e não dar as costas para as relíquias defuntas. Pelo contrário, queria enfrentar a realidade em vez de procurar abrigo atrás de um escudo, um véu, uma máscara ou um biombo. A presença de Ilka naquele cômodo mortuário me ajudou um bocado. Senti que minha sobrinha era uma joia de pessoa. Resolvi chamá-la de Pérola Ilkeana. Foi então que ela sugeriu que eu abrisse a porta do guarda-roupa. Fiz isso e descobri uma garrafa de uísque escocês. Que bom estar com alguém que revelou um segredo tão inusitado. Bebemos na clandestinidade, brincando, rindo, enquanto os dois secos trabalhavam na biblioteca. Uma garrafa de uísque tinha falado: sim, objetos têm voz. Conversamos, de vez em quando tapando nossas bocas com uma almofada para abafar nossas risadas. Se a nossa irreverência passasse pela madeira sólida da porta da biblioteca e chegasse até os dois patriotas trabalhando lá dentro? Seria uma traição nossa, gracejar com o destino da nação.

Era uma pausa rara e oportuna. Eu sempre me sentira frágil, no ritmo de altos e baixos de euforia e melancolia. E, desde a partida de Helena, Ilka estava sozinha neste mundo. Isso nos tornou unidas do mesmo lado daquela porta. Foi extraordinário descobrir que existia alguém na nossa família com quem eu pudesse conversar desse jeito. Eu estava descalça. Encostei meus pés no tapete persa cor de vinho, fofo ao toque. Olhei para a cortina cor de mostarda. E então, ação!

Comecei pelo tapete, que estava impregnado de sujeira: urina evaporada, fezes ressecadas, comidas estragadas. Veio ao meu nariz um mau cheiro danado. Cuidadosamente, para não negligenciar algo que ia nos falar, olhei sob o tapete, que já começava a se desintegrar. Enrolei-o devagar, revelando segredos sepultados: blusas, calcinhas, sutiãs, meias. Amarrei o tapete com um cordão. Só havia um destino para ele: a fogueira. Voltei minha atenção para a cama. Os lençóis, originalmente brancos, tinham se tornado cinza. Havia todo tipo de roupa amassada empurrada por baixo da cama. Fedor. Com as roupas, fiz uma pilha. Esvaziei o colchão, rasgando o tecido para revelar objetos valiosos.

O mordomo apareceu; mandei-o queimar o tapete, as roupas, os lençóis e o colchão. Logo sentimos o cheiro da fumaça. Vimos as chamas pela janela. A cama foi para um asilo de idosos. Passei a vasculhar o guarda-roupa. Sei que uma pessoa prestes a morrer esconde coisas preciosas nos bolsos. Tinha um palpite: me depararia com algo de importância extraordinária, como um testamento, uma confissão, algo que apontaria para o que havia atrás das aparências. No princípio, eu trabalhava lentamente, peneirando, avaliando, antes de jogar as coisas no lixo. Depois de uma hora de trabalho, achei o que minha intuição me dissera que tinha de existir: uma carta que, sem dizer nada a Ilka, pus num bolso fundo e seguro. Será que aí estava a resposta para a questão: por que Helena havia morrido tão cedo, antes de sua hora?

Selecionei toda roupa ainda aproveitável para lavar a seco. Solicitei ao mordomo que jogasse o resto na fogueira. O guarda-roupa também foi doado para um asilo. Despachei ainda as duas poltronas, após dar uma olhada minuciosa na tapeçaria. Agora o quarto estava vazio. As paredes estavam marcadas por restos esqueléticos onde os móveis estiveram encostados. O chão tinha restos secos de sangue, cuspe, lodo. Voltei-me para Ilka, mostrei a carta e perguntei-lhe se queria que eu a lesse. Ela acenou que sim. Eu a li em voz alta. Ilka permaneceu atenta, a fragilidade de seu rosto dava-lhe um ar de porcelana delicada.

Carta do além-túmulo

Com esta carta, vou levantar minha bandeira pessoal que anuncia a verdade. O inimigo da verdade é a mentira. Porém, às vezes, é só por meio da mentira que se chega à verdade: a mentira se desnuda, e ali jaz a verdade. Minha vida foi uma rede de mentiras. Rodrigues declarou seu amor para mim. Mentira. Nunca amou ninguém, nem suas filhas. Assim veio a primeira mentira, no centro do tecido, como aquele feito por uma velha em seu tricô. Uma mentira conduzia à outra. Assim foi minha vida matrimonial. Ao longo dos anos, minha existência se assemelhava à de um peixe preso na rede do pescador. Não quero chorar miséria, não. Quero ser justa. E a justiça está vinculada à verdade. E requer uma divisão da culpa: uma parte fica com Rodrigues, a outra, comigo.

No decorrer dos anos, permiti que acontecesse o que de fato aconteceu. Sou vítima, sim. Porém, assumo minha responsabilidade. O casamento começou sem amor e logo se transformou em ódio. Aí jaz a verdade por trás das aparências. Projetávamos para todo mundo uma impressão de um casamento bem-sucedido. Sem dúvida alguma, Rodrigues tinha sucesso, e muito. No seu trabalho, era um sucesso estrondoso. Mas eu não fazia parte desse êxito. Eu era um fracasso total, mas não mostrei minha alma ao mundo. Pelo contrário, exibia um rosto sorridente. O casamento afundava em desprezo, porém, no início, havia uma espécie de admiração pervertida. Fiquei envenenada. Nunca contei a verdade a ninguém, mesmo com Ilka e Madalena crescidas e cursando a faculdade.

A mim, restava um pedacinho de autoestima. Não ia me suicidar. Por quê? Acho que o ser humano só tem um dever: viver. Resolvi manter intacto esse pedacinho de dignidade. Entretanto, não quis mais viver. E isso é equivalente a dizer que eu quis morrer. Eis a verdade que eu tinha de encarar nos últimos tempos. Foi o que fiz, vivendo nesta toca.

Helena

Ilka quis ficar com a última carta de sua mãe. Eu a entreguei. Em seguida, segurando-a, chorando e soluçando, eu a acompanhei pelo corredor. Assim deixamos para trás o quarto de Helena. Mandei o mordomo arrumar um pintor. Quando ele viesse, o quarto deveria ser lavado e pintado com duas camadas de tinta clara. Tudo seria limpo e ficaria em ordem, mas o que a sujeira e putrefação tinham a nos dizer? Mandei uma mensagem para meu amigo filósofo, solicitando sua opinião. Hartmut replicou:

> *Sim, um quarto reflete uma pessoa. Alguém que deixa as cortinas de seu quarto fechadas mostra sua simpatia para a escuridão e, por implicação, para o que não pode ser atingido. Um quarto catingoso ilustra falta de respeito, até desdém, para com as normas em vigor. Um quarto em desordem revela indiferença em relação aos visitantes.*

O que confirmava a minha impressão de que o estado de seu quarto explicava e refletia a morte prematura de Helena. Ela tinha vivido vinte e dois anos de solidão, ignorada, esquecida, desprezada, o que a deixou sem vontade de viver. Escapou da miséria morrendo. Além disso, o quarto fazia parte do retrato da minha família, que cabia a mim pintar.

4. Marcus e João

Continuei a construir o retrato da família. E havia uma questão intrigante: quem tinha autoridade para utilizar o *dog-clip*, ou mesmo abrir a porta e entrar na biblioteca? Para descobrir mais sobre o universo dessa (minha) família, pedi às minhas duas sobrinhas que trouxessem seus namorados para conversar comigo.

Sem demora Madalena me apresentou a Marcus. Tive uma surpresa. Esperava um rapaz a caminho de se formar em Direito, cujo interesse por sua banda era apenas uma excentricidade passageira. Mas ele se aproximou gingando. "Será que um dia esse malandro vai ser um advogado com uma carreira sólida pela frente?", pensei. Suas roupas folgadas pareciam um pano de chão usado. Na mesma hora, enxerguei em Marcus um entusiasta da música. Arrisquei um comentário:

– Outro advogado a caminho!

Marcus riu com um toque de escárnio. Madalena fez uma careta e disse:

– Nem tanto, tia.

– Eu esperava outro futuro advogado ambicioso, encaminhado nas ordens do Direito. – Troquei sorrisos discretos com Marcus.

– Ambicioso! – Madalena soltou a palavra. – Veja as notas dele.

– Um desprezível oito por acaso? – questionei.

– Oito?! Seria a glória! – esbravejou Madalena.

Constatei que Marcus não tinha voz própria: Madalena falava por ele. Marcus não parecia desconcertado ou então estava escondendo seus sentimentos. Qual dos dois? Sua expressão era receptiva e frágil. Ver alguém visivelmente sensível privado de voz própria me perturbou. Só podia haver uma explicação: Marcus não tinha inclinação pelo Direito.

– Está apaixonado por qual tipo de música? – perguntei, fazendo um gesto encorajador.

– A música da selva – disse Madalena, novamente respondendo por seu namorado.

– Seu conjunto tem nome? – perguntei.

– Tem, sim. Som Caribenho – respondeu Marcus com voz firme, percebendo que eu estava a seu lado.

– Que tipo de música vocês tocam?

– Afro-caribenha. Quer assistir a um show de nossa banda, Lasteña?

– Adoraria! Gosto muito de suingue e ritmos animados. Sou muito ligada a música afro. Mas espere aí, Madalena vai também, não?

Vi Madalena concordar e respondi:

– Combinado, então?

– Combinado – concordou Marcus.

O convite feito e prontamente aceito deixara Madalena de fora da conversa. Evidentemente, ela só queria tirar o namorado de cena. Mas já era tarde demais. Por alguns instantes, Marcus tinha encontrado sua voz. Observei os dois saindo: um andando ereto, o outro cambaleando. A menção a Som Caribenho fizera a vida brotar no rosto de Marcus. Olhei para o casal se distanciando, Madalena obviamente a caminho de um diploma universitário de primeira, Marcus de uma qualificação pobre, se é que ele terminaria a faculdade. "Por que Marcus não tinha jogado fora a lei?", interroguei-me. A batida caribenha estava aí à sua espera. Ficou claro que ele vivia sob pressão.

Evidentemente, o único contato de Marcus com a biblioteca era por meio do *dog-clip*. Ao final, ele seria admitido como advogado ou *office boy*? Sem dúvida, se Marcus quisesse, uma carreira sólida estaria à sua espera do outro lado da porta. Antes que desaparecessem, Marcus se virou e acenou. Correspondi. Depois, ele e Madalena se foram, deixando-me cantarolando baixinho música afro-caribenha.

• • •

No dia seguinte, à tardinha, Ilka trouxe João e o apresentou para mim. Já estava na hora do primeiro

drinque do dia, e sugeri que eles se juntassem a mim. Fomos para meu quarto. Perguntei:
– O que vocês querem beber? Só tenho rum, aceitam?
– Aceitamos rum. – A voz de Ilka era alegre, a cara de João demonstrou animação.
– Um costume marítimo que remonta ao domínio hispânico na América Latina – comentei. Minha observação agradou o casal visivelmente.
– Que João mantenha o costume vivo! – acrescentou Ilka.
– A bebida quente nos dá ânimo! – adverti. Fui para meu guarda-roupa e tirei a garrafa de rum do esconderijo. – João, o que faz quando não está no barco à vela?
– Trabalho no estaleiro, equipando iates para navegar em alto-mar.
– Posso chamá-lo de timoneiro, João?
– Pode, claro. – João ficou visivelmente surpreso e, de novo, contente.
– E a meteorologia, anda ajudando? – indaguei.
– Um marinheiro precisa se adaptar às vicissitudes do tempo – João aconselhou. – Se você, num barquinho a vela, estiver lá no estuário, e cair uma tempestade tropical, uma das experiências mais exuberantes é planar, quer dizer, surfar em cima das ondas.
Ilka perguntou:
– E em alto-mar?

– Se o boletim meteorológico prever que o tempo vai mudar – respondeu João –, o marinheiro esperto manobra e fica em lugar seguro.

– Então... – Eu quis saber mais.

– A previsão do tempo mexe com nossos planos. Só depois descobrimos quão perto da realidade a previsão estava.

– Deve ser bom ser lobo do mar, não? – instiguei.

– Se é! Se quiser, levo você pra uma regata quando o tempo mudar e os ventos estiverem mais fortes. Gostaria de ir?

– Nossa, adoraria! Mas Ilka iria também, não?

– Ah, tia, nem pensar. Não sou tripulante. Prefiro ficar na sede do clube, não em alto-mar.

Olhei para minha sobrinha. Ilka estava usando *jeans* e uma camisa listrada. Parecia uma pessoa ainda mais delicada ao lado do bronzeado João. Após a rápida conversa, os dois foram para um bar às margens do estuário.

Depois desse momento agradável na companhia do casal, senti-me sozinha na casa vazia. Sou uma pessoa ávida por ação, e quando nada acontece, caio no tédio. Pensei no timoneiro João. "Um dia", especulei, "esse lobo do mar partiria como tripulante num iate, navegando em alto-mar pelo mundo inteiro". Fiquei tocada com a perspectiva de ação na companhia de João. Será que iremos passear de barco à vela pelo estuário, planando em cima das ondas ao redor de uma tempestade tropical? Ou, quem sabe, navegaremos de iate pelo litoral abaixo, até Salvador ou, subindo, até Natal, no Rio Grande do Norte, perto da Linha do Equador?

Será que João e Marcus estavam fadados a se juntar à família? Do lado de cá ou de lá da porta? Eu estava curiosa. Pedi a Hartmut que falasse sobre surpresas. Seu comentário veio logo.

Uma vida sem surpresas é uma chatice. A arte abriga surpresas. A individualidade é protegida por surpresas. Surpresas brincam com o conhecimento. Vivemos surpresas, graças a Deus. Uma surpresa conduz a outra.

Para mim, Lasteña Hortas, João era uma surpresa, Marcus outra. O curioso é que eu tinha encontrado duas pessoas com quem podia conversar. Coisa rara. Nós éramos três arruinados. O elo entre nós, intuo, é que um futuro incerto estava aí à nossa frente.

5. Os dois mundos

Mas será que incumbia a mim descobrir quais eram as implicações desse trabalho que se desenrolava do outro lado da porta? Muito se apoiava sobre as cláusulas executivas derivadas dos direitos constitucionais. Para adquirir esse *know-how* era necessário conhecer as leis em nosso país e nos países d'além-mar, dos tempos antigos até os modernos. Isso exigia uma erudição ímpar. Claro, poucas pessoas eram qualificadas o bastante, o que explicava o tamanho minúsculo da claque. Outra exigência era o silêncio. O trabalho se desenvolvia na clandestinidade, o que fazia da biblioteca um esconderijo seguro. Desse lugar, ninguém sabia nada: nem o público, nem a polícia, nem a oposição. Esse pensamento me levou a um assunto que me fascinava: na atualidade, onde residia o poder? De uma maneira ou de outra, aposto que o poder ficava nas mãos de um punhado de pessoas bem parecidas com as duas que trabalhavam do outro lado da porta. Essa conclusão apontava para duas vertentes na nossa família. Uma abrigava os bem-sucedidos: Madalena e Rodrigues. A outra, os marginalizados: Ilka, Helena, eu. Em suma, havia os de um lado e os do outro lado da porta. Como é que os poderosos posicionados do outro lado da porta controlavam o mundo moderno? Vou tentar descobrir. Talvez seja arrogância minha, mas sinto que me foi concedido um dom: ver o que, para outras pessoas, era invisível. Além disso, estou numa posição favorável: a porta da biblioteca está à minha frente e é bem visível e palpável.

Sou louca? Sei lá. Só sei que quero conhecer aquela porta e entender o que acontece por trás dela. Seguindo as pegadas de Platão, se não me engano, Hartmut me ensinou que a filosofia é a eterna busca da verdade. Deve haver uma relação entre o poder e a verdade e, no caso de nossa família, a loucura também. Pela internet pedi a Hartmut para comentar sobre isso. Sua reação veio:

A loucura tem um lado positivo. Abre portas para que o medo, o contraditório e as surpresas possam entrar em cena, manifestando extravagâncias artísticas e novas perspectivas.

Na outra semana Ilka queria que eu falasse da esquisitice na nossa família. Informei-a que a loucura remontava aos seus avós, meus pais. Essa singularidade ficou evidente quando lhe contei que seu avô Assad era um estudioso semita e uma autoridade em hieróglifos. Pacotes contendo pergaminhos chegavam à nossa casa do mundo inteiro para serem decifrados. No meio de tudo isso, o interessante é que minha mãe, Samira, costumava fugir de casa. Grupos de busca eram organizados para trazê-la de volta. No fim, ela foi mandada para um hospício, onde ficou até sua morte. Evidentemente, essa esquisitice na família poderia ser a resposta para a nossa idiossincrasia. Ilka quis saber como vovô Assad recebera a notícia do falecimento de sua esposa. Respondi que ele se tornara histérico: não dava conta da vida sem sua esposa. Isso não era surpresa nenhuma para Ilka. Era a mesma história aqui no Recife, ela contou. Rodrigues e Madalena precisavam de gente estranha empurrando o outro lado da porta da biblioteca para manter seu equilíbrio. Sem essa força retroativa, a porta, desgovernada, ia balançar ou até cair. Tínhamos chegado ao âmago da questão: a peculiaridade da família. Ilka faria qualquer coisa para escapar à maldição que pairava sobre nós: fugir, viver embaixo de um viaduto, deixar de estudar ou até se prostituir. E mais: Ilka pressentia que minha vinda iria ajudá-la.

Observo minhas sobrinhas. Suas atitudes diante da porta da biblioteca são bem diferentes. Ao chegar perto, Madalena costuma tirar da bolsa um espelhinho, que pendura na boca do *dog-clip*. Olha-se, enfeita-se. Em seguida, confiante, imperiosa, embelezada, entra na biblioteca, pronta para trabalhar em manuscritos, redigir textos, cuidar das palavras, equilibrar frases.

Em contraste, Ilka fica perto da porta e, como um cachorro, trata-a como se fosse um poste qualquer na rua. Nessa postura, Ilka se revela: sua pele morena, seus olhos penetrantes, a boca rasgada e larga. É assim que o mundo a vê. Continuo a simpatizar com ela. Gosto também do curso que faz na faculdade, Antropologia. Quem o escolhe revela-se uma pessoa sensível. Por outro lado, quais serão os motivos para estudar Direito? Confiança, ambição, obediência?

Outro dia, a uns passos da porta da biblioteca, tive uma conversa com Madalena:

– Por que você está trabalhando com esse grupo minúsculo de caciques e não com pessoas autorizadas pela democracia?

– Porque, grosso modo, essas pessoas autorizadas pela democracia, os políticos e os funcionários públicos, são de dois tipos: babacas ou malandros.

– Você está dizendo que só tem crápulas lá em cima?

– Estou, sim. Pessoas que pensam em negócios e não nos princípios de um bom governo.

– E como é que você se integrou nesse círculo tão pequeno e íntimo?

Madalena explicou que, além de cursar a faculdade de Direito, fazia tempo que estudava grego e latim. O essencial era recuperar o melhor que existia na prática jurídica dos séculos anteriores e usá-lo de novo. Aqueles que não veem o retorno aos princípios básicos como um requisito fundamental não chegarão ao topo de sua profissão. Era um atributo que nos unia aos outros países, digamos Itália, França, Inglaterra. A lei nos oferecia unidade. Madalena também estudava francês e de inglês. Isso porque, na jurisprudência, a velha ordem dava passagem à nova, com o código napoleônico, na França, e os direitos do povo, na Inglaterra e nos Estados Unidos.

– O amor faz parte de seu trabalho, então?

– Faz. Amor pela linguagem é crucial para entender esses documentos na língua original. Além disso, ajuda a desemaranhar as constituições nos Estados emergentes africanos e asiáticos.

– E, depois, quando você terminar a faculdade, o que pretende fazer?

– Serei o mesmo que meu pai, um membro pleno da claque.

Ao ouvir isso, eu, que nunca fiz faculdade nenhuma, me senti pequena, como um inseto insignificante. Só falei:

– Você acha que, ao longo de sua jornada, não haverá nenhuma colisão ou possibilidade de ser jogada pra fora do curso? Será que as coisas sempre darão certo?

Madalena ficou calada. Inconsequente por um instante, eu tinha falado demais. Para equilibrar o discurso, mudei de rumo.

— E Marcus?
— Marcus também está estudando Direito. Estamos juntos na faculdade, você já sabe.
— Sei. Então, tudo está nos conformes, certo?
— Sim, tia, está. Quando nos formarmos, o noivado será oficializado. Papai acha melhor nos dedicarmos a nossos trabalhos acadêmicos, por enquanto. E eu concordo com ele.
— Marcus comentou um pouco sobre sua paixão pela música. O que acontecerá com sua banda? Os ritmos afro-caribenhos estão no coração de seu noivo...

De repente, senti meu astral subindo. Será que dava para perceber a animação em meu rosto? Evidentemente, meu corpo inteiro estava vibrando, o que não agradou Madalena. Ela pediu desculpas, abriu a porta da biblioteca e entrou. A porta se fechou na minha cara e fiquei sozinha. Tirei um espelhinho da bolsa. Deixei-o pendurado no *dog-clip* e me olhei. Vi um rosto moreno, rosado pela emoção que toda aquela conversa desafiadora tinha me proporcionado.

Recuei alguns passos. Agora a porta inteira estava em foco. Olhei-a. Se houvesse qualquer distúrbio do lado de cá, a concentração de Rodrigues e Madalena seria desviada. Uma vírgula poderia ficar no lugar errado. Será que o destino da nação dependeria da posição correta de um ponto final? Algo calamitoso poderia ocorrer se um gerúndio, em vez de um infinitivo, estivesse numa cláusula jurídica. E se uma passagem ficasse pomposa quando deveria ser enxuta? Ah, meu Deus! E se o sentido de um trecho ficasse claro quando os caciques tivessem pago para que ele fosse obscuro?

Senti vontade de me divertir. Mas naquele lar não havia divertimento algum. "Lar?", questionei. Era um centro de operações. Já faz seis semanas que estou aqui. Como me sinto? Uma qualquer, sem posição, estou de fora. Seria lisonjeiro ser aceita do outro lado da porta. Mas estou excluída, banida. Sinto-me uma refugiada sem nada. Todo mundo, exceto eu, tem um papel a desempenhar. Mesmo Ilka tem uma jornada cheia: vai para o curso de Antropologia, tem João, visita o cemitério onde Helena descansa... Só Ilka enxerga meu desânimo.

Estou resmungando, não devo fazer isso. A única pessoa responsável por meu baixo astral sou eu mesma. Não posso culpar ninguém, cabe a mim assumir meu estado de espírito. Rodrigues me convidou para cuidar da casa. Que alívio ter recebido sua proposta! Depois de seis semanas, meu irmão está muito satisfeito: a casa em silêncio, do jeito que ele gosta. E eu? Num e-mail pus a questão a Hartmut, que logo expressou sua opinião:

Chegou a hora de evoluir, ter maturidade, escapar da compulsão de conquistar, deixar de ser a eterna moça sedutora. Enfim, achar alternativa para quando aparecer um homem interessante não querer eternamente ser a mulher mais fascinante do mundo. Cuidado, a caça pode deixar a charmosa heroína em apuros, tendo de enfrentar a traição, o ciúme, a vingança...

Entendi. Ver João e Marcus me faz lembrar a verdade inquietante. Nunca trabalhei. Esperava ser convidada para ir ao teatro, a churrascos, cinemas, botecos para dançar gafieira, tango, pagode... Dizem que minha elegância dançando é impressionante. Neste momento, só tenho vontade de dançar até a madrugada e depois cair na folia na praia. Não posso. Devo deixar o passado para trás e evoluir.

6. Lasteña no palco

Marcus apareceu em casa à minha procura. Convidei-o para tomar um uísque "clandestino" no meu quarto. Ele gostou da minha irreverência. Disse:
– A apresentação da banda será no sábado. Trouxe um convite pra você, Lasteña.

Peguei o ingresso.
– Obrigada, já estou animada para a apresentação.
– O lugar é bem rústico, na praia. Acho que você vai gostar. Vou chamar mais alguém para lhe fazer companhia.

Vi que a banda significava o mundo para Marcus. O resto que se danasse. É maravilhoso quando uma pessoa vive em função do que gosta, e o milagre se dá quando essa pessoa conhece outra que se interessa pela mesma coisa. Perguntei:
– O que você quis dizer com "lugar rústico"?
– Que ele tem teto de palha e é aberto ao redor.

O novo sempre me excita. Explorei:
– Não seria melhor você se dedicar aos seus trabalhos da faculdade?
– Não deboche, Lasteña. Você sabe mesmo dançar?

Fiz uns passos.

Marcus gostou e não escondeu o fato de que ali estava alguém com quem ele se dava bem. Disse:

– A banda vai gostar de você!

Chegou o dia tão esperado, sábado à noite. A plateia se deliciava com a brisa fresca que soprava do mar. Madalena e Ilka também foram ao show. Lá longe, um navio passava, apitando, uma massa de luzes refletidas na água. A dedicação de Marcus, à frente da banda, criava um vínculo com a plateia. A atmosfera se animava, e as pessoas se apinhavam. A banda ajudou, tocando calipso. Marcus, acompanhado por sua guitarra, pediu, gesticulando:

– Lasteña, favor, venha até aqui e dance pra nós.

Fui para o palco e fiquei parada por um instante como uma estátua. Então comecei a dançar, como se estivesse dançando num carro alegórico. O segredo, eu sabia, era não se exibir, não dançar demais: dar apenas uma amostra, que prometia mais a seguir. Testei a plateia, julguei sua reação e, depois de alguns minutos, parei. A banda continuava tocando rumbas, boleros e salsas, como introdução a um delicado, porém animado, samba de salão. No momento certo, Marcus me colocou à frente da banda e me apresentou ao meu parceiro. Lá ficamos nós, à vontade, dançando uma gafieira. Só precisei de alguns segundos para avaliar meu par. Sua condução era firme, mas não imponente. Parecia discreto, deixando espaço para a dama, como no balé clássico.

Seria um espetáculo afinado, sem quaisquer sacudidas ou pulos exagerados. Logo, formulei um conceito sobre o cara que dançava comigo. Não se tratava de um exibicionista, mas de um dançarino propriamente dito. Demos uns vinte passos. Marcus prestava atenção. Aqui e acolá, ele olhava para mim para conseguir unir dança e música. Marcus mudava o compasso, acompanhando o tempo com a mão. Agora a banda, eu e meu par estávamos entrosados. Com grande tranquilidade, Marcus experimentava novos acordes, sincopando a batida, deixando o improviso se espalhar pelo palco. Sentia que meu par estava bem à vontade enquanto compartilhávamos um novo ritmo. Nosso contato era espontâneo, energizado por Marcus. Intuitivamente, eu percebia que nosso desempenho era um elo harmonioso entre nós três.

Enfim, numa pista de dança, não há coisa melhor que passos básicos executados com fineza, confiança e garra. Chegamos ao clímax numa crescente de viradas sincopadas. A plateia, deleitada, batia palmas acaloradamente. No fim, para divertir os presentes, fizemos um show de salsa e merengue. O público gostou. Marcus se aproximou, apertou a mão do meu par e me abraçou. Foi um momento de aplauso estrondoso. O sucesso foi triunfal, o que fez Marcus, visivelmente, se entusiasmar. Em voz alta, para todo mundo ouvir, ele disse:

– Lasteña, com você conosco, nosso grupo vai longe.
– Imagina!
A intervenção severa veio de Madalena, que se aproximara. Ilka, que também se aproximara, pegou meu braço e me arrastou para fora com uma força surpreendente. Eu resisti: queria ficar com a banda, dançar, viver. Mas Ilka, no comando, me puxou e saímos correndo. Ficamos à beira-mar, sob a Lua. As feições de Ilka estavam iluminadas.
– Tia, você acaba de fazer uma inimiga pro resto da vida.
– Mais uma na lista. Tenho um rastro de traições e ciúmes, sabia?
– Sabia, sim. Vamos, tia. Se você sabe o que é bom pra você, é melhor sairmos daqui, rápido.
Fomos embora. Eu, ainda relutante em ser fugitiva, falei, aos borbotões:
– Quero ficar com Marcus e sua banda. Detesto fugir desse jeito covarde. Olhe, Marcus ama a música, o ritmo, a dança. Eu também. Ele é apaixonado pelos ritmos afro-caribenhos como eu. Foi um belo momento que pode prometer algo pro futuro: um interesse estrondoso em comum, um projeto conjunto. A porta se abriu, e o caminho estava ali. Pensei no desperdício que seria se Marcus passasse o resto da vida sendo *office boy*. Será que Rodrigues vai me dispensar, depois de apenas dez semanas cuidando da casa? Aposto que

Madalena contará para Rodrigues o que aconteceu. Sim, sei que naquele momento roubei o namorado dela. Sou ladra? Mereço castigo? Será que voltarei ao Rio arruinada? Caso isso aconteça, quero me esconder pra sempre, ficarei eternamente trancada num baú ou atada num guarda-roupa. Será que terei outra oportunidade de viver? Mal ouso esperar, depois do que fiz.

Ilka, compreensiva, tinha me deixado falar. Então comentou:

– Será mais prudente ficar quieta, tia, e não tão eufórica.

– Será que Madalena vai falar com Rodrigues?

– Vai.

– Acha que tenho que mudar meu jeito de ser?

– Sim, tia. É bom deixar a vida nos mostrar nossos erros.

– Hartmut disse que eu sou uma anarquista charmosa. É verdade, Ilka, sou assim mesmo?

– Sim, tia, é verdade. Faz parte da sua personalidade.

Fomos embora, dizendo verdades uma à outra. O que nos atormentava era a cisão na família. A maldição que pairava sobre a família atemorizava a nós duas.

Chegamos em casa. Fui para meu quarto. O que eu podia fazer? Apenas ficar invisível. A única certeza era que Madalena me detestava. Pela manhã, vi o ódio nos olhos dela quando saiu para a faculdade. Ela me ignorou com total frieza. Quero ser amada, não odiada.

Madalena faria qualquer coisa para que eu sumisse daquela casa, Ilka me informou, quando veio ao meu quarto me dar bom dia. Depois, ela também foi para a faculdade, deixando a casa deserta deste lado da porta da biblioteca. Do outro lado, Rodrigues trabalhava, deixando-me sozinha com meus pensamentos. Intuí que as repercussões do baile iam ecoar.

A reprimenda veio logo. Poucos dias depois, à noitinha, vi um envelope, endereçado a mim, pendurado nas mandíbulas do *dog-clip*. Aproximei-me e encostei-me na janela do salão e olhei para a porta da biblioteca que parecia um rosto corado com dois olhos monstruosos, um vermelho e outro verde. O espigão parecia um nariz, brotando feito uma baioneta. O rosto olhou para o que quis ver: uma casa em que a ordem reinava. Eu quis ser convidada à biblioteca a fim de participar dos trabalhos. Quis ser incluída, mas não recebi convite. Nada. No decorrer dos anos, Helena tinha suportado todo esse vazio. A luz vermelha brilhava acintosamente. Abri o envelope. Era uma convocação: Rodrigues queria me ver imediatamente. Fitei a luz verde, abri a porta da biblioteca, entrei e passei pelo corredor forrado de livros. Meu irmão foi direto ao assunto.

– O que nunca deveria ter acontecido ocorreu naquele baile. Madalena está magoada e não tem condições de se concentrar no trabalho. Marcus tem perdido todo o interesse por ela e pelo curso de Direito.

Deixou até de ir à faculdade. — Rodrigues parou por um momento, antes de arrematar a queixa. — Isso é inadmissível, Lasteña. Estou sendo claro?
— Sim, Rodrigues. — Ouvi minha voz humilde.
— Outra infração desse porte será considerada grave — advertiu Rodrigues. — E você será mandada de volta ao Rio, entendeu?
— Entendi — repliquei, sentindo-me reduzida a pó.

Em seguida, ouvi em silêncio, com a cabeça baixa, a fala de Rodrigues:
— Convidei você para manter a ordem por aqui. Só uma casa governada por regras pode ter uma atmosfera propícia para o andamento de nosso trabalho. Expliquei-lhe as normas. Mesmo assim, elas foram violadas. O regime que mantém a tranquilidade foi desrespeitado. Só a obediência proporciona as condições necessárias para o nosso empreendimento, que tem uma importância cardeal para o desenvolvimento da nação. Será que você consegue entender, Lasteña?
— Consigo, sim. E esses textos "santificados" estão guardados a sete chaves, numa caixa de vidro, numa cripta, sob vigilância eletrônica? Será que um dia ladrões os roubarão e os revenderão?
— Quanta bobagem, Lasteña, você está fora de si? O público tem acesso aos documentos fundamentais. Estão acessíveis a todos, nas lojas e bibliotecas.
— E quanto tudo isso custa aos cofres públicos?

— O preço de nossa liberdade é incalculável. Nenhum dinheiro vale mais do que nossos direitos. Lasteña, por favor, contenha-se.

— Esses documentos sigilosos aos quais você dedica sua vida...?!

— Dão princípios, indicam direção, guiam.

— Se eu desejasse, poderia lê-los?

— Nada a impede, é só se dirigir à autoridade competente.

— Sinto-me mais morta do que viva nesta casa.

— Irmã, você já tem idade para adotar a discrição.

— Rodrigues, olhe pra mim. Você vê uma pessoa discreta?

— Não, não vejo. Por isso mesmo, não queremos nenhum daqueles seus transtornos por aqui.

— Não sou acanhada como Helena.

— Você foi chamada expressamente para evitar confusões, não para causá-las. Acho melhor você se acalmar e aprender a viver com discrição. A propósito, como já lhe disse, mais uma infração e você voltará para o Rio. Estou sendo claro?

— Sim, *mein führer*.

Sem falar mais, Rodrigues se pôs a trabalhar outra vez. Era o sinal de que a conversa havia sido encerrada. Saí da biblioteca e fui para o meu quarto. Só queria ficar encolhida, como um velho furão sem dentes na sua toca. Tudo o que eu valorizava: a arte, a música, o ritmo, fora destruído. Aquele instante de entendimento mútuo entre mim e Marcus tinha sido esmagado. Naquele momento, compartilhamos algo raro: o sucesso. E um sucesso conduz a outro. O povo manifestou-se e queria ouvir a banda de Marcus. O que aconteceu? Nosso futuro fazendo música caribenha foi arrasado pelo aparecimento brusco de Madalena. Não quero morrer, quero viver. Como um samurai, tenho que fazer algo dramático ou sumir.

Dias depois resolvi escrever uma carta.

Caro Marcus,
A meu ver, a vida só tem uma regra: viver. Respeito essa regra. É o único mandamento diante do qual me curvo. Frente a essa meta, arrisco tudo, caio no ridículo.
Tudo bem, tenho uma proposta audaciosa, mas também prática, no sentido de estar nos limites do possível. Se juntarmos nossos recursos podemos montar um grupo de música. Eu tenho anos de experiência com música, dança e composição. E você tem uma banda já formada. Seria um conjunto de habilidades já posto à prova naquela noite quando, acredito, nosso entrosamento foi bom. Coisa rara. Apenas basta que continuemos desse jeito.
Lasteña

Entreguei a carta nas mãos do mordomo e fiquei parada frente à porta da biblioteca. Será que sou uma tola? Certamente, o mundo vai me julgar uma doida. O mundo que se dane. Tudo o que acabei de escrever é verdade. Um projeto desses é viável. Exige visão para discernir a meta e coragem para implementá-la. Acho que não vamos cair no ridículo, porque a base em que repousa o plano é a nossa experiência.

Minha hipótese se baseia em fatos. Sem sua banda, Marcus desaparece como pessoa, não existe mais. E, para mim, a existência desse grupo já é algo que valorizo. Comigo ao seu lado, Marcus se sentirá mais confiante, forte, disposto a sair e a encarar o inimigo mortal chamado indiferença. Além disso, eu precisava de um projeto para pôr fim àquele fio diabólico de fracassos na minha vida.

A resposta não demorou a chegar. O mordomo me trouxe um envelope branco e me entregou. Abri-o e li:

> *Querida Lasteña,*
> *Naquele momento triunfal, me senti transportado para um futuro glorioso. Sua descrição de um futuro que estava à nossa espera corresponde aos meus sonhos. E, como você disse, ele seria fundado na prática, contornando os obstáculos do cotidiano. Minha experiência limitada me inclina a concordar com o que você, belamente, escreveu a nosso respeito.*

Que maravilha seria se o caminho estivesse desembaraçado e livre.
Mas, infelizmente, não está. Fui chamado para comparecer à biblioteca. Obedeci à convocação e concordei em largar a música e me dedicar aos estudos de Direito. Em recompensa, terei uma carreira sólida. Sempre guardarei o momento iluminado que vivenciamos naquele show.

Marcus

Pode-se imaginar como me senti... rejeitada, magoada. Contudo, não pude culpar Marcus. O coitado não existia mais, era um fantoche. Nós dois experimentamos o impossível naquela noite do baile na praia.

Fui para o meu quarto e me joguei na cama. À tardinha, ouvi movimento pela casa. Fui investigar e vi um rapaz colocando na porta da biblioteca uma espécie de interfone, um mecanismo que "escutava e falava". Com ouvidos e boca, a face enrubescida do *clip-dog* seria completa. Agora, a entrada na biblioteca, definitivamente declarada proibida, seria protegida por um escudo eletrônico.

Não aguentei o prospecto de mais uma noite em branco. Meu corpo doía. Bati na parede para que Ilka ouvisse do outro. As batidas eram nosso código. Ao longo das doze semanas que eu estava aqui, a gente

se encontrava clandestinamente na madrugada. Falávamos em sussurros. Minha sobrinha retornou o sinal. Fui ao encontro dela na cozinha levando uma garrafa de conhaque. Ilka observou:
— Vejo que algo aconteceu.
— Aconteceu. Rodrigues advertiu-me que se ocorresse mais uma infração, seria mandada de volta ao Rio.
— Entendi... aconteceu mais alguma coisa?
— Sim, estava pensando sobre o trabalho que Rodrigues e Madalena fazem na biblioteca. Na sua opinião, Ilka, qual é a natureza desses documentos administrativos?
— Tudo se desenrola ao redor da palavra ambiguidade. Um político não quer ficar preso a uma fraseologia clara e concisa.
— E como se conserva essa ambiguidade? — eu quis saber.
— Usando a arte da retórica, que dá aos políticos um espaço para driblar as normas.
— A sinfonia inacabada de Schubert! — exclamei.
Ilka, visivelmente tocada, se recompôs e disse:
— Isso mesmo! Arte incompleta... Algo acabado não é, de maneira alguma, o que se deseja em Brasília. Com o passar do tempo, haverá um bocado de novos políticos com novas promessas para divulgar.
— Será possível que Rodrigues e sua gangue percam o emprego algum dia? — indaguei.

Ilka riu. Logo em seguida, justificou sua alegria ruidosa, afirmando que sempre existiriam cláusulas para ajustar, novas emendas para encaixar, regras de emergência para implantar, artigos comuns para elevar a altos princípios. Enfim, dando conta do fluxo de decretos temporários exigia um talento artístico que seu pai espertamente desenvolveu ao longo dos anos e agora estava deixando como legado para Madalena.

– Tia, por favor, fale um pouquinho de meu pai.

– A competência de Rodrigues não é nenhuma surpresa. Na escola só tirava nota dez e cursara a faculdade com brilhantismo. Ao tirar *laudum excelcis*, foi chamado para uma entrevista em Brasília e, em seguida, convidado a se juntar à claque que revisava e atualizava trechos governamentais e administrativos, atuais e do passado. Obviamente sua contratação foi feita na surdina. Da noite para o dia, Rodrigues tornou-se uma pessoa poderosa.

– Meu Deus! – exclamou Ilka. – Imagine que tudo o que rege nossa vida depende da arte praticada na biblioteca, debaixo de nossos narizes. Será que é um segredo perigoso que nós duas compartilhamos?

– Não – assegurei. – O que nós sabemos não pode prejudicar alguém que faz parte do esquema, porque todo mundo envolvido está protegido por princípios elevados que remontam aos Direitos do Homem, à Revolução Francesa e, mais pra trás ainda, à polis de Platão.

— Nós também — suspirou Ilka. — Que história a nossa!

— No fundo, no fundo, o que será que sustenta esse negócio lucrativo de redação? O que você acha, Ilkinha?

— Acho que é tirar o útil do transitório e dar-lhe o perfil de permanência. É isso que faz de papai e de seus cupinchas funcionários que não existem oficialmente.

— E como isso acontece na prática? — questionei.

— Uma chamada é recebida. Rodrigues e Madalena vão a Brasília com fardos de documentos sigilosos aos quais nem o presidente da República tem acesso.

— E se esses documentos fossem finalizados?

— Olhe, como a Lua cresce e diminui, os regimes vão e vêm. A primeira tarefa de um novo governo, ao derrotar o antigo, é reinterpretar a velha documentação. Sempre foi desse jeito, desde a primeira proclamação de direitos humanos. E quem você acha que é capaz de fazer esses reajustes, tia?

— O mesmo grupo de antes! Nossa, como estou gostando da sua aula, Ilkinha.

Coloquei leite numa panela e acendi a chama do fogão. Era nosso ritual da madrugada: beber leite pingado com conhaque. Vi que Ilka estava cansada e queria dormir. Logo fui para meu quarto. Eu estava tão excitada que não consegui pegar no sono. Fazia um calor danado. Era sinal de que o tempo estava mudando. Uma tempestade ia cair.

Entrei na internet, confessando a Hartmut como eu tinha me lançado à procura do prazer. Seu comentário veio logo:

> *Decepção descreve uma situação que gira em torno de uma boa oportunidade jogada fora. A oportunidade de recusar, ser moderada e controlada, estava aí. Foi rejeitada e, por implicação, arremessada a esmo.*

Mais uma vez, eu, Lasteña Hortas, tinha caído. Ser uma anarquista charmosa fazia parte de minha personalidade. E o resto de mim? Existia? Eu tinha de enfrentar minhas inquietudes...

7. Flutuante

O tempo esfriou. Ventos tomavam conta da casa, a chuva batia no telhado, a água corria ao longo da estrada, entrando e saindo das sarjetas, borbulhando pelas valas. Pancadas de vento, com sua presença aérea escuramente impressa na água, moviam-se através do estuário. Perto, no sota-vento da orla, viam-se águas crespas. Ao longo do estuário, ondas brancas escumavam. João, deliciando-se com a mudança do tempo, fustigado pelo vento e pela chuva, chegou em casa correndo, todo molhado e observou:

– Está chovendo a cântaros e ventando pra diabo. As condições serão perfeitas quando a chuva parar. Que tal uma volta pelo estuário, Lasteña?

– Adoraria, isto é, se Ilka achar que tudo bem.

– Por mim, sem problemas – disse minha sobrinha.

– Tem certeza de que não quer fazer parte da tripulação? – questionei.

– Tenho, tia. Sou um marinheiro de água doce, do tipo que se bebe numa xícara de chá ou café. Ficar molhada, com frio, amedrontada não é minha praia. Vá e se divirta por mim. – Ilka fez um gesto expansivo e generoso. – Boa navegação!

A chuva parou. João e eu deixamos Ilka no seco e seguro clube. Olhei para o rio Capibaribe e, mais além, para o estuário, antecipando nosso curso rumo ao oceano num barco à vela. Ao redor vi ondas raivosas e, em cima, nuvens que ainda nos envolviam. No meu rosto sentia uma rajada de vento. Que delícia, a ação ia deixar a inércia para trás. Para mim, tudo era novidade. Seria um encontro com a natureza sem a proteção de teto, paredes, painéis de vidro. A aventura se abria à minha frente. Pensei nos navegadores holandeses que chegaram nesta costa, naqueles barcos desenhados para resistir a todo tipo de tempestade, descobrindo um novo continente.

João me mostrou, orgulhoso, o barco com dezesseis pés de comprimento, que tinha espaço para duas pessoas: o timoneiro que seria ele e o tripulante, eu. Explicou que o casco do barco era feito de fibra de vidro reforçada por um vigamento de fios metálicos. O convés e o leme também eram de fibra de vidro reforçado. O mastro, segurado por estais, e a retranca eram de alumínio. O que fazia o barco forte, porém leve e capaz de flutuar sobre as ondas.

A chuva parou. Transportamos o barco num carrinho e o lançamos na água. Içamos a vela mestra e colocamos as quatro talas de plástico reforçado. Enfiamos a esteira da vela mestra na retranca e ligamos o burro, *kiching strap*, que segurava a retranca da vela mestra.

Por fim, puxando a adriça, subimos a bujarrona na proa. Olhei para nosso barco com suas duas velas, a mestra e a bujarrona, ambas içadas e seguradas pelas escotas. Era um momento único. Estávamos nos preparando para quê? Será que um naufrágio estava à nossa espera? Nadar naquelas águas furiosas seria um desafio singular. Há pessoas que querem ficar na segurança do lar, e outras que preferem correr riscos. Minha índole sempre acolhia peripécias. Dei uma olhada no colete salva-vidas preso ao meu corpo. Sim, era um amigo de confiança.

João me informou que eu seria encarregada de esticar ou afrouxar a escota de bujarrona, de acordo com a direção do vento. Também o peso do meu próprio corpo tinha de manter o barco no nível. Cabia a mim então fazer bordo enquanto segurava a escota da bujarrona nas mãos. Tudo dependia da posição do barco em relação à direção do vento. Havia duas forças, uma vinda das velas e outra do vento, que impulsionava o barco para a frente. Olhei para as duas velas que nos uniam à natureza. Cabia a mim trabalhar como um marinheiro treinado. No estuário, vi que havia outros barcos com tripulantes a bordo.

João, largando o barco do cais, ordenou peso fora e na popa para manter a proa leve e erguida. Sentada no convés, fiz bordo, pés nas tiras de bordo, corpo horizontal, além da borda, em cima das águas. Uma rajada de vento, girando ao redor duma tempestade tropical, levou-nos através das cristas das negras ondas. O casco se elevou, sibilando solto no ar, deslizando sobre o topo das ondas, surfando, rumo ao mar que se alargava à frente.

Guardo todos os detalhes preciosos daquela viagem pelo estuário: o vocabulário náutico e a técnica que eu estava aprendendo. A sensação de alívio que vinha da movimentação sobre a água impelida por um vento traiçoeiro pôs fim ao meu abatimento. Estava viva de novo. No final da trajetória, perto do oceano, João transferiu a escota da vela mestre de sua mão e a colocou entre seus dentes. Com sua mão livre acenou para trás na direção da sede do clube.

Mas eu não queria voltar. Pelo contrário, queria ir para o oceano lá adiante. O horizonte, percebi, era sem limite. O alto-mar acenava. Porém, estávamos num barquinho. Mudamos de direção. Na volta, João me mostrou várias manobras. Escotas esticadas e presas nos mordedores, navegamos na orla, os dois fazendo bordo. Logo, folgamos as escotas e navegamos no través, com o vento em popa. João arribou o barco e fizemos um *jaibe*. Depois, andando bem orçado, nos dirigimos rumo à sede do clube. Queria saber como tinha sido a minha atuação. Mas não perguntei. Tive de me conter. Era crucial aprender a me controlar. Com essa curiosidade em mente, deixei os dois, que foram para um boteco curtir a noite. Mais tarde, de madrugada, Ilka me procurou. Inquiriu:

– E então, tia, como foi sua viagem pelas águas agitadas?

– Foi incrível! Uma baita experiência.

– João achou que você foi um verdadeiro lobo dos mares. Sim, tia, ele disse que, uma vez a bordo, você foi uma marinheira danada. Conte-me tudo. Não me esconda nada!

Relatei como aquela viagem me proporcionou momentos singulares. Em primeiro lugar, a natureza impôs limites. Vi isso quando, no final da trajetória pelo estuário, olhei para o oceano e quis avançar para alto-mar. Mas, respeitando as vicissitudes dos ventos e das ondas, João insistiu que voltássemos para a segurança do clube. A realidade do oceano falou mais alto. Em segundo lugar, achei o uso do vocábulo náutico único, uma vez que cada instrumento a bordo do barco – moitão, escota, retranca, bolina, adriça – tinha sua própria voz. Via a mesma singularidade no emprego das palavras que descreviam as operações náuticas: fazer a bordo, surfar, dar um *jaibe*, orçar. Em terceiro lugar, presenciei um respeito pelo protocolo que unia os marinheiros nos vários barcos. Todavia, a necessidade de certa flexibilidade por nossa parte foi imposta pelo tempo caprichoso.

Fiz uma pausa. Já havia me aberto um bocado. Agora era a vez de Ilka descrever a cena de outro ângulo, vista do calor seguro da sede do clube. Acenei e Ilka indagou:

– Como acha que devemos encarar essa sua aventura náutica, tia? O que Hartmut nos diria?

– Hartmut era um discípulo de Husserl que livrou a humanidade do dualismo cartesiano que, há séculos, tinha separado o homem da realidade material: o mundo e seus objetos. Em suma, existia um forte elo entre coisas em si e a percepção daquelas mesmas coisas. Mais tarde, Husserl avançou ao sugerir que o ser humano estava ativamente envolvido no *Lebenswelt,* quer dizer, participava no mundo lá fora.

– Então, você acha que, de acordo com Husserl, havia seu ângulo vivido no barco à vela e o meu, de dentro da sede do clube?

– E como é que nós duas nos encaixamos nessa geometria angular?

– Atrevo-me a dizer cada uma de nós estaria em um de seus vértices.

– Husserl teria adorado sua geometria, sabia, Ilkinha?

– Sinto-me honrada. Como é bom ter alguém com quem se pode abordar o mistério que a vida é.

– Acha que chegamos a um ponto decisivo?

– Arrisco dizer que sim. Evidentemente, para Husserl e, subsequentemente, para Hartmut, ser ativo no mundo material que está lá fora é algo crucial. O exemplo perfeito, tia, foi sua viagem no barco a vela. Acho que um encontro com o vocabulário náutico também era um aspecto de sua experiência no *Lebenswelt*. E seu mestre? Qual seria o posicionamento de Hartmut?

– Nos tempos modernos, Hartmut diria que filosofia é a interrogação de experiência.

– O que faz do elo entre nós duas filosófico? Bonito, somos unidas.

– E como! Podemos dizer que a descoberta da América Latina corresponde à minha experiência velejando.

– Não para aqui, tia. Sua experiência vivendo no *Lebenswelt* vai continuar. João me falou que está planejando um grupo de tripulantes para um iate que sairá em alto-mar numa corrida até Salvador. Se faltar um integrante na tripulação, o palco será todo seu, tia Lasteña.

– Num iate? Será que tenho condições, mesmo sem nenhum treinamento?

– Sim, sem dúvida nenhuma. Não fique com receio, pois você se mostrou uma marinheira nata.

Na semana seguinte, chegou a notícia confirmando a corrida costeira de Recife a Salvador. Seria num iate de quilha fixa. A sorte continuava a meu favor: fui convidada a completar o grupo quando um membro da tripulação recusou o convite. Tinha de me familiarizar com guinchos, cabrestamentos, cordões brabos, velas cheias de vento. Só uma coisa importava: aproveitar a oportunidade. Comecei a pensar que, uma vez em alto-mar, enfrentando vento e ondas, a realidade seria outra.

Dei um pulo na estrada que corria ao lado do estuário. Lá vi o iate ancorado. Em poucos dias, aquela embarcação seria a minha casa, se o tempo continuasse como estava, ventando. A expectativa estava no ar. O oceano abria perspectivas: novas terras! Era um acontecimento que estava à mercê do vento, da chuva, das ondas! No final das contas, a natureza era grande, o ser humano pequenino, como retratado por nós duas: eu em alto-mar, Ilka na sede do clube.

Chegou o dia da regata. Fomos para a linha de partida. As condições meteorológicas eram favoráveis: dias com ventos fortes estavam previstos. Lançaram um sinalizador, e a corrida rumo a Salvador teve início. Com o vento forte do nordeste, navegando no través, nosso percurso foi concluído rapidamente, em trinta e sete horas. Atravessaríamos a linha de chegada logo depois da meia-noite. Tivemos de ir com cautela rumo a uma ancoragem segura. Aproamos o iate, em seguida colhemos a vela-mestre. Aqui e acolá, João aproava o iate para que o vento, soprando na bujarrona, nos levasse. Os outros tripulantes estavam embaixo, eu e João, sozinhos no convés. O vento ficou frio, uma vaga se movimentava. Adiantei-me para arriar e colher a bujarrona. João abandonou o leme e subiu para ajudar. A vela lá na proa batia violentamente. João gritou:

– Marinheiros de água doce embaixo.
– E nós em cima, no convés.
– Está ainda gostando de ser marinheira, Lasteña?
– Estou adorando a vida sobre as ondas.
– E você se afeiçoou a ela?
– Como um peixe à água. Obrigada por me aceitar, capitão.

Embora fosse um verdadeiro lobo do mar, João é aberto. E o que é mais natural do que duas pessoas se apoiarem uma à outra num convés balouçante? Nem tudo estaria acabado ali, naquele momento, com um abraço; terminaria definitivamente mais tarde, numa pensão perto do cais.

8. Quem sou eu?

Para chegar uma resposta vou consultar meu guru interno, lá dentro. Sou um nada ou sou alguém? Vou tentar descobrir. Quero saber, aliás, preciso saber se tenho uma personalidade ou não. Ter caráter dá resolução, e a nova situação exigirá decisões, o que me dará a oportunidade de me definir como pessoa. Pelo menos, com toda certeza, sei que sou uma ladra: roubei os namorados de minhas sobrinhas. Graças a mim, Marcus, efetivamente, não é mais uma pessoa. Fui eu quem o transformou em um capacho usado para limpar os sapatos sujos das pessoas que atravessavam aquela porta venerada. E João, por causa de meu roubo, sumiu do mapa. Depois de nossa excursão de iate, ao voltar para terra firme, foi convocado por Rodrigues para explicar seu comportamento libertino, divulgado pela tripulação. Evidentemente, João se mostrou intransigente. O coitado foi jogado no porão dum iate, destinado a navegar por aquelas águas tempestuosas ao sul da Terra do Fogo.

Sem dúvida nenhuma, tudo indica que eu também sou como aqueles dois. Para avaliar a verdade da acusação, é preciso olhar para trás e para a frente, conectar o passado ao presente e projetar um possível futuro. Até agora, sou considerada um nada sem uma existência própria. Na verdade, minha história era um catálogo de fracassos. E só há uma explicação: carências compõem meu caráter. Sempre fui, e ainda sou, uma diletante, alguém que passa a vida inteira brincando, indo para uma festa cá, sofrendo uma ressaca lá. Trabalho, nem pensar.

Cabe a mim buscar alternativas. E quem vai efetuar essas mudanças? Eu mesma! Haverá possibilidades se eu conseguir desenvolver meu caráter. Sou eu quem tem de se mover para a frente e crescer. "Interrogar a experiência abre perspectivas", dizia Hartmut. É preciso resgatar os retalhos do passado que sugerem novas possibilidades no futuro. Contudo, me livrar do passado não será tarefa fácil: as histórias se repetem e reaparecem no presente. Por exemplo, mais uma vez, fui sedutora quando, na frente da banda de Marcus, dancei samba, bolero, salsa... E foi na condição de diletante que fiz o trabalho de tripulante nas embarcações à vela comandadas por João. Aos quarenta e dois anos, chegou o momento de fazer uma autoavaliação e ver minhas seduções à luz da realidade.

Não quero mais ser julgada como entulho jogado no esgoto, mas como vou conquistar isso? A resposta reside nas minhas reações à evolução dos eventos. Cabe a mim me conter e me encaixar na nova situação, ter certo controle sobre os estímulos provenientes de fora, como as luzes na porta da biblioteca. Nosso retorno a Recife oferecia uma nova situação. Eu fui expulsa. Rodrigues me deu quatro dias para sair da casa, enquanto ele e Madalena estavam trabalhando em Brasília. Antes do retorno dos dois, eu deveria sumir do mapa para nunca mais voltar. É curioso como ser expulsa, despachada, dispensada, deixou-me disposta a questionar. Tornei-me ciente das mudanças dentro de mim. Emergir de uma humilhação total trouxe a surpreendente sensação de ser liberta, solta, purificada. Estranhamente presente, também, era a inclinação para recomeçar. Resolvi escrever uma carta para Ilka, sugerindo um novo começo.

Querida Ilka,
Meus dias estão contados. Não é segredo nenhum. Todo mundo sabe que fui expulsa daqui e tenho quatro dias para sair de Recife e voltar ao Rio de Janeiro. Já reservei dois lugares no avião, um para mim, e outro para você, se quiser me acompanhar. Além disso, estou lhe oferecendo um lugar em minha casa, no Rio. Espero de todo coração que aceite. Enfim, cabe a você tomar essa decisão. Se viajarmos juntas, sugiro que você apareça aqui na frente da porta da biblioteca, daqui a dois dias, às duas horas, uma hora antes da chegada do táxi, para que possamos

colocar em prática o que planejei. A partida, minha ou nossa, se enquadra dentro desse plano.

Questiono-me se você terá a generosidade de fazer as pazes comigo. Aí a pergunta que me deixa ansiosa: posso ter esperança que você aceite o convite e me acompanhar ao Rio? Se não, pelo menos, pode se despedir de mim aqui na frente da porta? Ouso esperar, também, que aceite minhas desculpas e me perdoe.

Lasteña

Ilka aceitará meu convite? Dois dias de espera me deixam angustiada. Gostaria de saber, nesse momento, como Ilka está se sentindo. Se ela vier, minha volta ao Rio não será a dolorosa viagem que eu temia. E, sem Ilka ao meu lado no Rio, o vazio estará à minha espera. Sua presença abençoaria essa jornada de volta. Um dia alguém realmente bom apareceria em sua vida, se eu não o roubasse! Não, futuramente, meu lugar será o calor seguro da sede do clube.

O tempo passou. No segundo dia, às duas horas, bagagens empilhadas, eu estava esperando na frente da porta, quando enxerguei uma sombra. Era Ilka, pronta para viajar, mala feita na mão.

– Obrigada pela carta, tia. E agora?

– Pelo resto de meus dias só me vestirei de molambo remendado, caindo em pedaços, velho, sujo. Pretendo andar como uma velha decrépita, lentamente, com pulsos forçados, feios. Quero parecer uma ruína aos olhos de todos. Do início do dia até o fim serei uma figura exausta, um caco que inspira desprezo. Não pretendo ser convidada pra lugar algum. Ninguém quer ficar ao lado de uma bruxa cujo hálito fede.

– Se isso a faz se sentir melhor... Eu também consegui enxergar uma luz. Temos de amputar o passado e limpar a ferida. Veja bem, há algum tempo percebi que sair desse manicômio era a prioridade número um. Sua chegada, tia, foi o catalisador que eu esperava. Será que o tempo me ensinará a viver com a sua traição? Ouso pensar que sim. É um risco enorme, mas resolvi corrê--lo. Sim, aceito seu convite e a acompanho para o Rio.

Olhando para a porta da biblioteca, intuitivamente, sabíamos que as respostas estavam ali. Ilka riu de maneira cínica, eu de forma discreta. Nossos risos combinaram. Foi Ilka que nos impulsionou para a frente, perguntando o que a gente ia fazer com a porta da biblioteca. Destruí-la com um machado, pôr fogo ou, como Lutero, deixar alguma mensagem? Evidentemente, o nosso desafio era entender o todo--poderoso universo que reinava atrás da porta. Ilka quis saber, como descobrir o que acontecia do outro lado da madeira rubra? O enigma explicava seu nervosismo diante da porta sagrada. Contudo, a escolha era nossa: optar por liberdade ou servidão. Era surpreendente perceber que só um passo para a frente ia nos impelir na direção certa. Chegou o momento de divulgar meu plano.

Rodrigues e Madalena estavam longe, trabalhando em Brasília. Na ausência deles, cabia a nós duas decifrar a realidade oferecida por aquela porta com suas luzes que apontavam para o poder abrigado lá dentro. O que me fazia lembrar o conselho de Hartmut que dizia que o poder, mesmo gigantesco, até absoluto, sempre teve estas feições indecifráveis ao longo dos séculos. Enfim, o poder em si ficava invisível, inatingível, torna-se algo ilusório.

Vi Ilka com os punhos cerrados. Evidentemente, ela estava avaliando nosso potencial de guerreiras.

– Tia Lasteña, você parece bem melhor. Acha que suas aventuras com Marcus e João a deixaram mais forte?

– Acho que sim. Elas me devolveram a confiança, o que me habilitou a formular um plano que, aposto, vai nos libertar. De volta ao Rio pretendo me tornar encanadora e trabalhar.

– Nossa, que reviravolta! Estou gostando de ver! E esse plano, como é que nasceu?

– Do meu fracasso e da minha expulsão. Ambos estão ligados à porta da biblioteca. Enfim, cabe a mim decidir ser subserviente ou beligerante e enfrentar as consequências. Reagi e formulei o plano.

– Sou toda ouvidos.
– Chegou o momento de deixar uma mensagem que salve nossa autoestima e proteja nossa dignidade.
– Você já preparou tudo?
– Já, sim. Só resta pôr o plano em prática.
– E esse plano, o que ele é exatamente?
– Você ai ver agora mesmo. O mordomo apareceu, acompanhado por um marceneiro que trouxe consigo uma caixa de ferramentas. Observamos os dois desconectarem o sistema eletrônico, os cabos elétricos e as luzes. Em seguida, tiraram as dobradiças da porta da biblioteca. Logo, a porta estava solta, apoiada contra a parede. Fascinada, Ilka comentou:
– Então, na madrugada, quando papai e Madalena voltarem, verão uma porta sem dobradiças, desparafusada, posta de lado. Será o fim do mundo, não?
– Acho que não. Esse não é o jeito de seu pai fazer as coisas. Ele é um manipulador manso e compreenderá perfeitamente nosso recado. A porta desparafusada será nosso código. Rodrigues vai decifrá-lo tranquilamente.
– Excelente! E quanto a nós?
– Amanhã, se tudo der certo, estaremos no Rio libertas, a autoestima intacta, a confiança segura.
– E aqui? Deixaremos um buraco para trás?

– Vou deixar uma mensagem, pedindo paciência. No momento certo, e isso não tardará, o marceneiro voltará e a porta será recolocada no seu lugar, deixando tudo como estava antes.

O marceneiro acenou, concordando. Juntou suas ferramentas e saiu. Ouvimos uma buzina. Nosso táxi tinha chegado. Acenamos com a cabeça com certa graça e partimos para o aeroporto.

A república

1. Sonho

A minha graça é Marluce Chagas. Poderia ser que eu estivesse esperando a chegada de outra alma. Dá pra crer? Danou-se! Pela primeira vez depois de ter sido estuprada, estou matutando a possibilidade de ter alguém além de mim mesma. Naquela noite, os três caras, caipiras, amigos de meu pai, abusaram de mim e me jogaram na trincheira atrás do barraco. Fiquei lá durante horas. Só quando os três canalhas correram do barraco e botaram o pé no mundo foi que minha mãe me arrancou dali. No outro dia, bem cedinho ela roubou, da farmácia do vilarejo que morávamos, uma pílula do dia seguinte. Com ela me espiando tomei um comprimido, o que me fez sentir como um veneno circulando dentro de mim. Minha mãe tinha me salvado. Graças! Depois disso, mudei e não quis mais saber de macho nenhum. Eu só queria sair, desaparecer, sumir no mundo. Passei um tempão em silêncio, com os olhos fechados e os ouvidos tampados. Não queria saber do futuro! Eu estava arretada e sem nenhuma perspectiva de vida, numa tristeza que dava dó. Eu me perguntava se ia ser sempre assim. Não sabia nem queria pensar mais. Só achava que aquele fosso era o meu futuro. Mas minha mãe conseguiu um milagre.

Pensei: "estou viva!". Não sabia como, até nem me interessei em saber. Depois disso, graças a um curso que eu tinha feito na nossa vila, minha mãe conseguiu arrumar para mim um emprego humilde em Recife, longe daquele canto que tinha destruído minha vida, inclusive minha personalidade. Aceitei o desafio sem pestanejar. Sumi do mapa.

Agora, na capital, só Raquel me desperta interesse pela vida. Sua proximidade traz de volta recordações de meu passado. Também é bom ter alguém com quem dividir esse problema que não deixa de ser também uma grande interrogação. Tirei um dia de folga pra recebê-la. Raquel vai viver aqui com a gente, na república. Ela será a sexta pessoa na casa. Acho que tem diferente nessa história toda. Eu fico até com um pé atrás. Como é que essa mulher de família boa resolveu morar com cinco pessoas simples feito a gente? Quero achar a resposta.

De repente, vejo que aconteceu uma coisa boa pra mim: eu não fico mais indiferente a tudo que me cerca. O mundo está aí. Adorei Raquel quando ela veio conhecer a casa da gente. Será que a visita dela, naquele dia, mudou ou mudará algo na minha vida? Quando gosto de alguém é de coração. Mas não tínhamos nada em comum. Raquel está na universidade, e eu continuo me matando de trabalhar num hospital como auxiliar de enfermagem. Raquel tem uma carreira de futuro.

Eu não tenho nada! Meu trabalho é tirar e colocar as pessoas na cabine para tirar raios X. Pura rotina. Não muda nunca. Um saco! Mesmo assim eu estou com uma coragem enorme; decidida mesmo. Digo mais: espero que a vinda de Raquel traga novidades, mude meus ares.

    Percebi que Raquel era bem diferente já quando veio ver o lugar. Logo de cara pensei que ali estava uma pessoa com quem me acostumaria logo, sem ter complicação nenhuma. Sua presença levantou meu astral, me fez sentir outra pessoa. Naquela ocasião, Raquel me falou que achava boa a localização da república porque ficava pertinho do Zumbi, um bairro afro do Recife. Ela também me contou que gostava da mistura de raça e achava muito interessante a convivência na república com todo tipo de gente. Por exemplo, eu sou negra, da pele bem escura.

    Ave Maria! Raquel está pra chegar! Escuto uma buzina. Acho que o táxi chegou. Vou correr pra ajudá-la a trazer a bagagem pra dentro de casa: pé lá e pé cá. Corro pra fora e abraço Raquel. Depois dou uma beijoca no rosto dela. Logo descarregamos a bagagem. Ela trouxe muita coisa: uma televisão, um computador, uma impressora e um bocado de livros. Levamos tudo pra dentro. Ligeirinho vejo que Raquel era montada na grana. E acho chique como ela tirou as notas da carteira pra pagar o táxi, que saiu chispando.

A gente fica sozinha olhando pro muro que separa o jardinzinho da calçada. Os tijolos do alto estão soltos. Depois de um tempinho, passamos por uma abertura onde antes havia o portão do jardim. Raquel fica surpresa quando deixamos as duas portas da frente da casa destrancadas: a porta do lado de fora, feita de grades, e a porta interna de madeira maciça. Ela ainda não sabe que as chaves dessas duas entradas estão perdidas. Finalmente chegamos à área central da casa onde fica a cozinha. Raquel olha pro lixo espalhado e fica enjoada com o fedor da sujeira danada. Da outra vez, fizemos uma limpeza pra ela pensar que era sempre assim. Dessa vez deixamos tudo como realmente é. O rosto de Raquel mostra aperreio.

– Meu Deus! É desse jeito que vocês vivem aqui?
– Oxente, querida! Isso é o que chamamos viver em comunidade!
– Bem, vim aqui por isso, pra ser comum, como todo mundo. Quero até aprender esse jeito como vocês falam! Acho lindo!

Raquel quer ser feito a gente! Vou descobrir o motivo dessa sua curiosidade. Realmente, ela é diferente, mas não quer ser especial. Pelo contrário, quer pertencer ao grupo, ser uma de nós, ou seja, uma republicana, xepeira como qualquer outra. Mas Raquel não conhece a turma, os xepeiros. Eu conheço, e muito bem, sei a qualidade de gente que são. Porém, fico quietinha e deixo o papo rolar:

— Que coisa boa você ter vindo viver com a gente. Logo vai se enturmar e se acostumar com nosso jeitinho.

— Estou cheia de expectativas.

Minha primeira impressão se confirma: apesar de a gente ser de mundos diferentes, a gente combina mesmo. Colocamos os pacotes e a bagagem dela no quarto que fica nos fundos da casa, ao lado do jardim. Enquanto organizamos as coisas, explico o modo de funcionamento da casa e como é ser um republicano. Sugiro:

— O segredo é deixar a vida acontecer e nos levar, andar de acordo com a maré, não se meter muito nas coisas.

— Morar em comunidade é uma coisa nova pra mim.

— Vou fazer tudo o que eu puder pra te ensinar como é viver assim, se enturmar bem, além de aprender a falar "nordestinês" popular.

Continuamos trabalhando. O ar fresquinho vindo do jardim entra no quarto pelos combogós. Vejo que isso é do agrado de Raquel. De novo pergunto sobre a decisão de ela vir morar aqui na república. Ela responde que gosta muito da ideia de ser como uma pessoa comum. Tira um dicionário de uma caixa cheia de livros. Pra mim, um dicionário era um negócio sagrado, desconhecido e misterioso, uma coisa até complicada. Raquel vira as páginas até chegar na palavra "república". Depois, me dá o dicionário pra eu ler a definição. Leio alto, imaginando o que uma pessoa da cidade vai achar de meu sotaque interiorano. Gaguejo um pouco, mas leio assim mesmo:

> *Organização política que tem o Estado como servidor do bom e comum interesse público. Sistema de governo no qual os eleitos pelo povo exercem todo o poder destinado a fins específicos por um período definido de tempo. Uma casa compartilhada na qual um grupo de pessoas mora. Familiar: associação ou grupo onde a desordem reina.*

Devolvo o dicionário, quase não acreditando que uma jovem da mesma idade que eu possa carregar algo tão importante e pesado na bagagem. Começar uma amizade assim, falando logo do significado de uma palavra no dicionário, me deixou sem palavras.
– Agora vamos ser iguais nessa república – gaguejo.
– O que você deixou pra trás? Desembucha, menina!
– Uma casa onde a cultura reinava. Se eu não escapasse dela, iria morrer, pois aquilo tudo me sufocava.
Raquel descreve a cena: havia livros e quadros em todos os lugares, até uma modesta pinacoteca e uma pequena biblioteca. Fico impressionada:

– Que lindo! Deve ser massa isso tudo, não é?
– Me enchi daquilo tudo.
– Mãe de Deus! Como foi essa novela toda? Abre o verbo, menina!

Raquel queria respirar ar da rua, conviver com coisas simples, não ouvir conversa erudita. A casa dela era uma prisão. Desde criança ela ficava presa. Muitas vezes tinha um hóspede culto, um estudioso de outro continente. Na mesa sempre havia conversa em várias línguas, os melhores vinhos, comidas requintadas.

Rindo, pergunto:
– Nunca tinha feijoada, guisado ou buchada de bode?
– Imagine! Buchada de bode? O que é isso?
– É um cozido com as vísceras do bode, bem lavadas, e que pronta fica muito gostosa, de dar água na boca!

Raquel confessa que às vezes fugia pra cozinha pra conversar com a empregada. Que alívio ficar um tempinho com uma criatura bem simples. Eu quero saber mais e pergunto sobre o pai dela. Não entendo direito quando ela diz que ele é uma pessoa cheia de orgulho pela tradição ibérica. Raquel explica que séculos atrás, antes da Inquisição, sua família morava na Espanha, que ainda fazia parte da Ibéria. A respeito da mãe, diz que é uma pianista, com carreira internacional. E os avós dela cabem no mesmo quadro. Sempre foi assim. Raquel fala que, na casa dela, há retratos de todos os seus antepassados.

– Lindo, lindo, lindo – observo. – Que maravilha ter uma família desse jeito. Ô menina, aconteceu alguma coisa que fez você deixar tudo isso pra trá?

– Aconteceu, sim, tive um sonho.

– Afe! Um sonho. Como é que um sonho te trouxe até aqui pra morar com a gente nesse cafundó?!

– Um sonho diz verdades.

– Conte logo. Fala, *mulé*. Estou curiosa pra saber tudo.

– Tem a ver com o modo como as coisas são lá em casa. Deixe-me explicar.

Raquel explica que, quando passava pela entrada principal da casa, logo se deparava com pinturas nas paredes do *hall*. Porém, a essa altura, ela não via mais os quadros como obras de arte, mas como olhos que a vigiavam. Estava cheia daquilo e não aguentava mais se sentir observada, atocalhada, ao entrar em casa. Aí um belo dia, pegou um quadro que era uma reprodução de *Escola de Atenas*, de Rafael, e virou-o para a parede. Cometeu uma afronta cultural, o que a tornou uma criminosa pelos padrões de sua família.

"Não me importo", disse Raquel alto, para as costas do quadro. Cuspiu nele. O que foi descoberto por uma empregada que correu contar pro pai dela o que ela tinha feito.

– Seu pai ficou uma fera? Acho que ele quase morreu de raiva, não?
– Não. Ele é uma pessoa compreensiva e calma.
– Que bom que ele não ficou bravo com o que você fez. Gostaria de ter um pai assim. Mas e o que isso tem a ver com o sonho?
– Sonhei com esse quadro famoso de Rafael. O interessante é que Aristóteles não estava mais na cena. Tinha sumido. Eu estava no lugar dele ao lado de Platão.
– Nossa, credo em cruz! Isso me deixa arrepiada.
– Cometi um crime. Eu fizera Aristóteles desaparecer da paisagem artística. Imagine isso naquela casa.
– Quem foi Platão? Quem era esse cara de nome estranho? Seria algum cabra da peste? Um cara forte do sertão?
– Não tão assim. Era um filósofo grego que escreveu um livro famoso chamado *A República*.

Quero entender o sentido do sonho que fez Aristóteles sumir da cena. Raquel me fala que a mensagem, em um sonho, vinha de forma cifrada, feito um código, e que isso a deixou enlouquecida, meio doida, mergulhada num mar negro onde reinava a loucura.

– Olhe, Marluce, a coisa mais terrível deste mundo é o medo da loucura. Agora eu sei. Vixe Maria! Credo em cruz!

Raquel me confia que o sonho a deixou aperreada. Tinha medo de ficar internada para sempre num hospício, doidinha. A verdade fez ela ficar morrendo de medo. Fiquei assombrada!

— Como a gente pode descobrir a verdade num sonho? – perguntei.

— A verdade está oculta. É preciso a ajuda de um médico. O paciente fala, o médico escuta. Juntos descobrem a causa do terror. E aí vem a cura.

— Eu sei. No hospital temos uma salinha com um divã. Um dia por semana um médico vem de Salvador e atende os pacientes. Você conseguiu um bom médico?

— Consegui. A doutora Grobel me ensinou que o sonho era um reflexo da vida real. Construímos uma historinha, uma ficção que nos mostra o que está acontecendo por trás das coisas.

Raquel faz uma pausa. Vejo que ela precisava da minha ajuda. Tinha falado muito, abriu o verbo e desabafou dizendo tanta. Agora era a minha vez. Respiro fundo e rezo. Fiquei inspirada que só... De repente, tudo fica claro. Percebo que eu tenho a chave. A cena sonhada por Raquel se apresenta ali na minha frente. Vejo-a bem ao lado de Platão, no lugar de Aristóteles, o filósofo que foi chutado da cena. Digo:

— O sonho era uma ordem impossível de desobedecer. Você, Raquel, não podia teimar e continuar ali. Assim, teve que desafiar seu pai, sair de casa e viver conosco na república.

— Obedeci a mim mesma. Fui fiel ao que eu queria.

— Parabéns! — Sou tomada por uma rara emoção e volto a ficar arrepiada. Quero ver *A Escola de Atenas*, o quadro pintado por Rafael. Quero conhecer Platão, quero de todo coração abraçar Raquel. Mas fico toda atrapalhada e só consigo gaguejar:

— Mas querida, estou arrepiada. Ôxi, mulé! Como é que eu posso ver essa pintura que mudou sua vida?

— Se quiser, meu pai pode providenciar uma cópia.

— Mas como vou pagar por isso? Vivo lisa e não tenho um tostão furado sobrando.

— Esqueça. O escritório que temos em São Paulo mandará. Não tem problema algum. Você aceita a pintura como presente?

— Afe, aceito, claro. Mas, por favor, não pense que quero te explorar.

— Mas nada. O quadro ficará bonito na parede de seu quarto.

— E o seu pai, o que vai achar? Ele não vai estranhar isso, não?

— Qualquer pessoa que mostre interesse pela arte, pela filosofia e pela engenharia tem o apoio dele.

— Mas até uma brocoió como eu?

— Sim, você, Marluce, uma brocoiozinha danada da gota serena.

Nesse momento, tenho uma sensação extraordinária: me sinto outra pessoa, não mais aquela menina que foi abusada por três canalhas e jogada na lama.

Ficamos caladas, arrumando o quarto. De repente, tudo começa a clarear; penso que estou começando a viver. Olho e vejo que, pela primeira vez na minha vida, estava conversando com alguém que me tratava de igual para igual. E os assuntos? Interessantes e diferentes. Em minha casa, só havia briga feia, gritaria ou silêncio sombrio. Mas com Raquel é diferente, sinto que suas palavras estão se tornando minhas, como se ela estivesse falando pela minha boca. Além de tudo isso, noto que ela quer ser minha amiga de verdade. Parece que Raquel precisa de mim. Nunca tive nenhuma amiga. Em tão pouco tempo, nós duas já conversamos tanto, como velhas conhecidas, dizendo palavras novas, descobrindo e combinando nossos gostos. Como um raio, a vinda de Raquel fez um milagre acontecer comigo: agora eu tenho esperança, terei um futuro diferente. Apareceu uma luz no final do túnel. Gostei dela, mas fico ainda meio cabreira. Afinal, gato escaldado tem medo de água fria.

2. Os republicanos

Ouvimos uma voz feminina vinda lá do corredor. A porta do quarto de Raquel se abre de repente, e no vão aparece uma mulata. É Chana. Sua voz forte mostra logo que ela é a chefona.

– E aí, tudo bem, meninas?

A gente não responde, fica olhando pra ela: ali, na nossa frente, está uma mulher carnuda, mulata, mas ao mesmo tempo embranquecida, como se uma camada de pó tivesse sido despejada sobre sua pele escura. Chana avalia o quarto, e o seu olhar cai sobre Raquel.

– Roupa bonita e cara. Tô bobinha e morta de inveja. Sempre desejei ser elegante e branca. Como consegue ser tão magra e tão faceira assim?

Olhamos pra a pele cor de canela de Chana. Sou apenas uma observadora, curiosa. Percebo que Raquel está sendo atacada. Será que vai conseguir se defender? Olho pra ela e fico aliviada, vejo que é calejada e não se submete a qualquer coisa ou fato novo. Sua voz é firme.

– O segredo está na dieta. Carne, vegetais, frutas, nozes.

– Prefiro macarrão e bolo, comida gorda e forte, com sustança.

– Então, exercício é uma alternativa saudável.
– Aeróbica e caminhada, ginástica... pra cima de mim? Eu, hein!
– Você pode fazer ginástica na academia com um *personal trainer*.

O olhar de Raquel para, fitando o visual de Chana. Naquele olhar, percebo, tinha uma censura, que deixa Chana com raiva. Eu sei, e Raquel vai descobrir, que não se critica nem se mexe com Chana, pois ela é osso duro de roer.

– Não quis ser rude – diz Raquel. Querendo diminuir a hostilidade, muda de assunto. – Já tenho o dinheiro do aluguel do mês aqui.
– Entregue pro Ênio – manda Chana. – É ele que toma conta da grana, da bufunfa! A propósito, vou logo avisando: nós o chamamos de professor. Ênio tem um crânio bom, cheio de ideias, sabido mesmo.
– E você, Chana, estuda ou trabalha?
– Trabalho. Sou secretária da gerência numa fábrica têxtil. Tem outra coisa que eu gostaria de dizer: aqui em casa o português falado não é tipo o de Coimbra, entendeu? Não tem arrodeios, nem muito enfeite. Você vai ver como é.
– Não se preocupe com isso. Vou me comunicar bem na linguagem de vocês que também será a minha.
– Assim você vai se enturmar melhor com a gente, e compreender também tudo mais rápido e cair logo

na dança com a turma toda – completei pra apaziguar a situação.

Chana, aproximando-se da porta, percorre o quarto com o olhar, parando no celular, no tocador de *mp3*, no computador, na impressora, nas roupas e nos livros de Raquel. Invejosa, ela comenta:

– Coisas boas, muito boas... tudo de gente fina.

– Estão à disposição de todos – oferece Raquel.

Fico espantada quando vejo o quanto ela se esforça pra se enturmar conosco. Mas sua generosidade está errada. Eu sei disso. Ela ainda não sabe com quem está se metendo.

– A vida por aqui não é como a que você tá acostumada, não tem boquinha não – avisa Chana.

– É por isso que vim pra cá, acho muito interessante viver como vocês, participar de tudo, de igual pra igual.

– Estamos felizes porque você veio morar na república. Muito contentes mesmo – declara Chana.

"Contentes!?", penso, sufocando um sorriso. Vejo Chana saindo, andando rumo à porta. Raquel a detém.

– Como é que a casa funciona? Quem faz o quê?

– Ênio cuida da grana. Romero, o político, cuida dos negócios. Biro tá encarregado da segurança. Lógico: ele é muito bom de revólver. Não tem moleza não.

Chana sai pelo corredor, sem fechar a porta. Eu é que a fecho. Agora a gente pode continuar nossa prosa. Raquel não pode disfarçar, está com raiva; eu, doidinha por conta dela, aperreada por seu futuro aqui. O curioso é que estou sofrendo por antecipação, pensando nos atrapalhos que poderão vir.

– Quer descansar ou prefere que eu ajude você a se ajeitar?

– Fique, Marluce. Isso me deixa tranquila. Voltamos a desempacotar os pertences dela. Eu trabalho, Raquel fica pensativa, sugerindo onde suas tralhas deveriam ficar. Macaca velha, noto logo que o arranca-rabo com Chana tirou seu ânimo. Vejo que além de estar chateada, estava magoada também.

– Que monstro! Da outra vez pareceu tão boazinha – resmunga Raquel.

– Chana é nossa chefe. Ela é mandona e gosta de ser assim. Parece boa, no começo. É fingida e "fogo de munturo". Se esconde um pouco e depois bota as garras pra fora.

– Nada de democracia, então?

– O que é isso? Não sei nem do que você está falando. Isso é grego pra mim.

– Direitos iguais, liberdade.

– Oxi, tá mangando da gente? Isso não existe aqui, não. Ninguém se preocupa com os outros.

– Como? Não entendi...

– Tá achando graça da minha cara, Raquel? Ainda não visse que aqui é tudo diferente de tua outra vida?

– Claro que não, Marluce, só quero entender tudo melhor e bem ligeiro.

Vou pra cozinha fazer um chá, matutando a respeito da última revelação. Realmente, eu não tenho família, só uma mãe sofrida. Quanto gostaria de ter uma família feito a de Raquel, especialmente um pai que valorizasse a arte. Penso naquele vagabundo cruel que era meu pai, canalha. Fico esperando que a água ferva. Volto, levando o chá. Raquel está a fim de desabafar. Ela conta que, séculos atrás, famílias como a dela usavam o nome de plantas e árvores como disfarce pra enganar a Inquisição. Puxo pela minha cabeça. Meu cérebro trabalha rápido e daí fui juntando nomes de pessoas, árvores e plantas. Falo alto:

– Nogueira, Silva, Carvalho, Pereira, Pinheiro, Oliveira...

– Isso mesmo, Marluce. Ô menina porreta!

– Tô falando certo?

Raquel afirma que sim e prossegue, contando que seus antepassados fugiram da Espanha e foram pra Holanda e, em seguida, pra Portugal, levando relíquias das várias culturas na bagagem. Por fim, há quatrocentos anos, um ancestral dela partiu de Lisboa e desembarcou no Recife, onde a família permaneceu. Escuto, um pouco abestalhada, Raquel falar dos países europeus onde seus antepassados moraram. Olho para os retratos que penduramos na parede e vejo séculos de cultura nos fitando. Acabo de ouvir a história da família Oliveira.

Fico feliz por ter sido escolhida pra receber uma pessoa com uma história tão delicada. Penso no meu passado violento, que foi fogo mesmo, rude e cruel. Olho pra cômoda colocada em ordem por nós duas. O lugarzinho parece uma ilha no meio do oceano quando tem tempestade. Agora, Raquel, a sexta republicana, está entre a gente. Em princípio, ela era uma de nós, igual, mas de fato era diferente. Espreito e fico fuxicando as bugigangas na cômoda e me dou conta de que a diferença está ali.

Ouvimos o barulho de água corrente vindo da cozinha. Pode ser Ênio. Raquel quer pagar logo o aluguel, pra se sentir em paz e parte do grupo, que parece até uma gangue. Trocamos olhares e saímos juntas pra cozinha. Sim, é Ênio. Afasto-me um pouco. Disfarço e fico apenas ouvindo os dois. Raquel diz a Ênio que estava com o dinheiro do aluguel em mãos. Ênio, que está sem camisa, toma rápido o dinheiro e mete as cédulas no elástico do calção de boxeador. Na fraca luz, reparo que suas costas eram da cor de canela, seu cabelo uma alta carapinha, seus lábios como luzes de festa, bem avermelhadas.

– Chana disse que você cuida do dinheiro, que o povo lhe chama de professor, e que você está estudando – comenta Raquel.

– Estou, sim. Métodos estatísticos aplicados ao marketing.

– Uma boa escolha!

Ênio não responde à altura do tom de Raquel, como se não quisesse fazer amizade. Ela fica magoada com a falta de resposta e com o seu jeito grosseiro de um verdadeiro brutamontes. Porém, reage e sua expressão é determinada.

– Olhe, Ênio, amanhã terei o dia livre. Quero dar uma geral na casa. Acho que será bom dar uma boa limpeza no local, pois tenho certeza de que todos vão se sentir melhor.

Fazer uma limpeza de casa? Que ideia meio louca. "É pegar bomba chiando", penso, porém, fico na minha, não digo nada. Ênio, mal-humorado, só diz:

– Tem uma vassoura no jardim.

– Está quebrada, eu vi. Pretendo comprar uma nova.

– Então, faça como quiser, pra mim, tanto faz. Não tô nem ligado nessas coisas... se vire!

Sem olhar pra Raquel, Ênio joga pedaços de atum dentro de uma panela de arroz, mexe tudo e coloca sua refeição num prato. Depois, como se se lembrasse de algo aparentemente esquecido, falou do fundo de emergência, explicando que era uma quantia de dinheiro depositada no banco para o caso de surgir algum gasto imprevisto. Foi muito claro: todo mundo paga, é um aluguel a mais. Raquel concorda e promete que, no dia seguinte, deixará o dinheiro num envelope na cozinha.

Estou surpresa. Deixando grana solta na cozinha, misericórdia! É entregar o ouro ao bandido! E Ênio não explicou bem o que era um fundo de emergência. De novo fico quieta, de olho. Ênio dava a impressão de que não estava nem ligando pra nada. Logo ele vai pra seu quarto, deixando a colher de pau largada dentro da panela suja. Eu sei como as coisas são por aqui. Que saco! Entendo que Ênio não gosta da ideia da limpeza geral: é imundo mesmo, troncho e pregado errado, como se diz na roça. Raquel fala quase berrando pelo corredor:

– Amanhã, depois da limpeza, cuidarei da segurança. Vou comprar fechaduras, chaves e cadeados.

Ênio, já distante, faz que não escuta e não responde; vai pro grande quarto em forma de "L" na frente da casa. Ouvimos a porta fechar.

– Se Biro é de fato responsável pela segurança, por que aqui é tão desprotegido? – observa Raquel.

Eu sabia que só a presença de Biro já era garantia de segurança. Ele era osso duro de roer. Fico quieta: Raquel vai descobrir isso sozinha. Pelo menos, ela já conhece mais um membro da república. Mas Raquel não se dá por satisfeita.

– Vocês chamam o Ênio de professor. Mas esse cabra não tem nem uma sombra que mostre um jeitinho de erudição.

– Você tem razão. E provavelmente seu pai é o modelo perfeito de um erudito – comento. – Qual é a diferença entre os dois?
– Meu pai é genuíno, verdadeiro. Ênio é falso e vazio.
– O que é que faz um cabra honesto, verdadeiro e o outro impostor?
– Amor pelo que faz. Meu pai se dedica ao seu trabalho, ele é jornalista internacional. O Ênio, pelo contrário, parece querer moleza, levar vantagem sem batalhar.
– Eu gostaria de conhecer melhor o trabalho de seu pai. É possível?
– Toda sexta-feira, no rádio, pela manhã, das 8 às 9 horas, ele faz um resumo dos acontecimentos da semana, acompanhado por música alegre, reunindo as novidades, feito um sanduíche com várias camadas.
– Pão, margarina, carne, queijo... Quero ouvir!
– Meu *mp3* está à sua disposição.

• • •

No dia seguinte, de manhã cedinho, antes de ir pro trabalho procuro por Raquel e a encontro enxaguando lençóis no tanque do quintal. Ela admite que tinha molhado a cama. Fez xixi na cama mesmo. Noto que fica chateada e pede pra eu não contar nada a ninguém. Tento descontraí-la e mexi com ela:

– Não se preocupe, menina, quer eu que traga fralda geriátrica do hospital?

Paro, surpresa com o que havia dito. Me arrependo, pois pensei que havia pegado pesado. Nunca na minha vida tinha feito uma piada. Falei o que veio à cabeça num impulso. Nervosa, olho para Raquel, com um olhar piongo e desconfiado. Mas percebo que ela gostou do gracejo. Rimos. Ela se mostra aliviada.

– Sim, traga – diz, entrando no clima e mostrando um risinho.

Falamos sobre a limpeza da casa. Raquel pretende comprar um balde, uma vassoura, um espanador, um rodo, desinfetante, panos, uma escova, água sanitária e luvas de borracha. Além disso, ia gastar um bocado em fechaduras e chaves. Aconselho:

– Gaste o mínimo, não bata prego sem estopa e traga os recibos.

Começamos a inspeção pelo banheiro: havia uma mancha marrom na privada, limo no piso de cerâmica e sujeira nos azulejos. O lugar fede. Estava azedo mesmo. Vamos até a cozinha e olhamos os pratos sujos na pia, o lixo jogado no chão, as sobras de comidas gordurosas numa panela. Olhamos também a geladeira, que era grandona, mas enferrujada e barulhenta, do tempo do "ronconcon". Dentro há mofo, e a calha está entupida. Peço desculpas a Raquel, por ter que sair, explicando que preciso ir pro trabalho. Deixo-a olhando as telhas do teto e abrindo um espaço lá em cima que permitia que a brisa entrasse por todos os lados. Para ela, a situação é nova. Será que Raquel vai dar conta disso tudo? E a grana vai cair do céu? Melhor eu ficar de bico calado. Em boca fechada não entra muriçoca. Deixa ela resolver como quiser.

À noite, corro pra casa, ansiosa. Mesmo sem o incentivo dos outros, Raquel insistiu em fazer uma limpeza geral. De volta, encontrei o lugar limpo, arrumado, cheirando a desinfetante. Raquel tinha feito uma limpeza danada e já havia ido pro quarto. Lá tinha ligado o computador e estava fazendo outra tarefa. Ela me mostra os quatro pedaços de cartão branco que cortou. Impresso em cada um, tinha o nome de um companheiro da república: Chana, Ênio, Biro e Romero. Cada cartão estava dobrado em "L", pra que o nome ficasse visível. A gente vai pra cozinha e coloca os cartões na mesa. Na orelha horizontal de cada um, Raquel põe um conjunto de chaves. Depois, me entrega o meu conjunto numa argola. Voltamos pro quarto dela, ligamos a TV e sentamos pra ver um programa, a porta entreaberta até a metade, esperando pra ver o que vai acontecer. Mas eu não consigo me concentrar: estou voando mesmo. A preocupação me deixa ausente. Quem vai pagar por tudo isso? Raquel só diz:

– Liguei pro meu pai, e ele me avisou que o escritório de São Paulo vai mandar o quadro pra você, Marluce. Não vai demorar. Três dias no máximo.

– Oba! Arretado! Joia! Nem acredito que seu pai fez isso!

– Ele é tudo de bom! Não tem nada que ele goste mais do que dividir seu interesse pelas artes com alguém que esteja verdadeiramente disposto a aprender.

– Olhe, quando o quadro chegar, quero mandar mil agradecimentos a ele. O que acha?

– Acho massa. Quer mais alguma coisa?

– Sim, quero, de todo coração, conhecer Platão. Acha muito complicado?

– Olhe, Marluce, pra conhecê-lo você precisará de um professor. Meu pai é a pessoa certa. Como vocês dizem, ele é a muléstia dos cachorros! O raio da silibrina!

Começamos a rir com a expressão utilizada por Raquel. Ela realmente está incorporando muito rápido o modo popular de ser e de falar! Ouvimos ao longe o som de movimentos. Viramos a cabeça. Vejo pela expressão ansiosa de Raquel que ela gostaria que fosse Ênio e que ele aprovasse seu trabalho de limpeza. Fomos pra cozinha. Ênio estava lá. Raquel, animada fica mostrando a casa limpa, esperando ser parabenizada. Mas Ênio fica calado. Evidentemente está contrariado. Ela tenta chamar a atenção dele. Eu fico quieta, como uma testemunha de bico calado. Raquel diz a Ênio que ela tinha mandado instalar fechaduras nas portas, lembrando a segurança etc. Além disso, tinha um conjunto de chaves pronto para todos.

Ênio muda de assunto.

– E o dinheiro? – pergunta.

– Dividido por seis, não é muito.

– Nem fale sobre grana. Estamos duros e não combinamos nada disso antes.

– Mas eu paguei do meu próprio bolso!

– Problema seu, querida. Não quero arengar com você. Ninguém lhe pediu que fizesse isso.

Raquel fica arrasada. O pior é que Ênio tinha razão, pois Raquel havia decidido sem uma prévia consulta a todos. Ênio nem olha pras chaves, sai e se dirige pro seu quarto, grosso que só ele! Ouvimos a porta bater. Raquel fica imóvel como uma estátua, no meio da cozinha. Só consegue murmurar:

– Errei. Deveria ter consultado os outros antes de gastar o dinheiro contando com o grupo. De manhã vou pedir desculpas a todos, mesmo achando que eles ainda vivem como na idade da pedra.

• • •

De manhã, escuto mais barulho. Abro minha porta pra ver o que estava acontecendo. Vejo Raquel correndo na direção da cozinha, distraída, meio abestalhada, certamente com vontade de pedir logo desculpas a Ênio pra se sentir em paz. Mas isso não acontece. Ela esbarra num corpo negro molhado, brilhando com a água que escorre na sua pele, e despido, com as partes cobertas apenas por uma pequena toalha laranja. Era Biro. Raquel gagueja:

– Perdão.

– Não precisa se desculpar, gostosona. Você fez muito bem em se jogar em meus braços, fofura.

– Não comece a inventar coisas... Deixe de atrevimento. Não me joguei em seus braços.

Da minha porta entreaberta, vejo os braços envolventes de Biro apertarem Raquel. Ouço-o dizer:

– É verdade, você tem um corpo realmente delicioso. Como é que uma cabritinha legal como você não gosta de bulinar por aí?

– Não sou cabrita nenhuma. Se não me deixar passar, quebro a sua cara. Aproveito pra lhe avisar que não sou da sua laia.

Biro quase cai de tanto rir. Forte, um verdadeiro brutamontes, vai pra cima dela de novo. Eu corro pra cozinha. Claro que Raquel precisa de ajuda. Vejo que ela pretende desafiar Biro: fecha o punho e atinge o queixo dele. Biro sente a porrada. Irritado ainda mais, coloca a toalha laranja que havia caído sobre o ombro, com uma mão no queixo ferido e a outra escondendo o que devia estar vestido, provocando ainda mais a ira de Raquel. Ela está bufando de raiva.

– Você mereceu o soco e não pretendo lhe pedir desculpas. Se tentar mais uma vez, terá mais. Se teimar, vai conhecer o que é bom pra tosse. Bom dia.

Rosnando, Biro vai pro dormitório grande. Na cozinha, Raquel atira um prato na parede, que logo se espatifa. Ela deixa os cacos onde estão. Eu toco no seu ombro, em sinal de apoio. Percebo que ela quer ficar sozinha; logo vai para o seu quarto. Fecho a minha porta discretamente, e a escuto arrumando suas coisas. É melhor deixá-la sair de casa pra chorar sem que ninguém veja, sozinha, bem longe da república. Agora ela tinha encontrado, de verdade, o quinto republicano! Um xepeiro esculhambado. Pra Raquel, este será um dia de questionamentos, mas pra mim, só outro dia de labuta e de confirmação que o grupo é realmente da pior qualidade.

À noite, olho a rua, esperando que Raquel volte. Ênio está encostado no muro do jardim, juntando os tijolos soltos. Logo em seguida, Raquel se aproxima. Ela se dirige a Ênio e pede desculpas pelo que aconteceu no dia anterior, e querendo que tudo volte ao normal, se oferece pra pagar o material de limpeza, as fechaduras e as chaves, liquidando a conta. Ênio acena com a cabeça, porém continua silencioso.

– Ai, diacho, olha, Ênio, hoje arenguei com Biro – explode Raquel.

Vejo que Raquel está tão angustiada que precisa falar a todo custo. Mas Ênio a detém, faz que não entende e muda de assunto. Evidentemente, Chana tinha deixado um recado sobre a questão do fundo de emergência.

– A república – informa Ênio – precisa de dinheiro pra pagar o IPTU atrasado. O dinheiro do fundo de emergência que você deve será suficiente.

Sem hesitar, Raquel tira as notas da carteira e entrega um maço a Ênio. Fico de boca aberta, bestinha, mas não digo nada. Eu sabia que era tudo mentira, mas ela que deveria descobrir isso por si só. Ênio faz um gesto educado ao indicar a passagem onde antes havia um portão. Pensei: essa alma quer reza! Nós, como duas damas escoltadas por um cavalheiro, entramos. Será que Raquel quer companhia ou prefere ficar sozinha no quarto com suas dores? Me atrevo a perguntar:

– Foi um dia difícil, com muito atrapalho. Quer descansar, Raquel?

– Agora não. Fique comigo, Marluce.

Fomos pro quarto dela, e Raquel quer saber mais detalhes: pergunta se Biro, o brutamonte, tem emprego. Respondo que sim, ele é açougueiro e ajuda o pai, que tem uma banca no mercado da Madalena. De repente, Raquel se senta na frente do computador e escreve um bilhete pro Biro.

Sinto muito pelo o que aconteceu hoje de manhã. Foi culpa minha. Por favor, desculpe-me.

Raquel corta e cola um papel para fazer um envelope. A gente coloca o bilhete dentro dele e deixa debaixo da porta do quarto onde os três rapazes moram. Depois, Raquel respira com tranquilidade. Só que Biro não responde diretamente a ela: verbalmente, me usa como intermediária. Passo a mensagem pra Raquel. Biro, responsável pela segurança, estava pedindo dinheiro pro fundo de proteção. Um mês de aluguel seria suficiente. De fato, a segurança da nossa casa dependia da caixinha passada ao guarda da vizinhança. Raquel, aprendendo como é a sabedoria dos bravos por ali, concorda; certamente faria de tudo pra assegurar o êxito de sua aventura na república.

• • •

No dia seguinte, no final da tarde, vamos pro quintal tomar um ar fresco e encontramos Romero tirando a roupa seca estendida no varal. Finalmente, Raquel vai encontrar o último republicano, o sexto! De novo fico me perguntando: encontro ou colisão? Fico a certa distância, ouvindo a conversa dos dois.

– Quer um copo de vinho ou de conhaque? – oferece Raquel.

– Bebida forte, tampa mesmo!
– Então, um chá, um café?
– Não, obrigado. A propósito, Chana me pediu pra falar do fundo de manutenção.
– Que diabo é isso?

Romero explica que o fundo de manutenção é uma reserva pro caso de alguma coisa acontecer: encanamento, eletricidade, telhado, reparos... Raquel está aflita e indaga se esse tipo de despesa não deveria ser anotado num livro. Ele afirma que aqui a gente não faz contabilidade. As contas por aqui são feitas de cabeça e é pra todo mundo aceitar já que não podemos estar "batendo prego sem estopa". Por fim, curto e grosso, cobra o aluguel de mais um mês. Raquel resmunga espantada:

– Outro mês de aluguel, já? Caramba!

Ele não responde. Transtornada, ela tira as notas da bolsa e passa pra Romero, que as conta, balançando a cabeça com satisfação. Ela pergunta rápido:

– Vai me dar o recibo?
– Não, aqui o negócio é na confiança, não tem recibo.
– Vocês não fazem um balanço no fim do mês?
– Isso é besteira, menina. Que balanço, que nada!
– E se eu fizer despesas pro bem da casa?
– Daí o problema é seu. Estamos quebrados e não vamos nos complicar mais, aumentando as dívidas. Por favor, não me venha com nhem-nhem-nhem...

Raquel muda de assunto e pergunta a Romero sobre a origem da república. Ele informa que o dono da casa era um colega seu, outro político. Ela diz ter ouvido falar que ele estava se dando bem na política. Gostando do elogio, Romero confirma que será candidato a vereador nas próximas eleições. Acrescenta que, se o pai dela precisar de qualquer influência, ele daria conta do recado. Sugere também que se a mãe dela precisar de alguma coisa, não haverá problema algum. É um tal de favor pra cá e favor pra lá. Vejo a revolta surgir na cara de minha nova amiga. Fico morta de vergonha e me retiro. Ouço Raquel dizer que Romero não sabe que tipo de família era a dela.

– Que tipo? Algo especial? É de raça ou vira-lata? – pergunta Romero. Depois ri debochado.

Ouvi a resposta de Raquel.

– Venho de uma família ibérica, tradicional.

– Ah, é? Tô gostando!

– E nós viemos pra América Latina séculos atrás, com os primeiros colonizadores.

Mas eu não posso ficar escutando mais. Tenho que ir à luta. Olho pra trás e vejo Romero esfregar o indicador na orelha. Ele fala tão alto que, mesmo já estando longe, consigo ouvi-lo gritar:

– Então, vocês são cheios da bufunfa, não é?! É muita gaita, acertei?

Saí preocupada e de cabeça quente por conta de Raquel. Só à noite ela me conta o resto da saga.

Romero não compreendeu que ela não queria mais ser uma prisioneira na casa dos pais em Casa Forte, um bairro nobre de Recife, motivo que a levara a querer morar numa república. Ele pensou que o motivo era outro. Raquel prossegue, relatando como foi a reação de Romero que tinha dado um riso amarelo pra ela. Bem atrevido, ele elogiara os seus cabelos castanhos e seus outros atributos. Logo veio a sugestão pra que os dois chegassem a um entendimento e fossem tirar um sarro, chegando aos finalmente. Romero, baixando a voz, disse que os outros republicanos não precisavam saber de nada. Raquel o olhou com nojo e deu um não bem decidido, que ele quis, se fazendo de besta, interpretar como um sim. Tirou do bolso um cartão de visitas chique, com borda dourada, e o entregou a Raquel. Perguntou se ela gostaria de se encontrar com ele e alguns colegas pra tomar um drinque na Prefeitura. Continuou, dizendo que uma boate e um motel cairiam muito bem. Respirando fundo, Raquel respondeu que se o rapaz tivesse aceitado uma dosezinha simples e uma boa conversa, como ela havia proposto, tudo pudesse ter sido diferente. Deu um fora no cabra enxerido, mas ele não desistiu. Chegou até a propor que os dois montassem uma nova república e botassem alguns inquilinos pra pagar o aluguel, vivendo livres de despesas, à custa dos outros, como se fossem um rei e uma rainha, ou barões de antigamente.

– Rei e rainha! – exclamo. Já pensou, menina?! É demais.
A gente ri. Claro que Raquel tinha achado a proposta desaforada e inaceitável, mas ele não deixou o negócio da troca de cargos e favores ficar por aí. Sentiu-se passado pra trás e na mesma noite, de madrugada, escuto sons de chamego, vindo do lado de fora. Abro um pouco minha porta e vejo que Romero está encenando esses ruídos diante da porta de Raquel. Logo ouço a voz dela.
– Por favor, pare com isso. Esse chamego tá tirando meu sono.
– E se eu não parar? Qual é a bronca que vai dar?
– Vou reclamar.
– A quem?!
Ouço risos grosseiros de uma cambada de jovens rudes e animalescos. Logo percebo que Raquel precisa de mim. Quando tudo fica silencioso, vou pro quarto dela. Sim, minha amiga está arrasada. Ela quer que eu lhe faça companhia. Vou pro meu quarto e pego um colchonete. Coloco-o no quarto de Raquel e me deito. Não consigo nem tirar um cochilo, ela, muito menos. Os olhos bem aboticados, não deixam o sono chegar. Estamos agoniadas. Raquel pergunta:
– É barra-pesada, mesmo. Onde vamos parar com essa barbaridade de um cara que quer ser um futuro político?

– Vivendo numa república, como vamos pôr fim às gracinhas de Romero? Ou devemos ignorá-las? – pergunto.

Raquel não responde. Ficamos as duas em silêncio. Daquele momento em diante, a gente ficou se sentindo como duas refugiadas.

– Essa pendenga tem saída? Nós temos que virar o jogo. O que acha, Marluce? Essa "lenga-lenga" tem que terminar – Raquel se manifesta.

– Eu tenho meu trabalho no hospital, você tem a sua faculdade. Dia após dia, seu quarto se torna nosso refúgio. Ficamos num estado de sítio, como se os outros republicanos montassem um cerco ao nosso redor. Estou com a gota, mesmo. Parece que estamos em uma briga de foice onde se corre pra todo lado querendo amparo.

No final daquele dia, mais uma vez, depois do trabalho, corro pra casa pra me certificar se Raquel tá bem. Encontro-a se aprontando diante de um espelho suspenso numa corda amarrada nos caibros. Em seguida, Chana aparece do nada. Mais uma vez eu fico de butuca na escuta das duas. Chana observa:

– Se emperiquitando toda pra sair, bonitinha?

– Só estava me arrumando.

– Com roupas chiquérrimas dessas, nem precisa se produzir. Com uma elegância dessas, eu iria longe. Cheirosa que só filho de barbeiro.

— Olhe, Chana, seria bom se a gente se conhecesse melhor. Estou de saída pra uma festa. Se você quiser, pode vir comigo.
— Uma patota intelectual? Não, obrigada. Pintei por aqui só pra te lembrar que você tá devendo o dinheiro da taxa da casa.

De repente, Chana sai do mesmo jeito que entrou, deixando Raquel murcha e desanimada. Raquel percebe que não presta ser educada e querer fazer amizade. Confessa que não quer mais sair. Eu insisto que ela não podia deixar ninguém derrubá-la, muito menos Chana. Raquel explode:

— Diacho! Vou ficar e assistir à TV com você, Marluce.

Eu me posiciono firmemente. Falo pra ela que nosso futuro na república depende de uma atitude desafiadora. Levanto a mão feito um policial no trânsito e vou pro meu quarto. Não podemos desistir no meio do caminho. Se a gente se abestalhar eles dominam tudo.

Minha reação forte fez com que Raquel parasse, pensasse bem. Algum tempo depois, ela aparece, usando uma blusa de bolas vermelhas. Seu cinto largo, de couro, cravado com botões de prata, é um arraso. Diferentes também são suas sandálias de couro rústico com correias trançadas ao redor das batatas da perna. Percebo que Raquel exagerou na elegância.

Queria se afirmar, mostrar que era superior àquela cambada besta. Não parecia ela mesma. Exclamo:
– Que besteira é essa!? Levanta a cabeça, *mulé*! Você já é uma pessoa especial. Não precisa usar fantasia pra ser interessante. Essa maneira de botar a raiva pra fora é um engano. Vá pro seu quarto e troque de roupa.

Raquel pensa bem e não se avexa. Vai pro quarto e reaparece depois usando roupa normal. Questiona:
– E agora, tô massa? Legal?
– Agora, sim, vou te acompanhar até o portão. Vou ficar de olho em você.

Andamos devagar pela cozinha e vimos Ênio entornando uma garrafa de bebida pelo corredor. Bêbado como uma cabra. Quando ele vê Raquel, seus olhos saem das órbitas. Ela logo entende. Vejo seu rosto aperreado. Ouço a voz maliciosa de Ênio:
– Uau, que prato gostoso!
– Como qualquer pessoa que vai a uma festa – respondeu Raquel, arretada da vida.
– Não, não como qualquer um. Tu é de família servida, cheia da grana.

Ênio cambaleia e enlaça Raquel. Não querendo parecer recatada, ela deixa o corpo repousar no dele por um momento. Eu percebo o erro. É fatal se entregar, mesmo por um instantinho, para um estrupício desaforado desses. Mas Raquel não se dá conta do perigo e continua apoiada nele. Quando o afasta, ele aproveita pra dizer:

— Tu é deliciosa. A gente não precisa sair quando tem em casa um cacete de primeira. Pra que ir pra feira se tem comida dentro de casa?

Ênio começa a roçá-la. Raquel, repentinamente põe a boca na parte carnuda do braço dele e avisa:

— Deixe-me ou eu lhe arranco seu braço.

Mas Ênio continua passando a mão nela, sem acreditar que ela teria coragem de fazer o que disse. Raquel cumpre a ameaça e aperta os dentes no braço dele. Ênio grita e a solta. Ela logo corre pra porta da frente e foge pra noite.

Fico quieta assistindo à TV, esperando seu retorno. Lá por volta de uma hora, Raquel chega, chapada, "cheia dos paus". Pelo barulho, parece que tem dificuldade de colocar a chave na fechadura. Me apronto com cuidado e vou encontrá-la. Enfim consegue abrir a porta. Escapamos pro quarto dela e sentamos. Percebo que Raquel tava se sentindo arrasada. E quase ouço sua voz interior me dizendo:

— Muito obrigada pelo apoio, Marluce. Me socorre, por favor.

O pedido de Raquel me faz refletir. Ela está pedindo socorro. Isso é incrível, nunca tinha acontecido antes. Ter alguém à procura de meu conselho e ombro amigo é novidade. Um novo mundo está se abrindo.

— No seu caso, amiga Raquel, o sonho era uma ordem impossível de rejeitar. Exigia obediência.

Obrigava a você deixar sua família para atrás e viver na república.

— Mas minha presença perturba? Eu estou atrapalhando alguma coisa?

— Causa transtornos, sim, e aí está o perigo de perder seu novo santuário, seu quase esconderijo.

— Está dizendo que eu preciso de um lugar seguro no rastro dessa mudança esmagadora?

— Estou, sim. Acho que você deveria deixar passar alguns meses pra que a verdade e a realidade vivida na república sejam também um elemento da sua vida.

— Como vou segurar essa barra que é a realidade da república?

— Tomando conhecimento de como as coisas são, respeitando o poder do dinheiro, observando as normas da casa, pois foram feitas bem antes de você chegar, enfim, convivendo com a gente, da maneira mesmo troncha que estamos acostumadas a viver.

Pela primeira vez na minha vida consegui aconselhar uma pessoa.

3. Platãozinha

A reprodução do quadro *A Escola de Atenas* chegou. Admiro as figuras de Platão e Aristóteles. O quadro é meu, ganhei de presente. Joia! Está na parede do meu quarto. As caras de Platão e Aristóteles me transmitem força. Que presente maravilhoso! Nunca recebi nada igual. Veio de São Paulo, com meu nome escrito no pacote. Eita que surpresa boa! Será que minha vida está mudando?

O quadro me faz pensar. Olhando pra Platão, sinto o novo me olhando. Como é que Rafael pintou uma coisa tão bonita? O tempo passa, mas a beleza permanece. E como é que Platão, um filósofo, do tempo do arco da velha, ainda é tão importante nos dias de hoje, tantos séculos depois? E, pelo amor de Deus, o que é filosofia? Quero saber, quero ler Platão! Preciso de um professor. Sem alguém que explique tudinho e informe todos os detalhes, uma pessoa do interior, feito eu, é uma alma perdida. Será que vou ter coragem de pedir pro pai de Raquel começar a me ensinar, abrir minha cabeça e mostrar os novos caminhos?

Eita, gota! Mas quem é o pai de Raquel? Na sexta-feira passada, escutei o programa de rádio dele, falando de política, economia e cultura. Entre uma coisa e outra, alguns ensinamentos eram dirigidos aos ouvintes e umas músicas alegres que certamente levantavam o astral das pessoas que iam pro trabalho. Agora, toda sexta-feira, no ônibus, com o *mp3* nos ouvidos, vou escutar os programas de Emanuel Oliveira.

É extraordinário como dentro de mim, uma moça do interior, tenha despertado tanta coisa boa só de ouvir a voz do pai de minha amiga pelo rádio. Ave Maria! É fogo mesmo. De repente, o mundo passa a me interessar. Estou pensando mais sobre as coisas, estou me desenvolvendo por meio de uma nova linguagem. Nossa! Novas palavras estão formando minha nova maneira de pensar. Raquel me ofereceu o computador dela. E se dispôs a corrigir meu português além de explicar trechos mais complicados e até atrapalhados. Sugere que eu aprenda o sentido de cinco palavras novas cada dia. Que família bondosa. Bem diferente da minha. Será que é isso que me dará coragem, que vou ficar mais sabida e me capacitará entender um pouco melhor a situação? Afinal, estou vivenciando um novo momento. Sim, a chave está aí. Cabe a mim encontrar sentido nesse monte de surpresas do dia a dia. Penso na misturada de acontecimentos que começou com a chegada de Raquel na república. O elo está aí. Enganchando um elo no outro, aparecerão as surpresas e diferenças! Será que vou ter coragem de perguntar ao pai de Raquel se ele está a fim de me ajudar? Sim, tenho peito pra isso. Vou escrever uma carta. Obrigada, meu Deus!

Senhor pai de Raquel,

Sou Marluce, amiga de Raquel. Moramos juntas na república. Sei como dar conta de uma situação dessas. E estou ao lado de sua filha. Por favor, não se aperreie.

Obrigada pelo quadro. É o presente perfeito e está na parede do meu quarto. De repente, a vida me oferece muita coisa: a porta se escancarou, e lá está o caminho. Raquel me disse que Platão saiu à procura do conhecimento e da verdade. Maravilha. Quero fazer o mesmo, quero conhecer Platão. Será que o senhor pode me ajudar? Sei que o senhor está cheio de trabalho. Dá para achar um tempinho para me responder?

Marluce

Uma semana depois, A República, de Platão chega pelo correio. Abro o livro com cuidado e encontro um bilhete.

Querida Marluce,

Gosto de surpresas. Achei sua carta surpreendente. Li-a e fiquei encorajado. Sua viagem de descobrimento vai fazer de você uma pessoa diferente. Não posso imaginar algo mais belo do que embarcar no estudo de Platão. Será um prazer ajudá-la.

Fiquei tranquilo ao saber que Raquel tem você a seu lado.

Emanuel Oliveira

Fico pensando. Aquele sonho expôs Raquel a uma realidade cruel. Foi novidade até umas horas. Ela obedeceu a ordem e rompeu com sua família. Quebrou os elos com seu passado. Criou coragem, agiu e deixou a tradição de sua família para trás. Mas parece que ela ainda quer tê-la de volta. Boa notícia pra mim.

Raquel encoraja meu interesse por Platão e sugere que seu pai possa me ajudar. Bacana. Mal dá para acreditar. Isso é "de vera" mesmo, ou outro sonho? E como será pra Raquel viver na república com gentinha feito nós? Exposta à barra pesada, aos poucos vai conhecendo tudo de ruim que ocorre no dia a dia. Quantos meses a temporada dela aqui vai durar? Será que vai aguentar tanta doidice? Será que sua vida por aqui vai acabar em entendimento? Raquel deve ser exposta a tudo, não pode contornar o que é ruim, escolhendo somente o lado bom. Aqui não tem boquinha, não. Deve enfrentar tudo e só obedecer àquela ordem enviada no sonho

Pela minha cara todo mundo sabe que recebi uma notícia. Raquel percebe meu alto astral e quer uma explicação. Conto tudo. Falo das cartas, a minha e a do pai dela. Mais dois elos naquela cadeia de surpresas. Ai, como tô feliz!

– Novos horizontes estão se abrindo – comenta Raquel.

Ela diz de novo que o computador está à minha disposição; vou aprendendo e posso usá-lo todas as noites, enquanto ela fica na biblioteca da faculdade. Raquel precisa de tranquilidade depois de um início tão tumultuado aqui nesse cafundó! Será bom deixar passar um tempinho pra apagar os efeitos daqueles encontros impactantes. Encontros ou colisões? Eles mexem com nossas vidas. Foi desse jeito que deixamos a coisa andar. A próxima carta não demora muito pra chegar, e outras se sucedem. Vige Maria, que alegria eu sinto lendo todas elas.

Querida Marluce,

"Até que filósofos adquiram os poderes de um rei", disse Platão, "ou que nossos governantes se tornem filósofos, não haverá liberdade na nossa cidade". Sobre a questão "o que é um filósofo?", Platão respondeu que o filósofo é um amante da sabedoria. E como é que um jovem se torna um filósofo? O rapaz ou moça que quer se formar filósofo deve ficar empolgado por sua pesquisa e disposto a saborear todo tipo de conhecimento. Platão empregou a palavra "eclético". Era essencial ficar interessado nas artes e nas ciências, ou seja, em ambos. E quem são os filósofos genuínos? Aqueles que amam enxergar a verdade. É bom deixar Platão falar através dos vinte e quatro séculos que nos separam. Sua prosa é arte. Está compreendendo, Marluce?

Emanuel Oliveira

...

Querido Emanuel Oliveira,

Estou compreendendo, sim. É extraordinário conversar sobre coisas tão antigas, mas ao mesmo tempo tão novas e que são valiosas até hoje. Platão lá, nós aqui. Como deixar o passado virar presente? Tem coisas que vivem muito tempo: pedaços de pedra, ferro protegido por tinta, algo sepultado no chão. E Platão, é desse jeito, madeira de lei que é indestrutível?

Além disso, tenho consultado o dicionário todas as vezes que descubro uma nova palavra. Isso é muito bom.

Marluce

...

Querida Marluce,

Quando um homem ama um objeto de verdade – postulou Sócrates –, ele não ama só uma parte, mas o objeto inteiro. Na Antiguidade, o objetivo da vida era o encontro com a beleza. Para Platão, a arte captava essa beleza em toda a sua perfeição e completude. Vamos supor que, numa escultura, está o ideal da beleza, mesmo que um homem tão belo nunca tenha existido. É assim que andam o belo e o feio, justiça e injustiça, o bem e o mal... Cada um em si é uma coisa. Porém, quando encontrados pela experiência, uma transformação ocorre: o um, a única coisa, se multiplica em várias coisinhas. Com a ajuda desse princípio, é possível fazer uma distinção entre aqueles que vão atrás das coisinhas bonitinhas e o verdadeiro filósofo, que deseja a coisa em si.

A representação de algo não é a coisa real. É preciso distinguir entre a essência dos objetos e as várias aparências deles. Platão chamou de "conhecimento" o processo mental que reconhece a essência das coisas. Ao processo perceptivo, que só vê as aparências dos objetos, denominou "opinião". O verdadeiro filósofo está à procura de conhecimento, e o falso, malandro, se contenta com a opinião.

Se nos voltarmos para a natureza da justiça, veremos que o homem justo ainda está um pouco distante da justiça em si. O ser humano só se aproxima do ideal, mas nunca chega a alcançá-lo completamente. O que faz do ideal um padrão de perfeição que ilumina o caminho. O ideal é um modelo. Quer seguir em frente, Marluce?

Emanuel Oliveira

• • •

Querido Emanuel Oliveira,
Quero, sim. Palavras: beleza, verdade, justiça... Misericórdia, quanta coisa! Nunca pensei em palavras. Tudo é novo e muito surpreendente para mim. O danado é saber usá-las, não é? Lendo essas palavras de Platão, me deparei com uma novidade. Começo a entender o quanto vale a palavra e como ela tem poder. Com as palavras podemos fazer algo novo. Por meio das palavras vemos a distância entre o cara honesto e o malandro. Sim, existe um enorme abismo entre os dois. Sem palavras, só fica um vazio. Palavras enchem aquele espaço vago. Sem palavras sou um nada. Sou aquele silêncio. As ideias de Platão nos vêm por meio de palavras que nos ligam ao nosso mestre. É um milagre, nada menos. As palavras nos levam a regressar no tempo e ficar de novo no presente. Como dar conta das palavras? Tem jeito?

Marluce

• • •

Querida Marluce,
Tem jeito, sim, é só deixar que Platão lhe mostre a arte. E, como artista – poeta, dramaturgo, ensaísta, romancista –, não tinha ninguém igual a ele. Nos diálogos de Platão, Sócrates (representado por Platão como porta-voz) queria conhecer a justiça

e a beleza abstrata. Platão acreditava que, dentro de nós, temos, em estado latente, um conhecimento que nos fornecerá respostas a esse gênero de pergunta. Esse dom inato é prévio à nossa experiência empírica, que vem depois, por meio dos cinco sentidos. Se esse conhecimento, puramente teórico, é anterior à nossa chegada ao mundo real, o que sabemos a respeito da justiça e da beleza existirá independente do mundo no qual estamos. Portanto, a justiça e a beleza gozam de uma existência própria, separada dos seres humanos que habitam o mundo.

Platão discerniu uma realidade dividida em duas partes. Há aquele reino fora do espaço e do tempo, onde há permanência e ordem perfeita. É uma realidade atemporal e imutável, e nosso cotidiano só nos proporciona lampejos dessa essência. Essa realidade, fora do alcance de nossos sentidos e das nossas percepções, não se transforma em outra coisa. Por outro lado, oposto a esse mundo ideal, há outro reino, nosso cotidiano, um mundo empírico, acessível aos sentidos, em que nada dura ou permanece da mesma maneira. Aqui tudo está sempre se transformando em outra coisa que será conhecida por meio de nossos cinco sentidos: visão, audição, olfato, paladar, tato. O que você acha disso?

Emanuel Oliveira

· · ·

Querido Emanuel Oliveira,

Uma coisa boa está me acontecendo. O medo está indo embora. Estou me sentindo mil vezes melhor. Você não sabe, mas fui abusada por três monstros e, desde então, fiquei com medo de tudo. Se o telefone tocasse, eu tinha medo, se a campainha tocasse, eu tinha medo. Ao entrar pelo portão do hospital onde trabalho, eu tinha medo. Tinha medo até quando um médico me chamava para fazer uma tarefa. Tinha medo dos olhares interrogativos dos pacientes. Quando voltava para casa, à noitinha, no ônibus, eu tinha medo do motorista. Quando chegava, me trancava no meu quarto. Vivia pirada. Tinha medo de sair, de adormecer, de sonhar, de acordar. Mas o que me apavorava mais era o medo do veneno que aqueles três embriagados tinham ejaculado em mim. Imaginava que aquele líquido maldito ia percorrer meu corpo, atingir minha cabeça e me fazer enlouquecer. Descobri que o medo de pirar é a coisa mais horrorosa que existe. É mil vezes pior do que o medo de viver abandonada na rua, sem comida, sem abrigo. E a descoberta veio a partir do momento que passei a conviver com Raquel.

O fato de ter recebido uma carta do senhor fez eu me sentir melhor. Alguém tinha escrito para mim. Que maravilha! Mais uma vez devo a Raquel por ter feito com que eu criasse coragem e lhe escrevesse. Foi uma novidade que me deu o mais profundo prazer. O prazer e eu somos estranhos um ao outro. Minha vida é uma história de brigas, gritos, silêncios – e aquele incidente. Nunca tive um amigo ou uma amiga. Agora não sou mais solitária. Raquel e eu somos amigas. Uso o computador dela para digitar as cartas que envio ao senhor. Raquel corrige meu português, imagine! Saquei o quanto o senhor ama Platão. Agora sou outra pessoa. No hospital, todo mundo está percebendo a mudança. Antes, vivia em estado de sítio, cercada por angústia. Agora, não, estou "virada". Já converso mais, pergunto aos médicos sobre Matemática e Ciências e muitas outras coisas. A vida traz surpresas. Será que Platão vive entre nós?

Marluce

• • •

Querida Marluce,

Normalmente, sou cauteloso. Prosaico sim, poético, não. Todavia, sua pergunta sobre a possibilidade de Platão viver entre nós fez a inspiração vir até mim. Acordei de madrugada. Levantei e escrevi a equação:

Platão = Einstein.

Depois, deitei feliz e logo adormeci.

O objetivo do intelecto é raciocinar a respeito de números abstratos e rejeitar dados referentes aos objetos que podem ser vistos e tocados. Quer dizer, a mente é obrigada a empregar a inteligência pura quando busca a verdade pura. A Matemática é uma ciência cuja finalidade é a captura de um conhecimento que existe eternamente, em contraposição àquele que existe só por um momento e depois perece. A Geometria, como a Aritmética, aponta para a verdade. Para Platão, a Astronomia, sendo abstrata, cai na mesma categoria da Matemática. Da geometria passamos para o movimento dos objetos no espaço. A beleza reside em descrever esse movimento em forma de números, que definem a posição desses objetos. São características apreciadas pela razão e pelo pensamento, não pela visão. A Astronomia, trabalhando com números abstratos, não usa dados fornecidos pelos cinco sentidos. Nós, que atuamos intelectualmente, diz Platão, queremos ver a verdade, cuja glória vale mil vezes mais do que qualquer conhecimento pragmático.

Por fim, Platão nos convida a dar uma olhadinha para cima, onde está nosso modelo: os objetos divinos estão à nossa espera. Esses objetos abstratos não são as criações de uma mente, mas existem inde-

pendentemente de pensamento de qualquer homem específico. O termo grego que Platão empregava para descrever esses objetos abstratos era Eidos (forma, ideia). Essas formas são eternas, imutáveis e incorpóreas. Esse modelo celestial é bem diferente de um diagrama esboçado por um artista ou desenhista. Tais esboços comuns podem ser bonitinhos, mas não revelam as verdades que estamos buscando. Platão observou que a relação entre a mão e os dedos, fornecida pela Aritmética, se assemelha à afinação de um instrumento musical de cordas. Como é que se afina o som? Por meio de distâncias e números, que são relacionadas com sons e tons, culminando em música. Algo divino?

Para Platão, o essencial é puramente dedutivo, independente da experiência com objetos exteriores, e procede por dedução a partir do que foi posto a priori. Conhecimento a priori é aquele que vem antes da experiência prática. Desse modo, o conhecimento avança independentemente dos cinco sentidos: livre do tempo e de qualquer observador externo. Estamos no reino do eterno e do universal. Evidentemente, os séculos não são impedimento algum para que Platão continue atual. Sim, ele está no meio de nós. Será que você está se sentindo sufocada debaixo dessas revelações?

Emanuel Oliveira

∴

Querido Emanuel Oliveira,
Pelo contrário, me sinto respirando novos ares. Escreva mais, por favor. Tenho sede de saber. Tô doidinha por suas notícias.

Marluce

∴

Querida Marluce,
Então me deixe embrulhar com algumas sobras. Os dois mundos — o abstrato e o prático — não são tão nitidamente separados quanto Platão desejava. Sempre havia transgressões entre o ideal e o empírico, uma concessão à realidade admitida pelo próprio Platão, num diálogo tardio. Vemos o intercâmbio na Astronomia, o que, já na Antiguidade, proporcionava um elo entre o racional e o experimental.
Ainda na Antiguidade, já havia ocorrido uma história cativante de um grego que estava viajando pelo Egito. As pessoas lhe perguntaram: "Qual é a altura daquela pirâmide?". Nosso grego esperou até que sua sombra, na luz do sol, igualasse sua própria altura. De imediato, mediu a sombra da pirâmide, o que naquele momento era igual à altura real da construção. Empirismo posto para trabalhar, concorda?

Olhando pelos óculos, binóculos e telescópios, na era das invenções, viam-se os primórdios da Ciência moderna. A partir de então, digamos, por volta de 1300, Filosofia, Matemática e Ciência iam avançar de mãos dadas. Newton, que viveu entre 1642-1727, é considerado o cientista mais versátil e poético de todos os tempos. Desenvolveu a Ótica, a Mecânica, a Química e a Matemática. Inventou o cálculo, propôs a teoria da gravitação e postulou as leis do movimento, que são aplicadas até hoje para estudar objetos com massas significativas viajando não rápido demais: carros de fórmula 1, satélites, projéteis... De novo vemos como o saber tem dois lados: Newton era pesquisador empírico e matemático teórico. Os dois aspectos da façanha remontavam à distinção clássica de Platão entre o racional e o empírico, a mente e o laboratório. Na figura fascinante de Newton, vemos como Platão deixou um legado para a posteridade. À mesma linhagem pertenceriam Leibniz e Descartes, filósofos e matemáticos, ambos pensadores e adeptos do laboratório. Que estirpe!

A história avançou para a chamada era das invenções e das máquinas (Watt, Volta, Ampère, Lavoisier, Hooke, Davy, Faraday etc.). Não obstante, a natureza prática da nova tecnologia, a divisão platônica continuava na Filosofia: de um lado, havia o empirismo britânico (Locke, Berkley e Hume), e, do

outro, o racionalismo *(Descartes, Espinosa, Leibniz).*
Foi Leibniz – matemático, filósofo, bon vivant, tradutor de Platão – que finalmente reorganizou o trabalho de Platão, distinguindo entre proposições analíticas e sintéticas. Com esse teorema, que tratava das verdades da razão e de fato, Leibniz marca presença até em nossos tempos. Que viagem estrondosa! Apesar dessa materialidade, surgiram dois filósofos mirabolantes, Kant e Hegel, que se dedicaram às ideias puras, o que os tornava filhos de Platão.

Na virada do século XX, a mecânica clássica não dava mais conta da nova realidade: havia inconsistências, dúvidas, contradições, que abriram caminho para o pensamento moderno, caracterizado pelo relativo, o incerto, o provável, a falsificação, o impossível, o possível... Mais uma vez, os dois campos do modelo platônico sobreviveriam a uma revolução: a teoria da relatividade. No campo teórico, devido a Einstein, havia a física puramente matemática, a teoria quântica, uma prévia da energia nuclear... No outro, carregado por aplicações surgidas em laboratório, haveria o semicondutor, o bismuto, o chip, o que criaria um novo mundo centrado na televisão, na informática, na internet, na mídia... Está vendo, Marluce, como Platão está sempre presente, embora escondidinho?

Einstein expressou sua teoria da relatividade em equações puramente matemáticas, cuja linguagem é *o cálculo diferencial e integral. Crucial para o nosso argumento é o fato de que o cálculo é pura matemática, cujo fruto abstrato é o conhecimento racional. Platão teria gostado tanto disso! A materialidade, o chip, só veio depois, uma consequência no decorrer dos anos. Acho que é legítimo dizer que a filosofia do século XX é matemática. Isso fica claro em autores como Frege, Russell, Wittgenstein, mas isso é outra conversa. Um pouco menos legítimo é escutar rumores dizendo que Platão tinha um caso amoroso – platônico, claro – com a matemática. Mas não posso dizer nada sobre isso. Só sei que sua pergunta sugere que Platão viajou de carona a bordo de um veículo chamado matemática para ficar conosco nesta nova virada de século. Aí está a introdução a Platão. A bola está no seu campo. Chute-a. Quem sabe ela não para na "Caverna"?*

Emanuel Oliveira

• • •

Querido Emanuel Oliveira,
No hospital, agora me chamam de Platãozinha! Passei a ter um reconhecimento, ter um nome, ser alguém... Mil agradecimentos.
A viagem que nós dois fizemos na companhia de Platão me trouxe algo novo. Agora tenho assunto. Antes, não sabia conversar, não tinha nada pra

dizer, só um vazio. E, antes, minha sala no hospital, onde fica o aparelho de raios X, estava morta. Ninguém entrava nela. Agora sempre tem gente que vem conversar comigo. Sobre o quê? Meu assunto, claro! Aquela viagem. Os médicos me passam verdadeiros tesouros educativos da época em que estudaram. Agora, eu tenho uma casa, eles brincam, a caverna! O que quer dizer isso? E outro médico, Doutor Chang, comparou a República ao socialismo. Não o entendi bem. Só que, ao falar da queda do muro de Berlim, ele chorou. Eu até emprestei meu lenço pra ele.

Marluce

4. Caverna

Meu quarto tá transformado. É tão bom olhar para Platão e Aristóteles. O quadro pintado por Rafael ocupa uma posição de honra na minha parede. E o livro *A República*, escrito por Platão, fica ali na escrivaninha, em seu devido lugar. São companheiros sem igual. Estou vivendo uma mudança. Às vezes nem me conheço, pareço outra pessoa. Pretendo aproveitar a oportunidade e ficar aberta às novidades. O problema é que viver em nossa república estraga a boa energia que flui dos ícones clássicos. O vai e vem me distrai do principal, que é a leitura de *A República*. Uma república estraga a outra! Mas Raquel, ainda abalada, precisa de mim. Não posso deixá-la tempo demais sozinha em seu quarto, desamparada. E não quero. Descobri que a coisa mais bonita neste mundo é a amizade. Essa amizade com Raquel foi o pontapé pra mudança na minha vida. Quem tem um amigo, tem um tesouro.

É legal ter alguém com quem falar besteira, rir ou até mesmo ficar em silêncio. Nada se iguala ao prazer de ter uma alma gêmea por perto, dentro dessas quatro paredes. E lá fora? Tudo me espanta. Mesmo assim, quando saio, a novidade do meu quarto me acompanha: fica comigo no ponto de ônibus, na rua, no hospital, enfim, fico meio abestalhada e feliz. Agora transmito alto astral para os pacientes. Comecei a ver as coisas de maneira diferente. Outra noite, ao sair do hospital, distraída, sofri uma queda. A dor se misturou deliciosamente com o prazer que veio com o susto e o imprevisto. Já no outro dia, chovia um toró danado. Deleitei-me com o fato de ter esquecido meu guarda--chuva. Foi gostoso ficar presa na roupa encharcada. À noite, em casa, deitei, mas não queria cair no sono. Queria prolongar o dia. Acordar de madrugada na companhia do escuro e do silêncio foi um momento perfeito.

Estou concentrada na leitura de Platão há várias semanas. Nesse tempo, os quatro molhos de chaves ainda permanecem intocados em seus cartões, em cima da mesa na cozinha. Uma noite aparecem jogados no chão. Apanhei todos e os entreguei para Raquel. Um olhar magoado está no rosto dela. Sinto que agora Raquel entende o tipo de gente com que convive. Divide comigo sua pena. Ouso dizer que a chateação está estampada na minha cara. Sei o que se passa por aqui. Espero também que, aos poucos Raquel, aprenda. Aquelas chaves falam e têm histórias pra contar.

Vivemos uma rotina. À noite, fico sozinha no meu quarto pra ler; perco o sono e, só de madrugada, durmo um pouco. Passam-se algumas semanas. Na república, mesmo com a ausência de refeições, há algo que gira em torno da comida. Desde que chegou, Raquel costuma comprar na mercearia carne, peixe e ovos e guardar na geladeira. Rapidinho essas compras começam a criar asas. Voam e deixam suas marcas na louça suja na pia. Uma noite, ouço a voz de Raquel soar rancorosa:

– Eita, menina! Os porcos nem mesmo se importam de limpar a sujeira de seu roubo.

– Surpresa! – ironizo.

Realmente Raquel está reagindo à maldade dos companheiros. Porém, lá dentro ela ainda tem um restinho de fé e tenta novamente introduzir a decência no modo de vida da república. Compra fatias de queijo e salame e coloca numa caixa plástica. Mesmo assim, tudo desaparece. Ela não desiste e escreve seu nome num pedaço de papel pregado com fita adesiva na tampa. Não serve de nada. Numa última tentativa, enfia dentro da caixa um pedaço de papel anotado com o número de fatias de queijo e salame deixadas. Quando Raquel come uma fatia, atualiza o total. Os ladrões fazem o mesmo. Finalmente, resolve deixar um bilhete dentro da caixa, dizendo: "Ladrão, por favor, não coma alimentos que não lhe pertencem". Dessa vez, Raquel encontra o desenho de um rosto com um largo sorriso no lugar do recado. Fica magoada, se sente humilhada e aborrecida, chateada com a ironia. Na cabeça dela parece gente da idade da pedra. Sacode a caixa vazia e a joga no lixo.

Raquel resolve simplificar seus hábitos alimentares: agora só come tomates, ovos, margarina, queijo e pão, que não estragam com o calor. Guarda essas rações de emergência no seu quarto, numa caixa trancada. Logo descobre que a fechadura foi arrombada, e os alimentos sumiram. Os furtos não param por aí. O seu sabonete, a pasta, a escova, o desodorante... Tudo desaparece. Ajudo Raquel a embalar o que resta numa mala. Saímos e compramos uma corrente forte e um cadeado de peso. Minha amiga é obstinada. Disse:

– Quero dificultar pra essa gentalha. Isso impedirá os bandidos. O que você acha, Marluce?

– Só esperar. É só esperar pra ver. Só acredito vendo.

Eu já sei como são as coisas por aqui. Nada disso é novidade pra mim. No dia seguinte, como eu esperava, encontramos o cadeado forçado e a mala aberta, sem nada dentro. A sacanagem continua. Uma noite, quando volta suada e moída depois de um dia puxado na faculdade, Raquel me conta que os dois baldes de água que ela enche toda manhã e guarda no seu quarto pra se lavar estavam vazios. Leio no seu rosto que ela está se sentindo violada.

– Bando de calango seco! – rosna Raquel. – Crápulas, brutamontes.

Na cara de Raquel vejo a decepção se misturando com a raiva. Os bandidos tinham feito um buraco com uma serra ao redor da fechadura da porta de seu quarto. Agora qualquer estranho pode entrar à vontade. Raquel avança e se olha no espelho: nós duas estamos fazendo papel de bestas, refletidas nesse espelho. Percebo o sofrimento em seu rosto. Raquel parece sem graça, sem vida. Lembro da promessa que fiz a Emanuel Oliveira, de tomar conta de sua filha. Furtos são uma coisa, sacanagem e abuso é outra. Se ela correr o risco de estupro, sequestro, assassinato, é meu dever chamar o pai pra levá-la embora. Eu me sinto uma "parêia" dela e preciso ficar na guarda. No dia seguinte, Raquel manda o marceneiro da sua família colocar uma fechadura nova na porta arrombada. Penso: pode ser que aos poucos eles vão se acostumando, "água mole em pedra dura, tanto bate até que fura".

A partir daquela intrusão, Raquel passa a vestir roupas velhas. Progresso! Não usa mais maquiagem ou enfeites. Sua noção de justiça exige que ela aguente um pouco mais todas aquelas indignidades, pelo menos até a conclusão do semestre. Continua estudando na faculdade e, nas raras ocasiões em que se encontra com os outros, fica distante, matutando. Sai de casa de manhã cedo e volta à noite. O pouco tempo que fica ali passa estudando.

A rotina é desgastante. Raquel parece exausta. Pra descansar, sugiro que fique prostrada na frente da TV.

Essa se torna a primeira coisa a ser feita de manhã e a última da noite. Imagine: a gente se deliciando com uma dose restauradora de televisão. O aparelho se tornou nossa melhor companhia. Quanto gostamos dele! Passamos a viver enclausuradas no quarto de Raquel. Ela me confiou a chave. Definitivamente, viver numa república atrapalha minha leitura de *A República*. É uma pendenga danada.

Uma noite volto para casa com vontade de ver novela, mas não encontro a TV no tamborete em que ela costuma ficar. Sumiu. Fico arretada da vida. Dessa vez, os filhos de uma égua arrombaram a porta com um pé-de-cabra. De orelha em pé, reconheço a voz de nosso companheiro vindo do quarto em forma de "L", misturada com riso de mulheres. Mas não arrisco a meter meu nariz lá.

Raquel volta. Não tem jeito. Sinto o seu ar de decepção. Saímos pra um bar próximo, onde ficamos assistindo a televisão e biritando pra disfarçar nosso desgosto e nossa dor. Não aguentamos mais viver sem a companhia de nossa amiga. Cabe a mim resgatá-la. No dia seguinte, ligo do celular de Raquel pro hospital onde trabalho e aviso que vou chegar atrasada. Quando todo mundo sai, entro no quarto dos cabras. Há uma rede armada, três camas, fotos de garotas nuas na parede, uma calcinha pendurada num prego e uma camisinha jogada no assoalho. Isso é uma esculhambação! "Este é um cenário de deboche, de desaforo", concluo. Por um momento, tomada por cenas eróticas, fico cega de raiva e quase não vejo a TV no tamborete. Logo apanho nossa companheira muda e leal e a coloco de volta em seu lugar, no quarto de Raquel, e só então vou trabalhar. Quando volto, à noite, vejo que a televisão sumiu novamente. Aí é de lascar, mesmo, não? Assim começa o pega pra capar. Frente a essas coisas tensas, nós duas precisamos relaxar diante da TV. Mas ela não está lá. A gente se sente vazia sem a nossa camarada. No outro dia demoro mais uma vez pra ir ao meu trabalho. Apanho a TV de novo e a coloco no quarto de Raquel.

Passam mais uns dias. Raquel me conta que, na noite anterior, fora acordada pelo som raspante do pé-de--cabra na fechadura. Acendeu a luz e pegou Romero afanando a televisão. O camarada, com a maior cara de pau disse que, se não tivesse problema, ele gostaria de pegar a TV emprestada pra assistir a um filme da madrugada. Raquel respondeu que não, que queria ter a televisão com ela na segurança de seu quarto. Então perguntou a Romero porque ele não tinha batido na porta antes de entrar. Pra mim a recusa de Raquel não era uma surpresa. Ela estava aprendendo a ser "barra de gota" mesmo. Até aquele momento culminante, Raquel era uma pessoa polida, que harmonizava com os outros republicanos. Saquei que daqui pra frente a história será outra. "Parabéns, Raquel", penso comigo mesma. Eles agora vão ver o que é bom pra tosse. Raquel só tem experiência com pessoas civilizadas. Agora o cenário é outro. Eu, pelo contrário, convivo com pés-rapados, mal-educados e rufiões. Abro mão e me quebro. Gostaria de ter privacidade e calma em meu aposento pra estudar todas as preciosidades herdadas de Platão, mas não posso deixar Raquel sozinha em seu quarto. Foi mais uma vez feita de boba por aqueles bandidos que novamente levaram a "nossa" televisão somente por implicância barata. Faço questão de estar com ela, dando-lhe apoio moral. Ela precisa de mim. Amigo é pra essas coisas. Volto a colocar um colchonete no chão de seu quarto e lá durmo. Daqui em diante partilharemos tudo. Raquel fica aliviada, mas ainda nervosa, aperreada. Diz que sua preciosa TV, de novo no quarto dos rapazes, corre o risco de ser depreciada e até quebrada.

Vejo que ela se sente revoltada. A televisão era sua e, aos poucos, estavam lhe tirando à força. "Isso ela não vai permitir", profetizo. Era uma situação ruim que podia se transformar numa pior. Então, à tarde, Raquel mesma vai buscar a televisão, restabelecendo seu direito de propriedade. À noite, vou pra seu quarto e, seguindo a nova rotina, boto o colchonete no chão pra dormir. A gente está cochilando quando ouve o som de alguém mexendo à procura de alguma coisa no quarto. Vai dar bode. Fingimos estar dormindo, pra não termos de recusar a permissão, mas achamos isso difícil de fazer. Eles são mesmo osso duro de roer. Quando tudo fica silencioso de novo, tateamos no escuro: descobrimos que a televisão tinha sumido. Mas não é mesmo o benedito?! O inevitável acontece: de madrugada, somos acordadas por um estrondo. De manhã, o barulho fica explicado: encontramos a televisão jogada na cozinha, quebrada, é claro.

À noitinha, encontro Raquel no centro da cidade. Voltamos pra casa juntas. Ao chegar, damos de cara com Ênio, que estava na cozinha tentando consertar o aparelho. Ele comenta:

– A imagem está ruim, e o som, mudo. Você vai mandar arrumar, Raquel?

– Não, não vou gastar uma pataca com o que não presta.

Então a TV fica como está: quebrada e abandonada na cozinha. No dia seguinte, olhando pelos combongós do muro do quarto de Raquel, vemos a televisão jogada fora no jardim. Agora foi desaforo mesmo, junto com atrevimento. Minha amiga se vira, chorando. Envolvo-a com meus braços. Ela não consegue relaxar: está irrequieta e agitada, agoniada mesmo.

De madrugada, escuto Raquel se levantando e indo até o jardim. Coloca a TV contra uma parede, com a tela inclinada. Recua e começa a apedrejar o aparelho.

Sacode mais pedras, apanha pedaços de cimento e de ferro e joga tudo também, até a tela ser esbagaçada. Desconta toda sua raiva daquele jeito. Finalmente, lança lixo sobre a carcaça da TV, que agora tem as partes internas espedaçadas. Encosta-se numa árvore e chora.

Eu saio pra apoiá-la. Raquel diz que não vai trair sua ideia original que a trouxe pra morar na república. Ser leal a si mesmo é difícil, mas é possível. Arrastamos a TV destroçada pra frente da casa e a deixamos no meio do resto do lixo, que está sob uma árvore, pronta pra ser levada. Raquel apenas diz:

– Adeus.

5. Rua

Deixo uma semana passar. Tenho tanta coisa nova para compreender. Finalmente tenho uma noção de mim mesma. Existo, sou uma pessoa. Antes, não era ninguém, nada, só lixo jogado naquela trincheira. Tudo mudou. Agora, além de mim, percebo outras pessoas. Agora é pra valer. A casa era insuportável. Por isso, nos últimos dias, à noitinha, a gente se encontrava no centro da cidade, pra voltarmos juntas pra casa. Antes de Raquel vir morar na república, o marceneiro da família dela tinha feito uma cômoda forte, de madeira maciça, com uma gaveta com fechadura, pra guardar documentos e dinheiro. Aquela cômoda tinha uma história pra contar. Mais ou menos 15 dias depois de darmos adeus à TV, Raquel vai até a cômoda, mas não consegue abri-la. Parece emperrada. Puxa com força, e a gaveta cede. Uma lâmina fina de uma faca cai sobre o piso. É ameaçadora e tem uns 20 centímetros. Evidentemente, numa tentativa fracassada de forçar a fechadura, o cabo da faca quebrou, deixando a lâmina metida dentro da gaveta. Raquel corre em direção à cozinha, gritando por alguém que estivesse em casa. Ela entra no quarto em forma de "L", e eu a sigo com cautela. Raquel exclama:

– Vejam o que achei. Estava metida na gaveta da minha cômoda. O ladrão tentou forçar a fechadura. Alguém metido a engraçado sabe o que aconteceu?

Os rapazes falam. Ênio tira uma faca longa e brilhante da bainha. Diz que não precisa de uma faquinha como aquela e que nenhuma fechadurazinha pode quebrar o seu facão. Romero tira outra faca, que estava debaixo do travesseiro, e faz um floreio. Parecia briga de arruado, com tanta faca. A lâmina, curvada como a de um punhal, era do tempo do aço inoxidável. Diz que sua faca é afiada como uma navalha, que não quebra nunca. Biro levanta a camisa e mostra um cinto e uma cartucheira. Puxa uma arma e gira no ar. Pega o revólver pela coronha e dá um par de passos pra frente, com gabolice, bem amostrado. A cena parece uma dança de armas, uma imitação do cangaço no Nordeste. Raquel se mantém firme onde está e pergunta:

– Mas por que vocês têm armas numa república, vivendo entre amigos?

– Segurança – responde Biro. – Ladrões podem invadir e tomar conta do lugar.

Raquel apanha a lâmina e, se fazendo de besta, diz:

– Fiquei com medo de que alguém de casa tivesse roubado as coisas da minha gaveta.

Nós duas demos no pé, levando a lâmina conosco pro quarto de Raquel. A situação fica tensa. Tem que ser um deles. Pra mim, tudo está claro e certo. Essa cambada não presta mesmo. Raquel sabe, mas não quer admitir a verdade. Um deles ou todos eles estão mentindo. A situação chegou a um ponto delicado. Pequenas falhas podiam ser toleradas, mesmo as cantadas, de certa forma, compreendidas. Mas furtos são outra história. Ainda julgo que Raquel não está em perigo. Vai sofrer, será magoada, insultada, rejeitada, mas não estuprada, sequestrada ou assassinada. Afinal de contas, calculo que os outros quatro republicanos tirariam proveito dela até o último pedacinho, mas evitariam uma ocorrência policial, afinal "formiga sabe que roça come".

• • •

Apreensiva, vou pro trabalho. À noitinha, corro para casa. Os dias passam, viram semanas. Uma noite, Chana, bem acanalhada e "chué", entra no quarto de Raquel, aponta pra uma caixa numa prateleira e diz:
– Suas sandálias estão caindo aos pedaços. Conheço um bom sapateiro que pode consertá-las e cobra pouco.
De fato, as tiras das sandálias preferidas de Raquel, trazidas do Peru, se soltaram. Mas como diabos Chana sabia disso se as sandálias estavam numa caixa fechada em cima da prateleira? Raquel, que é do tipo que não aceita favores de ninguém, só diz:

— Mandarei qualquer sapateiro da rua dar uma geral nelas.

Mas Chana força a barra.

— O sapateiro que conheço fará um bom conserto.

Raquel acaba concordando e Chana tira as sandálias da caixa, fita bem com olho gordo e exclama:

— Coisa rara.

Saco que esse comentário dizia tudo, que a inveja era maior do que seus olhos. Raquel diz que era muito apegada a essas sandálias e que os incas usavam esse tipo de calçado. Acrescenta que gostaria de tê-las de volta em poucos dias. Chana responde que não tinha nenhum problema. Raquel nos surpreende, dizendo que tinha feito um bolo e convida todos pra comer um pedaço. Vejo que ela quis fazer a "política da boa vizinhança".

Chana faz que sim com a cabeça, e Raquel corta um pedaço grande para ela, uma fatia média para mim e um pedacinho pra si mesma. Chana mastiga com avidez e comenta que Raquel não estava comendo muito. Ela admite que não era muito fã de bolo e diz que a colega poderia levar o resto e dividir com os outros republicanos.

Chana, cada vez mais destemperada, apanha o bolo e olha em volta. Seu olhar cai sobre uma caixa com a palavra "maquiagem" escrita na tampa. Morta de curiosidade, pergunta se podia dar uma olhadinha.

Raquel pega a caixa e diz que pode admirá-la de perto. Os olhos de Chana brilham.

— Não uso mais maquiagem — informa Raquel.

— A vida de estudante vai deixando a gente assim, desleixada.

— A vaidade foi pro beleléu — acrescentei.

O olhar de Chana cai sobre outra caixa de madeira. Raquel a abre, expondo bandejas de joias, pra satisfazer a curiosidade de Chana.

— Pela aparência, valem um bocado, uma boa grana, não é? — suspira Chana, gananciosa. — Bonitas demais — observa.

— São apenas joias falsas — corrige Raquel. — A maioria é de plástico ou vidro. Um monte de bagulhos! Só imitação, sem nenhum valor.

Chana fecha a caixa com uma facilidade que só pode vir do fato de conhecê-la muito bem. Então, olha atrás de uma cortina improvisada, pendurada num pedaço de corda, onde ficam as roupas de Raquel. Ainda em tom ganancioso, observa que devia ser um prazer usar roupas tão vistosas. Raquel comenta que a vida de estudante era outra. Chana então baixa a cortina e, pegando as sandálias e o bolo, faz menção de sair.

— Até logo — despede-se.

Até logo, nada. Meu coração foi pros pés. As sandálias não reaparecem. Era o que Raquel não queria acreditar. Raquel pergunta sobre elas para Chana, pedindo que as devolva. Ela se desculpa, enrola sempre, num lero-lero adoidado, dizendo que o sapateiro tinha viajado pro interior, que estava até o pescoço de afazeres, e precisava cuidar de uma tia adoentada. Enfim, Chana diz pra Raquel não se preocupar, porque o sapateiro é direito e trabalha como um danado sendo honesto. Tudo mentira. Essa garota é nó cego, mesmo.

Com o coração pesado, Raquel diz adeus às sandálias. Uma parte de si se fora pra sempre. Depois, abre a caixa de papelão onde as sandálias peruanas tinham sido guardadas e fica chocada.

– Nossa! Ave Maria, o que é isso? Credo! Onde já se viu gente dessa qualidade, meu Deus?

Outro par de sandálias está lá, no lugar das prediletas de Raquel. Sugiro que ela deixe esses calçados matutos comigo. No hospital sempre há gente pedindo roupa velha.

Vasculhamos os pertences de Raquel, fazendo um inventário do que tinha sumido. Era uma relação do tamanho do mundo. Faltam joias e roupas de todo o tipo: saias, blusas e roupa de baixo... Tomar liberdades desse tipo poderia até ser aceitável numa república de verdade, onde, de comum acordo, as coisas pertencem a todo mundo. Mas nessa casa isso é mesmo ladroagem. Raquel soluça:

– Não pode ser verdade! Não posso acreditar!

– Que pessoal ordinário – digo. – Agora tem que deixar a realidade falar mais alto.

A responsável só poderia ser Chana: pois não é possível imaginar Romero, Biro e Ênio saindo de casa travestidos! Até rimos com isso. A risada nos faz bem. Pra mim toda esta safadeza não era novidade nenhuma. Raquel tem que descobrir que o único jeito de viver aqui é tentar se adaptar à situação, gastando o mínimo e comendo só o básico. Comento:

– Mas, pensando bem, é de lascar ter que mudar tudo, até nosso interior pra dar gosto a essa *canaiada*.

• • •

Quinze dias depois, a república é um lugar ainda mais difícil de viver. Raquel faz o que pode pra torná-la suportável, e eu tento ajudar. Queremos fazer desses animais, gente. O piso do banheiro fica tão imundo e cheio de lodo que não conseguimos usá-lo sem nos sentirmos nauseadas. Decidimos fazer uma limpeza com desinfetante e água sanitária. Raquel resolve comprar sacos plásticos pro papel higiênico, que os outros republicanos costumam usar e jogar no chão. Quando um saco fica cheio, eu ou ela deixamos debaixo da árvore na frente da casa para ser recolhido pelo caminhão de lixo. Raquel lembra que pretende comprar um arame para desentupir o ralo do banheiro, pois está uma verdadeira esculhambação que aumenta a fedentina.

Na madrugada, Raquel vai ao banheiro e se depara com um rato chiando no buraco do cano. Tapa o buraco com o cabo de um escovão, fecha a porta, prendendo o rato, e sai à procura de um pau. Quando volta, mata o bicho nojento e o coloca num saco. De manhã, joga a carcaça na pilha de lixo debaixo da árvore. Quando conta a Ênio que havia ratos em casa, ele pergunta o que ela quer fazer. Raquel me disse que nunca viu pessoa tão fria e cínica. Responde a Ênio que deseja colocar veneno, armar uma ratoeira e chamar um encanador pra desentupir os canos. Ênio não diz nada e sai. Percebo o dilema: quem vai pagar por tudo isso? Chego à conclusão de que Raquel me quer com ela. Juntas, vamos até o quarto de Chana. Abrimos a porta e Raquel diz:

– Já sei como matar os ratos.

Chana não tá nem aí. Indiferente, só resmunga:

– Isso é problema de seu espírito público. Não vem com frescura, não, por favor.

Vejo que Chana passa batom desinteressadamente. Observo, também, o choque no rosto de Raquel, questionando de quem era a maquiagem que ela estava usando. Trocamos olhares e saímos. Longe dos ouvidos alheios, pergunto se o batom é dela. Raquel, roxa de raiva e decepção, diz que não tem certeza, mas acredita que sim. De qualquer forma, Chana negaria. Claro que poderia até ficar muda e surda como uma porta. Vamos ver o que vai acontecer. Profetizo que alguma coisa interessante, como água caindo do céu, está por vir. Raquel está visivelmente desiludida, mas continua com um pouquinho de esperança de que tudo mude. No pensar dela, a república devia ser dirigida de acordo com princípios. Planeja fazer uma lista de tarefas a serem observadas. Aviso que regras vão causar confusão e que a essa altura não adiantava "gastar vela com defunto ruim".

– O que podemos fazer, então, Marluce?

– Só esperar que algo pior aconteça.

– Eu ainda acho que a gente devia fazer um cartaz com os direitos e os deveres dos moradores da casa. Acho que pior do que está não pode ficar.

No meu íntimo não concordo, pois já conheço a "gangue", mas escuto com atenção. Vamos até a cozinha. Raquel joga um prato, que bate na geladeira e cai estilhaçado. Nem cinco meses se passaram e ela já está desse jeito: no limite. Na maioria das noites, durmo naquela tira de espuma no quarto dela pra servir-lhe de companhia, levando o conforto de que precisa. Duas noites depois da discussão sobre os ratos no quarto de Chana, o barulho de batidas de madeira sendo lascada mantém a gente acordada. Fomos investigar e encontramos Biro estendido no assoalho, ao lado do portão arrombado.

— Está vivo? — Raquel pergunta a Biro.
— O filho duma égua está legal, só desmaiou — grita uma voz vinda do quarto dos rapazes.
— Coitado, é melhor colocar ele estirado na cama.
Raquel segura a cabeça de Biro. Ele está bêbado como uma cabra. Ouvimos risadas. Mesmo assim, a gente não perde a coragem. Arrastamos Biro até o quarto grande e o colocamos na cama. De manhã, avaliamos a porta esbagaçada. Depois levamos, numa bandeja, um copo de chá, torradas e aspirinas pra Biro. Pelo celular, Raquel novamente chama o marceneiro da família dela pra colocar novas tábuas e outra fechadura no portão. Aqui, o dia a dia é mesmo "pau pra comer sabão". Vou pro trabalho. Só vejo os reparos à noite. Raquel me conta que o marceneiro viera à tarde e começara o trabalho. Ela fez um lanchinho pra ele e ficou ao seu lado enquanto ele trabalhava.

Nessa hora, apareceu uma figura de terno tropical bege, gravata azul e boné de beisebol. Era o proprietário do local, que parecia ser amigo do peito de Romero. Primeiro, ficou parado feito uma estátua; olhou pros lados e reclamou que as coisas não podiam continuar daquele jeito: há cinco meses não recebia nem um tostão de aluguel! Nadinha. Nadica de nada! Raquel, estalada, ficou com vergonha, mortificada, prometeu que pagaria pelo conserto da porta. O proprietário baixou a bola e mudou logo de cara quando se falou em dinheiro, admitindo que isso pelo menos já era alguma coisa. Mas, mesmo assim, disse que Raquel não estava autorizada a encomendar reparos pra ele pagar. Ela concordou plenamente, dizendo que ele, como dono, tinha direito de receber o valor total do aluguel a cada mês. Ao ouvir isso, o proprietário sorriu e foi-se embora.

A conclusão era evidente: o fato de pagarmos o aluguel em dia pra Ênio significava que os outros quatro republicanos viviam de graça, boçais e gozavam da grana dos vários fundos: de emergência, manutenção, segurança... Eles eram como trepadeiras, sugavam a seiva dos outros e o resto que se danasse.

Alguns dias depois, Raquel, enquanto desenha na prancheta, ouve um som de palmas vindo do lado de fora. Através das grades do portão, ela vê um homem carregado de papéis, que diz estar autorizado a cobrar a conta de luz. Ela fica surpresa, dizendo que isso era impossível, pois tudo estava em dia e que ele devia estar enganado. Mas o funcionário garante que estava tudo bem embrulhado e uma jovem ligara informando que havia alguém em casa esperando com o dinheiro pronto.

– Eu! – gritou Raquel e pediu pra olhar a conta. O funcionário entregou a papelada e disse que estava autorizado a cortar a luz se ela não fosse paga imediatamente. Raquel acabou pagando, mesmo morrendo de raiva e decepção. Ela quer checar a veracidade da história, e a gente procura a empregada da casa vizinha. Após "molhar" a mão da morena Diana, Raquel perguntou se Chana e sua turma costumavam pagar as contas. Pediu que ela abrisse o jogo.

– Que nada... – responde Diana.

– E como é que essa gangue vive? – quis saber Raquel.

– Ah, isso aí é troca de favores por "serviços prestados". Biro e os comparsas dele botaram a turma anterior pra fora... botaram tudo pra correr – informa Diana.

– E o que é que Biro faz? – inquire Raquel.

– Serviços de todo tipo – responde Diana. – Trabalha no boxe do pai no mercado do bairro da Madalena, vendendo carne. Isso você já sabe... É um faz tudo, desordeiro.

– E o pé-de-cabra do Romero? – continua Raquel.

– Trabalha na prefeitura – avisa Diana. – Romero pega o que quer e precisa com a maior tranquilidade.

Raquel agradece a Diana e pergunta se, caso a gente precise escapar às pressas, pode contar com sua ajuda, ficando algum tempo de "arrego" por lá.

– Claro que sim. Aonde quer ir?

– A gente ainda não sabe – responde Raquel. – Mas conheço a dona de uma casa de repouso para idosos. Se precisar, dá pra ficar lá.

A safadeza a respeito das contas fantasmas não era nenhuma novidade pra mim. Na minha vida só existiram cafajestes. Sei também que Raquel estava magoada e cheia de ódio. Por isso fico próxima dela. Na mesma noite, já mais calmas, procuramos Chana no quarto dela. Raquel vai direto ao assunto.

– Paguei a conta de luz, viu?

– Não tenho nada a ver com isso, é Ênio que resolve as contas – disse Chana meio desconfiada e ao mesmo tempo com cinismo.

Saímos. Logo depois, algo inesperado acontece. Chana entra no quarto de Raquel feliz da vida, carregando um pacote e anuncia:

– Até que enfim! Suas sandálias tão consertadas.

Raquel as retira do saco e lê a conta metida dentro das mesmas. Tenta falar, empaca e faz um novo esforço. Fica muda de raiva. Após um tempinho, recupera o controle e diz:

– Pagarei imediatamente.

Raquel entrega o dinheiro. Chana o pega e sai. Quando Chana levou as sandálias pro conserto, dois meses atrás, elas ainda estavam boas pra serem usadas, exceto pelas tiras arrebentadas. Agora, estão acabadas de tanto serem usadas. Uma sola malfeita fora colocada, e uma conta exorbitante apresentada. Num ataque de raiva, Raquel joga tudo no lixo. Mas eu pego-as de volta. Pra frente é que se anda.

— Vou doar a um pobre no hospital — digo. — Tem sempre necessitados por lá, e pegam tudo o que aparece.

Noto que devo tirar Raquel do estado em que estava, preciso distraí-la; precisamos dar uma volta por aí e ver o mundo por outro lado.

Naquela madrugada, novamente somos acordadas por uma barulheira. De imediato, penso que tinha sonhado, mas é verdade. Sou do interior e sei: é um galo cantando, perto, no jardim. O canto vem de uma briga de asas e o aceite da galinha. Eu e Raquel desenrolamos a corrente da porta dos fundos e fomos até o jardim investigar. Achamos duas galinhas e um galo empoleirados em cima de duas cadeiras quebradas. Voltamos pro quarto, mas os cacarejos do galo, a batida de asas e o alarido das galinhas estragam qualquer possibilidade de pegar no sono de novo. Raquel se revira na cama. Ela não suporta mais a zuada danada e grita:

— Calem a boca, seus frangos duma figa.

De manhã cedo, Biro vai até o jardim ver as suas novas aquisições e volta com o galo metido debaixo do braço. Diz:

— Bonitão, né? Daqui a pouco vai ter ovos e uma bela ninhada.

— Mas, Biro — protesta Raquel —, você devia ter falado antes que iria colocar o galo e as galinhas no

jardim junto de meu quarto. Eles fazem muito barulho de madrugada e não tem quem aguente isso.
— Agora você não vai mais precisar de despertador, querida.
— E o nosso sono?
— Tá preocupada com o teu soninho, doçura?

Observo a expressão de Raquel. O barulho das galinhas atrapalhou o nosso sono por quatro horas. A sujeira das galinhas já entra em casa, carregada pelos sapatos, acompanhada do mau cheiro também. Algumas noites depois, a gente encontra as duas galinhas empoleiradas na prancheta de Raquel, dormindo, com as cabeças escondidas sob as asas. Raquel, garota urbana, se aproxima das aves sem saber o que fazer. Eu pego as duas e levo de volta para o galinheiro. Coloco-as no poleiro. Voltamos pra dentro e olhamos a sujeira deixada na prancheta. Raquel fica tinindo de raiva e resmunga, mordida com tudo o que está acontecendo.

— Biro é muito cara de pau.
— E sujo como pau de galinheiro — digo.

Limpamos tudo. Estamos muito cansadas. Os alegres cantos do galo durante a madrugada roubaram nosso sono de novo. Quanto tempo ainda vamos aguentar ir pra cama sabendo que a gente vai ser acordada pelo canto do galo de madrugada? Algo tinha que acontecer.

E acontece mesmo.

Estamos no ponto do ônibus, esperando na fila, no centro da cidade em frente aos Correios, quando chega a condução. Uma mulher parda desce, chamando a atenção pelas cores vivas de seu traje e da maquiagem carregada: rímel, blush, sombra e batom. Bem espalhafatosa. As joias – um colar de pedras coloridas, brincos e braceletes – são muito vistosas. É Chana, que nos trinques, nos informa:

– Tô indo pra uma festa chiquérrima. Até logo, gente!

Chana nos dá as costas e vai embora gingando. Raquel fica olhando pra ela, prendendo o olhar à longa saia branca rodada, ao cinto castanho, à blusa verde e às sandálias.

– São minhas roupas! – grita Raquel. Todas as pessoas que esperavam o ônibus escutam. – Aquela mulher está usando as minhas... Ela roubou minhas joias. – Raquel range os dentes. Fica pálida como cera. – A ladra daquela vaca usou a minha maquiagem! É uma filha da mãe.

Mas as pessoas não dão a mínima. Após um dia expostas ao sol, ficam indiferentes ao que acontece. Raquel se volta pra mim e xinga com palavras de baixo calão que não fazem parte do seu repertório. Não é mais aquela moça bem-educada. Mesmo sem querer muda seus hábitos e sua maneira de ser.

– A quenga! Ela vai ver só – grita.
– Aquilo é uma rapariga de duas caras! – completo.
Tomamos o próximo ônibus de volta pra república. Raquel está em prantos. Quando entramos no quarto, ela grita:
– Chegou a hora de reagirmos. Essa corja dos infernos tem que pagar.
– Concordo. Bando de cangaceiros. Tudo tem limites. O que vamos fazer?
– Impor a mínima disciplina, criar padrões de comportamento, esboçar regras, redigir uma rotina. O que você acha, Marluce?
– Precisa, mesmo. A gente tem que botar ordem nesse cacete.
– Então, tenho seu apoio?
– Claro que tem. Só tenho uma dúvida. Se o plano não der certo, e a gente tiver que sair, você vai me levar?
– Claro que sim!
– Então, vamos ficar um tempinho naquela casa de repouso, com os velhinhos?
– Paz, finalmente! Acamparemos lá. Vamos deixar a poeira baixar – confirma Raquel.
Rimos e nos sentimos melhor. Raquel começa logo a trabalhar na prancheta. Corta e escreve seis cartões, um pra ela, um pra mim e um pra cada colega republicano, convocando todos pra um encontro na

noite seguinte. Nos envelopes incluímos uma pauta pra cada um. Deixamos os quatro cartões, pra Chana, Ênio, Romero e Biro, sobre a mesa da cozinha.

– O que acha de uma pauta de princípios a serem observados por todos? – Raquel me pergunta. – Será que vão dar nó-cego?

– Acho o máximo – respondo. – Gostei demais. Não sei se aquelas toupeiras vão entender. De qualquer forma é legal que uma república ofereça princípios.

Saímos pra beber num bar. Construir uma pauta é uma medida complicada, a gente sabe. Visa uma estratégia diferente. Quando voltamos, nos trancamos no quarto de Raquel, ouvindo o ensaio de rabo das galinhas. Depois, pegamos no sono. De manhã cedo, vem o canto do galo: arrogante, forte, penetrante. Eita, gota! Raquel se levanta. Como sempre, a gente marca pra se encontrar à noitinha no centro da cidade. Raquel vai pra faculdade, eu pra minha rotina no trabalho.

Como combinado, nos encontramos e voltamos pra república na hora da reunião. Os outros quatro já estavam à espera. Romero, saindo do grande quarto, avisa que a reunião vai acontecer ali mesmo. Ele volta e segura a porta pra gente passar. O silêncio nos saúda. O início só depende de Raquel. Ela levanta o cartão e anuncia:

A pauta:

- *Condenação ao assédio sexual.*
- *Direito à privacidade nos quartos.*
- *Respeito à propriedade privada.*
- *Livre acesso pela área comum.*
- *Higiene mínima e remoção dos animais asquerosos.*
- *Divisão equitativa dos custos.*
- *Contas abertas e um balanço mensal.*
- *Direito de dormir em paz entre meia-noite e seis horas da manhã.*
- *Divisão de tarefas domésticas.*
- *Remoção das aves.*

Chana assume o comando, "cantando de galo", dando as ordens e dizendo que eles também tiveram um encontro anterior e chegaram a algumas conclusões. Com autoridade e confiança, ela fala baixo pros três rapazes:
— Minha gente, ação! Vamos botar pra quebrar. É o vale-tudo!

Ênio e Romero puxam as facas, e Biro saca o revólver. Colocam as armas na mesa junto com um facão de açougueiro. Baixam os calções e tiram as camisas. Os três corpos masculinos – negro, moreno escuro e branquelo – agora de cuecas, se flexionam e dançam como atletas à espera do início de uma corrida. Seus corpos brilham, seus olhos faíscam. Chana aprova com um balanço de cabeça e, atrevida, ordena, virando-se pra Raquel:

– Apronte-a. Mandem brasa!

À força, os rapazes despem Raquel, que fica apenas de calcinha e sutiã. Eles a jogam em uma das camas. Chana a examina estirada e comenta:

– Muito gostosa. Bela figura. Roupa íntima chiquérrima. Encham os olhos, rapazes. É a última chance que vocês têm que "ver com os olhos e lamber com a testa".

Os homens olham o corpo de Raquel com luxúria, como se fossem devorá-lo. Enquanto isso, eles me detêm, me seguram à força. Na cena que se segue veem-se gestos, carinhos em grupo, ameaças de atitudes libidinosas, ouvem-se palavrões misturados com gestos eróticos, enfim, ameaças uma orgia. Percebo outra Raquel que normalmente se julgava forte pra enfrentar aquele pessoal, está quase perdendo as forças se debatendo o quanto pode e com medo que o pior aconteça. Tadinha da Raquel.

Não posso suportar mais e grito:

– Vocês são uns monstros!

Parto pro ataque com os braços levantados pra mandar brasa. Chego à mesa e pego o revólver. Mas os três rapazes não são fraquinhos. Sou dominada pela força deles. Tomam a arma. Minha roupa é arrancada e fico de calcinha também.

Chana levantando o braço e domina o espetáculo.

— Já tá bom, seus punheteiros. As duas famintas querem mais, dá pra ver. Porém não vão ter. Basta. Solidariedade feminina e tudo o mais. Eu mesma vou lidar com as duas. Deixa comigo!

Chana se volta pros três rapazes e ordena:

— Saiam! Peguem as coisas de Raquel e coloquem na calçada.

— As minhas também — grito. — Eu também vou embora. Não quero mais viver debaixo do mesmo teto que esse tipo de gentalha miserável. Não fico nem mais um minuto aqui. Nosso mundo é outro.

Chana acena, ordenando, e os rapazes saem. Chana fecha a porta e vai direto ao assunto, se dirigindo a Raquel:

— Se eu não estivesse aqui pra protegê-la, você estaria frita. Não tenha nenhuma ilusão a respeito do que teria acontecido a você. É pau pra comer sabão! No início, a gente estava feliz com sua chegada. É claro que os rapazes não iam perder a chance de bulir com gente da classe alta, além de tirar outras vantagens.

— Roubo à luz do dia, você quer dizer — diz Raquel, de maneira desafiadora.

Chana nem liga e continua:

— Em nossa reunião, a gente decidiu que não quer mais nenhuma metida a besta, presunçosa e melindrosa morando com a gente. E o mesmo vale pra sua amiga, Marluce.

– Bem, acho que vocês quatro se merecem – acusa Raquel. – Eu tenho pena de vocês. Vivendo como uma gangue de trapaceiros e picaretas, vocês se merecem e com certeza sinto-me superior e não posso deixar de mostrar minha indignação.

Nesse momento, alguém chama da rua. Chana levanta a cabeça, espia pela janela e informa que, logo logo, nossas tralhas todas estariam na calçada.

– Isso se ainda houver algo que valha a pena levar.
– O tom de Raquel é rancoroso. Chana faz que não entende a zombaria e ordena:

– Agora, levantem, se vistam e saiam. Vocês já torraram a nossa paciência por muito tempo. Xispem daqui!

Chana sai do quarto e espera no corredor. Colocamos a roupa e deixamos o quarto. No corredor, voltamos a encarar Chana. Desaforada, ela provoca:

– Então, vocês, de verdade, ainda tem pena da gente?

– Sim, tenho – diz Raquel, enfática.
– Sim, temos – reafirmo. – Não é a gente que não vai conseguir dormir de remorso.

– E vocês acham que a gente tem remorso? – Chana ri e, com um pedacinho de papel vermelho na mão, aponta pro portão da frente como se fosse um juiz de futebol expulsando um jogador. Saímos da casa e, pelo celular, chamamos um táxi. Ficamos esperando na calçada, junto dos nossos pertences revirados. O táxi não demorou. Começamos a colocar nossas coisas no porta-malas e no bagageiro.

— Você, Raquel, veio morar na nossa república. E seu pai me apresentou à *A República* de Platão. O que você acha dessa coincidência? — Puxo conversa enquanto nos aprumamos pra deixar aquele lugar.

— As duas repúblicas, a nossa e a de Platão, são diferentes, porém nos ligam.

De repente, os quatro xepeiros jogam lixo em cima das nossas coisas, cospem e desaparecem, entrando na república pelo portão. Eles realmente formam uma gangue. Quando tudo está acomodado, Raquel recua. Suspeito que, na mente dela, nem tudo terminou. Sinto que a história ainda não tinha chegado ao fim e pergunto:

— O que a gente vai fazer agora?

— Marluce, me dá uns tijolos soltos do muro. Vou jogá-los na janela do quarto grande, como se fossem granadas.

— Isso é terrorismo — aviso, tirando um par de tijolos soltos do topo do muro. — Alguém pode se machucar, e a gente vai presa.

— Duvido — retruca Raquel. — A última coisa que aqueles bandidos querem é ter a polícia fuçando por aqui. É um bando de frouxos.

— Mas estão armados — insisto.

– Não tô nem aí!

Raquel faz que não liga pro meu aviso e joga os dois tijolos na janela do quarto. Pego mais dois tijolos do muro e ela repete a cena.

– Chega – pondero.

Mas Raquel quer lançar mais tijolos. Com força, eu a arrasto até o carro. Entramos no táxi, que rapidamente dá a partida.

– Vamos pro asilo? – pergunto.

– Vamos – confirma Raquel. – Podemos ficar um tempinho por lá.

– E depois? A gente vai procurar outra república?

Santa Rita

1. A voz da fachada clássica

A manhã se revelou inquieta. Certamente, Madre Águida deixaria Irmã Onélia sair vestida com o hábito da ordem. Porém o crucifixo e o anel deviam ficar na gaveta, na segurança do convento. A Madre fora categórica: uma jovem freira era vulnerável no centro de Recife. Poderia ser facilmente assaltada. Mas, para Onélia, a devoção só parecia completa se estivesse de hábito, anel e crucifixo. Alguém tinha de ceder. Irmã Onélia retirou-se para considerar a questão. A realidade lhe falava: a situação em Santa Rita não era mais tão segura quanto antes. As mudanças no mundo lá fora exigiam uma reavaliação de atitude dentro do convento.

Madre Águida sempre insistia em dar valor ao dinheiro e por isso mandava que mercadorias defeituosas fossem devolvidas. Além disso, um técnico que fizesse um serviço malfeito dentro do convento era chamado de volta para concluí-lo com perfeição. E eram as próprias freiras que faziam a reclamação. Esse era o procedimento normal que, dali a pouco, levaria Onélia para o centro de Recife. A palavra "procedimento" sugeria um ritual que garantia a ordem. No passado, o ritual dava certa segurança para as freiras que moravam naquele edifício histórico nos arredores de Olinda. O convento era um lugar clássico. Mas a situação estava mudando. Não havia mais garantias.

Agora a fofoca vinha se juntar a essa precariedade. Aparentemente, havia outro motivo por trás dessas tarefas empreendidas pelas freiras na cidade, como se uma sagaz Madre Águida estivesse testando as freiras para ver quem se saía melhor. O boato estava na boca do povo: Madre Águida já fora informada e só esperava um sinal. Sinal de quê? Os rumores corriam soltos. O mais convincente era o de que a Madre seria transferida para um posto mais alto em outro país. Assim sendo, a questão da sucessão estaria aberta. Todo mundo estava num estado de nervos a respeito do futuro.

Ideias circulavam. Evidentemente, no passado havia dois pontos de vista, o religioso e o pragmático, porém agora era evidente que o contraste não se encaixava com eventos na atualidade. Por exemplo, como olhar a fachada de Santa Rita? A estrutura, feita em pedra, granito e madeira tropical, era tradicional, sólida, elegante e duradoura. O prédio era visto como um legado que juntava o tradicional e o atual numa moldura firme. Mas firmeza não combinava com as incertezas de modernidade! A precariedade reinava.

Ao sair do prédio, torcendo a nuca, alguém, motivado pela curiosidade, podia dar uma olhadinha para trás. O que aquela fachada tinha a dizer? E como aquela mesma pessoa, de volta umas horas depois, olharia o edifício de frente? As duas visões seriam marcadas por diferenças de perspectiva. O que estava na cabeça do espectador mudava o cenário. Por exemplo, de fato, uma freira, ao sair com reclamações a fazer na cidade, via o prédio sob certo prisma. A obrigação de cumprir aqueles deveres marcava seu ponto de vista. Ao voltar, aliviada, ela teria outra perspectiva, colorida pelos eventos.

As feições da fachada, percebeu Onélia, sugeriam um retrato do compromisso que Madre Águida tinha com o prédio que todo mundo amava. Nosso patrimônio recifense estava exibido lá na nossa frente em feições clássicas preservadas ao longo dos séculos. Era uma herança linda e intacta composta por arcos, pilastras, muros, janelas, obeliscos, um acervo de arquitetura, história e arte. Era nossa, ainda viva, uma maravilha que refletia nossas origens clássicas, gregas e romanas. Porém, mudanças se espalhavam pelo mundo todo: igrejas e conventos estavam fechando as portas por falta de verbas e pelo enfraquecimento do apoio humano. Os velhos prédios santificados estavam se convertendo em hotéis, fábricas, supermercados, clubes... Um destino macabro como esse só poderia ser evitado por meio de tarefas bem planejadas e cumpridas. E quem ia concatenar tudo isso? Quem tinha a capacidade de avaliar a fachada de Santa Rita, calcular o equilíbrio dos frisos, estimar a duração das pilastras, harmonizar as portas e as janelas? Quem tinha a sensibilidade de preservar a beleza da boa arquitetura e respeitar as normas que fluíam de um prédio construído anos atrás? Só havia uma pessoa: Madre Águida. Entretanto, se aquele boato fosse verdadeiro, seus dias em Santa Rita já estavam contados. Logo, logo, a Superiora não estaria mais lá. E quem preencheria essa lacuna?

2. Partida e retorno

Irmã Onélia trancou o anel e o crucifixo na gaveta e procurou Madre Águida. A Madre deu ímpeto à manhã.
— Tudo pronto? A cidade está a sua espera.
— O que tenho de fazer?
Madre Águida mostrou uma sacola de mercadorias com defeito. Cada uma tinha uma nota fiscal. Irmã Onélia precisava ir às várias lojas para trocar os produtos. Por fim, a Madre perguntou se ela tinha alguma dúvida.
— Sim, Madre. Tenho que pechinchar?
— Ah, sim. É sempre bom economizar.
— Mais alguma coisa?
— Sim, aquele eletricista que fez um serviço ruim? Chame-o de volta, Onélia, para refazer tudo. O endereço dele está aqui na fatura.
— Estou vendo. A Superiora vai vigiá-lo?
— Vou. Ele não escapará de arrumar a trapaça que fez: colocou peças velhas, meio quebradas, e disse que eram novas. Um insulto. O mundo é desse jeito.
— E eu tenho de passar o dia inteiro trabalhando neste mundo!
— Ninguém escapa. Anda, Onélia. À noite a gente conversa.

A Madre tinha apontado as tarefas a serem realizadas. Agora cabia a Onélia ir à cidade e cumpri-las. Ao sair, na frente do convento, a freira se questionou se a voz da fachada clássica ia interrogá-la. E aquela conversa à noite insinuava o quê?

Carregada de mercadorias, Irmã Onélia pegou um ônibus que percorria a estrada que ligava Olinda a Recife. Desceu no centro, próximo à ponte Princesa Isabel, e começou sua peregrinação. Guiada pelas notas fiscais e por uma listinha de reclamações, movimentou-se entre lojas, centros comerciais e o local que faz reparos elétricos. Deixou para trás numa loja um pacotão de arroz cuja cor era mais marrom do que branca. Livrou-se dum saco de feijão, que apontava a existência de insetos. Pelo cheiro, um frasco de leite estava evidentemente estragado. Deixou-o de volta no mercado. Devolveu um pedaço de queijo colorido pelo mofo. Trocou um salame que estava suando: comê-lo seria perigoso porque a embalagem violada não oferecia proteção. Retornou um pacote de pizza que tinha a aparência "cansada", o que tornava questionável seu valor nutricional.

Irmã Onélia estava consciente de que seu desempenho seria avaliado. De volta ao convento, seria vigiada por aquela fachada! No finalzinho da excursão ao centro de Recife, Onélia comprou bombons e chicletes para Jacira e Tadeu, as duas crianças sob seu cuidado no convento. Isso era um prazer, não um dever. Agora era só voltar para casa, graças a Deus.

No ônibus, Onélia se aboletou num assento da janela, do lado da sombra, virada para o mar. Ao abrir o livro de orações do dia, a lembrança do trabalho maçante se diluiu rapidamente. Ficou apenas a recordação da compra dos doces. Imaginava os olhos arregalados nos rostos de Jacira e Tadeu. Onélia deixou a mão deslizar para se certificar que não tinha esquecido das guloseimas em algum balcão.

O ônibus partiu a toda. A leitura diária afastava qualquer preocupação com as barbeiragens na estrada. O tempo passou encoberto por uma onda de religiosidade. Foi então que Irmã Onélia ergueu os olhos. Alarmada, se deu conta que o ônibus tinha passado do ponto que dava acesso ao convento. Com o livro de orações ainda aberto numa mão, deu um forte puxão no fio da campainha com a outra e gritou:

– Por favor, motorista, pare. Preciso descer.

Seu grito foi claro e forte. Irmã Onélia desceu e começou a refazer os passos em direção a Santa Rita, sua casa desde a ordenação. Que lar abençoado! O retorno seria uma caminhada cansativa debaixo de um sol inclemente. Bem pertinho, ao lado de um rio estagnado, casebres se amontoavam nas margens de terra sufocada. Da pequena ponte, Onélia mirou para as oleosas águas verdes lá embaixo. Apesar do mau cheiro que subia do lodo, a Irmã fechou os olhos e disse uma oração pelos sem trabalho, pelos famintos e pelos que moravam nos barracos à sua frente.

Onélia pôs os pés na estrada, mas não conseguia manter o ritmo dos passos. Qualquer pessoa murcharia caminhando debaixo de um sol de rachar. Por que estava reclamando? Afinal, retornar a Santa Rita era uma das felicidades de sua vida. Ah, como doía ver o terreno salgado ao lado da estrada que conduzia ao convento. A natureza compunha uma moldura. De um lado ficava o istmo de Olinda e o verde espelho das águas do Atlântico, do outro, um punhado de aldeias se espalhavam como fitas. O rio Beberibe, dividindo o manguezal, fluía para o Atlântico. Era nesse brejo, no meio do lixo podre, que as pessoas construíam seus casebres. Parada, Irmã Onélia agora rezava pelas crianças que viviam nessa miséria. A freira pôs-se em marcha de novo, forçando o passo para atingir o fresco santuário de Santa Rita e de sua capela. Logo ela se censurou pelo desejo de ficar longe das pessoas sem emprego, comida e casa decente. Nas horas paradas da noite, ela rezaria para que seus maus pensamentos fossem tolerados.

Irmã Onélia sentiu no pulmão a caminhada de volta a Santa Rita. Mas a convicção a mantinha firme. Sua fé era tudo o que possuía. Não tinha bens, apenas o conhecimento das Sagradas Escrituras. Parou para recobrar as forças e deixou os olhos se fixarem em Santa Rita. Era um momento de alívio: olhando o prédio que era o seu lar. Séculos atrás, escravos tinham carregado pedras em cestos sobre a cabeça para erguer o pedaço de terra acima do pântano sobre o qual o convento repousava. O trabalho dos negros, trazidos através do oceano, havia dado sólidos alicerces a Santa Rita. Interessante, refletia Irmã Onélia, como muitas das mais belas igrejas foram construídas por mão de obra pagã, o que a levava a acaloradas discussões com Madre Águida, cujo grito de guerra era: "Fique no mundo, não se retire dele". O convento tinha sido construído para resistir a invasões que, insistiu a Madre Superiora, eram ameaçadoras, tanto hoje quanto antigamente.

As chuvas de verão transformaram o rio Beberibe e seus afluentes, geralmente fios d'água e poças paradas, em furiosas torrentes que corriam para as águas salgadas do oceano. Quando a maré alta barrava a saída da água, como um tampão de banheira, a enchente, carregando sujeira, golpeava os muros de Santa Rita. O olho vivo de Madre Águida percebia os efeitos da erosão e dos poluentes no prédio do convento. A Madre falava a suas freiras sobre a ameaça química trazida pelo esgoto não tratado, que se fazia cada vez mais presente quando a maré alta se aproximava. De fato, quando as águas da enchente voltavam ao oceano, via-se uma camada de veneno sobre o pântano.

De volta a Santa Rita, Irmã Onélia sentia uma reconfortante gratidão por Madre Águida. Oferecia-lhe uma prece: "Obrigado, Senhor, por trazer a Madre Águida para cuidar de nós em Santa Rita". Todo mundo sabia que, anos atrás, a ordem tinha promovido a perigosamente jovem Irmã Águida para ficar no lugar da anterior Madre Superiora. Das candidatas, apenas a então freirinha Águida entendia de drenos, esgoto, tratamento d'água, telhados, reboco! Fraca em catecismo, forte em engenharia civil, Madre Águida se tornou um osso duro de roer para os empresários que desejavam transformar o convento num hotel, supermercado, bordel.

Santa Rita também era um abrigo para gravuras, talhas antigas, quadros, afrescos e pinturas. Durante séculos, os fiéis haviam orado por aqui, o que fazia Irmã Onélia sentir-se bem em fazer parte de uma história. Os rituais sagrados, ainda intactos, remontavam às origens do Cristianismo em Jerusalém e Roma. Os epitáfios de alguns túmulos no jardim da capela também faziam referência à Cidade Eterna e à Terra Santa. As placas nas paredes guardavam os nomes das primeiras freiras que vieram da Europa de navio. Além de tudo isso, havia a capela, o claustro, a biblioteca, o jardim, a cozinha, o pomar e o espaço com brinquedos. Enfim, o convento era um refúgio que recebia as crianças abandonadas nas ruas.

Um tempo atrás, Madre Águida tinha colocado duas crianças sob os cuidados de Irmã Onélia. Elas chegaram acanhadas como animais selvagens amedrontados. A garota, Jacira, de nove anos, e seu irmão, Tadeu, de sete, ainda pareciam folhas de outono à luz do sol. Pensando nos dois, Onélia mandou sua mão confirmar a presença do saquinho cheio de doces e ver o quão derretidos eles estavam com o calor da caminhada sob o sol. Em seguida, parou na soleira de Santa Rita e mais uma oração lhe veio à mente: "Torna-me valorosa, Senhor, pela proteção que os muros de Santa Rita me oferecem. E, acima de tudo, obrigada por teres trazido Jacira e Tadeu para viver junto de mim".

Já dentro do convento, Irmã Onélia foi direto para a cozinha e colocou o saquinho na geladeira para que os doces endurecessem. Depois, se dirigiu à capela e deu graças por tudo ter saído bem na cidade. Ela mal podia esperar os cerca de dez minutos que precisava para transformar os doces em um presente firme para Jacira e Tadeu. Mas só teve alguns momentos de paz antes que Madre Águida mandasse chamá-la ao seu gabinete. Onélia obedeceu ao chamado. Enquanto esperava ser atendida, preparou-se mentalmente para o que seria uma prova de fogo.

Olhou ao redor do gabinete. Viu avisos, arquivos e telas, prateleiras com livros de engenharia civil, química, higiene, limpeza e drenagem. Onélia se sentia mal naquele lugar. Preferia a santidade da capela. Ali ela se sentia oprimida pelas informações mostradas nas paredes, guardadas nas cristaleiras, empilhadas nas cadeiras, armazenadas nos CDs. Era ali que Madre Águida lamentava tanta espiritualidade e tão pouca mundanidade. Fora esses ataques, na opinião de Onélia, a Madre Superiora era realmente a pessoa mais maravilhosa do mundo, ainda que parecesse mais interessada em calhas e drenos do que no trabalho dos apóstolos. Querendo saber se ela mesma não teria sido mais bem acomodada numa ordem fechada, Irmã Onélia avaliou as aparências que o gabinete exibia.

Madre Águida entrou no escritório. Foi direto ao assunto.

– "Nenhum homem é uma ilha".

– Será que uma mulher pode ser?

– Pelo que sei, a mulher está mais equipada para ser uma ilha nessa vida do que o homem.

– Parece que a senhora sabe bastante sobre os homens!

Madre Águida olhou para Irmã Onélia de modo interrogativo, apreciando sua irreverência. Observou:

– A frase é do poeta John Donne e se refere à espécie humana em geral. Nem você, Onélia, nem eu, nem nossa comunidade, somos ilhas.

– Mas como eu gostaria que Santa Rita fosse uma ilha!

– Nós, ilhadas neste pedaço de terra, imagine!

– Está dizendo que precisamos estabelecer elos com o mundo lá fora?

– Estou, sim, para não ficarmos ilhadas.

– A senhora me chamou para discutirmos essa questão?

– Chamei, sim. Vivemos uma situação calamitosa na "nossa ilha". No mês passado, pegamos mais ratos nas armadilhas do que nunca. – A Madre apontou para um diagrama num papel pendurado na parede. – Os níveis de mercúrio e chumbo na correnteza ao nosso lado estão perigosamente altos. – Indicou um conjunto de gráficos de diferentes cores. – Nossa conta de cloro está aumentando de modo alarmante. Temos que tratar cada vez mais a água para torná-la potável. – Apontou então para índices pendurados na parede. – A água da cheia subiu no marcador no inverno passado...

– Não estou contestando a ameaça à nossa amada "ilha" de Santa Rita – retaliou Onélia.

– É a atitude de vocês, freiras, que me deixa descontente.

– A última coisa que quero neste mundo é causar seu descontentamento, Madre. Está dizendo que precisamos reconhecer o perigo?

– Estou, sim. A cólera está se espalhando nas correntezas ao nosso redor. Um veneno letal, embora invisível, está se infiltrando.

– Eu sei, eu sei. O mundo está morrendo pelo mal praticado por seus habitantes.

– Devemos reagir. Mas como posso pôr esse fato elementar da vida na cabeça de vocês, irmãs?

– Gostaria de me informar mais a respeito dos perigos.

A Madre se sentiu tocada. Exibiu dois artigos. O primeiro era um relatório sobre a contaminação da água potável, o segundo sobre como tratar telhados bichados e podres.

– Para você ler e absorver, Onélia.

– Onde vou achar tempo para ler tudo isso?

– Vire-se. Dispenso-a da leitura das Sagradas Escrituras por um tempinho.

– Mas isso é o que gosto de fazer! Relatos sobre vigas podres infestadas por bichinhos, águas envenenadas, não, obrigada.

– Você gasta tempo demais rezando – acusou a Madre.

– Que injusto! – retaliou a freira.

– Se negligenciarmos o mundo material, nossa perspectiva do mundo espiritual sumirá – advertiu Madre Águida.

– Esta posição é herege, não? – questionou Irmã Onélia.

– É. Então você tem que aprender a ser herética!

– Está me desafiando, Madre?

– Estou, sim. Cabe a você aprender a unir a dualidade: espiritual/mundano.
– Unir?
– Sim, amalgamar, fazer uma fusão.
– É difícil viver uma contradição dessas. No fundo, o que devo fazer?
– É um fato cruel, sem dúvidas. Cabe a você, Onélia, refletir sobre o lema de que nenhum homem é uma ilha, e que um religioso perceptível jogará fora toda essa autoindulgente piedade.
– Não pretendi ser insolente, Madre.
– Gosto de insolência. As freiras insolentes são minhas preferidas.
– Falei o que penso. Desculpe, faltei-lhe com o respeito, quero pedir perdão. Pretendo rezar, solicitar desculpas e ajuda.
– Oração não tira Santa Rita das dificuldades em que estamos metidos.
– A preservação de nosso convento é a coisa mais importante da minha vida. Não fique chateada comigo, Superiora, por favor.
– Estou decepcionada porque ninguém, além de mim, se interessa pela manutenção de nosso edifício e, consequentemente, por nossa sobrevivência espiritual.

Madre Águida deu uma olhada para os livros de hidráulica e os manuais sobre o tratamento de água e a coleta seletiva de lixo.

— Ninguém me ajuda! O que a impede, Irmã? Qual é o seu problema? Estou lhe ouvindo, pode falar — resmungou a Superiora.

— No passado não queria ficar esbaforida o tempo todo, subindo no telhado para leituras do vento e do sol, juntando amostras de limo, e preenchendo folhas de dados meteorológicos. Essas coisas não eram para mim. Já tinha jurado serviço perpétuo ao Nosso Senhor o que me satisfazia plenamente. Não quis mais, não precisei de mais. Ao longo dos anos, quando olhei para outros horizontes, não sabia que estava vivendo uma contradição, Madre. Agora sei, plenamente.

— Você vivia presa numa camisa de força que a impedia de crescer. Olhando para a frente, ao fim de sua carreira, gostaria de ser a mesma?

— Sim, pois me sinto completa, como se já tivesse alcançado a maturidade espiritual.

— Não acha que poderia questionar mais, até se decepcionar com as coisas?

— Não, pois sinto que assim está bem. Não sinto necessidade de ter outra vida que não esta, obrigada. Já vivo em estado de graça.

— Então não pretende desenvolver outras habilidades e avançar em nossa ordem?

— Já vivo em paz comigo mesma. Já alcancei a paz eterna da forma como vivo.

– Não consigo entender como é que você não consegue se preocupar com a evolução da mais preciosa dádiva de tudo: a mente humana!
– Madre, não é que não me preocupe com isso. Mas como posso chegar a esse discernimento sozinha?
– Sozinha, não, precisará da ajuda de outra pessoa.
– Quem poderia me ajudar, Madre?
– Padre Gregório nos visita vez ou outra aqui no convento. Mundano, eclético, ele gosta de falar com as freiras sobre qualquer assunto. Quer que a apresente?
– Sim, quero. Mas me sinto apreensiva frente à possível fusão da dualidade: espiritual/mundano.
– Ousadia. Aí está seu desafio.
– Nem sei se quero começar. Acho que isso não é para mim.
– Pegue aquele livro. São ensaios sobre cooperativas femininas na Europa medieval.
– Essas comunidades eram seculares ou divinamente inspiradas?
– Adivinhe!
Para Onélia, descobrir que mulheres viviam em comunidades tantos séculos atrás era uma surpresa. O fato de que o bispo de Olinda vinha consultar a Madre Superiora era outra surpresa. Dignatários da administração de Roma também queriam uma audiência com a Madre? Jovens missionárias procuravam a Madre Superiora antes de partirem para o

interior? A Irmã Onélia queria ter uma explicação para tudo isso.
— Por quê?
Apanhe aquele manuscrito, irmã. Trata-se da história do Santa Rita. A resposta à sua pergunta está aí. Estou elaborando um capítulo novo, pois veio-me uma ideia. Olhe, Onélia, você vem de uma família culta, escreve muito bem. Eu falo, você transforma o que digo em prosa impecável. Que tal?
— Eu, escrevendo prosa impecável, nossa!
— Compor um texto elegante e enxuto é bem diferente de tratar ferro enferrujado com ácido tóxico, sabia?
— Graças a Deus. Quando começamos?
— Já. Veio-me à mente uma introdução. O papel está aí, caneta na mão, está pronta?
— Estou, sim.

Quando me ordenei e vim trabalhar em Santa Rita, a Superiora na época, Madre Andréa, proporcionou-me ideias, princípios e métodos que davam conta do cotidiano. Pautei minha administração a partir de um modelo que me foi legado. Todavia, Madre Andréa, já velha e doente, tinha de se aposentar. Duas Irmãs, uma após a outra, assumiram a liderança. Ambas falharam completamente em suas administrações. Santa Rita quase faliu. Dessa forma, Madre Andréa teve de sair de seu retiro. Voltou a trabalhar no convento sob a condição de que só ela escolheria sua sucessora. E escolheu a freira que julgou ser a mais parecida consigo, enfim, uma pessoa que fosse prática.

– Madre Águida, por acaso?
– Sim, eu mesma. Onélia, acredito que aquelas colônias femininas medievais podem nos guiar. Sugiro que nós duas embarquemos numa pesquisa sobre a relevância daquelas colônias que davam abrigo às mulheres ao longo dos séculos.
– Está certo. Mas e o boato? Dizem que a senhora está esperando um sinal, Superiora...
– Estou, sim. Do alto! Perdão pela irreverência.

• • •

Naquela noite, Irmã Onélia ajoelhou-se ao lado de sua cama de lona e rogou:

Senhor, sinto-me em frangalhos. Fui novamente atirada sobre as brasas. Mais um defeito meu foi revelado. E cada crítica vinda de Madre Águida me machuca. A Madre insinuou que não sou uma boa freira. Isso dói. Pode ou não ser verdade. Observo meus votos com o maior cuidado. Eis o problema.

Obedecer às ordens sacras é minha vida. É uma devoção total. Na ótica da Madre, em ser muito espiritual, tenho falhado. Senhor, quando estiver errada, mostrai-me meus defeitos. Guiai-me à percepção que me permita descobrir por que Madre Águida não está satisfeita comigo. Quero que ela entenda como amo Santa Rita e todos que aqui vivem. Sim, gosto da nossa comunidade. Valorizo as paredes que nos abrigam, o telhado que nos protege. Por favor, dai-me mais consciência do que se passa além dessas paredes. Oh, Deus, ajudai-me a entender o mundo exterior.

3. Jacira e Tadeu

Irmã Onélia tirou os doces do refrigerador e levou--os para a ala das crianças. A molecada se amontoou ao seu redor. Ela se abaixou e deu um abraço em Jacira e Tadeu. Disse:

– Tenho uma coisa boa pra vocês.
– O quê? – perguntou Tadeu.
– É segredo. Adivinhe!

Tímido, o menino não conseguia dar um palpite para Irmã Onélia, mas, por um instante, naquele momento de curiosidade, ele se alegrou antes de voltar ao seu estado de introspecção. Silenciosa, sua irmã era como um escudo que o protegia. Agora, a segurança de ter uma casa substituíra a ansiedade de ficar solto nas ruas. O garoto estava livre para se desenvolver novamente. A carga que a menina tinha aguentado para que os dois pudessem sobreviver juntos era imensa. A juventude teria de ser colocada de volta nela aos poucos.

Irmã Onélia olhou para Jacira. Dois anos mais velha que seu irmão, era magra, com a pele morena ressequida, transformada em crosta. A menina permaneceu calada. Seu rosto era vago, com olhos grandes feito faróis sem luz numa noite de Lua cheia. Era um rosto aberto, descarnado, sem malícia. Se aquela face pudesse sorrir, ser uma janela, quem estava lá dentro poderia vir para fora, ver e ser visto, rir e brilhar. Onélia disse:

– Agora é sua vez, Jacira. Adivinhe.

Mas a menina continuou quieta. Onélia a encorajou:

– Vou lhe dar uma dica. A gente pode comê-los.

– Saquei. Doces. – Jacira acenou, agradecendo.

– Certo. – Irmã Onélia estendeu os sacos. – Um saco para cada um. Agora, vocês vão distribuir os confeitos para os outros meninos.

Em resposta, Tadeu dobrou o braço para trás. Jacira escondeu seus doces dentro de um lençol. Irmã Onélia observou:

– Seria bom dividir os doces com seus amigos, não?

Tanto Jacira quanto Tadeu se viraram e correram para o jardim da cozinha. A freira os seguiu. Achou os dois à sombra dum oitizeiro, Tadeu com a boca cheia de doces, Jacira lambia um apenas. Irmã Onélia foi ao encontro dos dois.

– O que os outros meninos vão pensar de vocês por não repartirem os doces com eles?

Contudo, tão logo as palavras foram ditas, a consciência lhe disse que isso era chantagem. Com jeitinho, a freira fez as pazes com as crianças, fugiu para a capela e deu graças por um dia sem igual. Ainda estava ajoelhada quando o sino tocou chamando as irmãs para almoçar.

O trabalho na ala das crianças manteve Irmã Onélia ocupada toda a tarde. Só à noitinha teve um tempinho para orar e fazer suas reflexões. Ao menos agora estava livre para se desligar e ficar tranquila. Sentia-se bem ajoelhada na capela. O dia escurecia e esfriava ao pôr do sol que mergulhava além da escarpa ao longo da qual todos aqueles vilarejos tinham sido construídos. Era um momento para pedir entrosamento:

Meu Deus, ajudai-me a entender Jacira e Tadeu de maneira que possa ajudá-los ao máximo. Concedei-me sabedoria para que eu possa perceber as suas necessidades. Ajude-os a superar a miséria. Grande foi o dia em que a Madre Superiora os colocou sob os meus cuidados. Obrigada por dotá-la de confiança em mim. Ajudai-me a ser digna de tal confiança. Puni-me caso fracasse. Tornai-me sábia quanto à educação que vou lhes dar. Por favor, mudai minha perspectiva caso haja necessidade. Permiti-me rogar agradecimento por aquele belíssimo encontro com Jacira e Tadeu que me preencheu de felicidade. Amei Jacira e Tadeu desde o momento que os vi no hospício da Tamarineira. Os olhos de Tadeu estavam arregalados de pavor, Jacira virou o rosto frágil.

Esse encontro havia surpreendido Irmã Onélia. Naquela noite, a Madre Superiora recebera uma chamada telefônica da diretora do hospício da Tamarineira, doutora Gilvanice, pedindo socorro. Ao que parece, Jacira e Tadeu tinham seguido sua mãe até o hospício. A Tamarineira recebia os doentes mentais do Recife, portanto as duas crianças não podiam permanecer lá. Madre Águida enviara Irmã Onélia para resgatá-las. Na família, eram sete crianças. Cinco morreram na infância. Apenas Jacira e Tadeu sobreviveram. Seu pai era cortador de cana perto da fronteira do Brasil com a Guiana, até sofrer um acidente que machucou permanentemente seu braço. Perdeu o emprego. A família andou de favela em favela. Uma noite, num cruzamento, o pai viu um homem com um relógio no pulso. A família estava na pior. O chefe da família não tinha a mínima chance de arrumar outro emprego. Arrancou o relógio do homem. Os transeuntes gritaram: "Pega ladrão!".

Cansado e desnutrido, sem mais a agilidade de outrora, fora preso. Com raiva de si mesmo por causa de sua estupidez, bateu no policial que efetuara a prisão. Na noite seguinte, sua mulher identificou seu corpo no necrotério. As crianças viram o pai morto, estendido numa pedra fria. A mulher olhou o corpo de seu marido crivado de balas e ficou fora de si, perambulando na escuridão. As crianças seguiram-na, mas a mãe estava perdida na noite. Enlouquecida, começou a viagem pela costa de Belém, passando por Fortaleza, Natal e João Pessoa. As crianças seguiram-na, pegando carona, esmolando, furtando. No Recife, a mãe foi internada no Hospício Tamarineira. As crianças, sabendo onde ela estava, foram bater lá. Não queriam se separar dela, a única pessoa que tinham no mundo. Porém, magra, curvada, gasta e vestida como os internos, a mãe não reconheceu seus filhos.

Jacira e Tadeu não sabiam ler nem escrever. Irmã Onélia tentou descobrir se elas queriam aprender. A menina falava pelos dois.

– A gente nunca foi pra *iscola*. A gente tava sempre se *mudano* dum engenho pra outro. Os donos não tinham *iscola* pros filhos dos *cortadô* de cana. A gente ia de favela em favela. Num tinha *iscola*. O pai e a mãe não ensinava nada. *Eles num sabia*.

– Agora é uma boa oportunidade – encorajou Onélia. Porém Jacira e Tadeu não deram bola. – É o momento perfeito para recomeçar – Onélia profetizou.

Mas o esforço não deu em nada. Jacira e Tadeu não estavam nem aí. Quando foi informada, Madre Águida se mostrou estoica, não surpresa. Tudo isso levaria tempo. Onélia disse que tinha feito de tudo. A Madre sabia, tinha visto. Por enquanto, a freira precisava achar outras atividades as quais Jacira e Tadeu pudessem participar. O importante era dar alojamento, o resto viria a seu tempo. Onélia questionou sobre a natureza dessas atividades alternativas.

– Simples – respondeu Madre Águida. – Fazer qualquer coisa com a molecada.

– Obrigada, Madre, por ter encontrado uma saída para o meu problema.

– Não me agradeça. A saída é por conta da vontade dos deuses.

– Dos deuses?

– De certa forma, sim. Do Senhor, é o que quero dizer.

– Que horror! Por um terrível momento pensei que a senhora se referia aos deuses pagãos.

– E por falar em horror, Irmã, como foi sua experiência no hospital Tamarineira?

– Nunca me esquecerei da cena: a mãe de Jacira e Tadeu louca, incapaz de reconhecer os filhos. Seu acordo com chefe do pessoal deu certo, Madre. É bom para nós, irmãs, receber treinamento em troca de nosso plantão no hospital. Sua ideia surpreendente explicava a minha presença no hospital naquela noite. Vi tudo e entendi que a proposta não era absurda.

– Porém, por conta do treinamento e de ter de cuidar das crianças, o que aconteceu com os momentos nos quais normalmente você conseguia rezar?

– Foram por água abaixo.

– Mas hoje, por exemplo, você não poderia ter rezado no ônibus, na volta?
– Rezar nos ônibus vindo de Recife?!
Madre Águida pegou um maço de papéis que tinha recebido pelo correio. Explicou que era o trabalho de um grupo montado em Roma para estudar conversões de católicos às seitas evangélicas, presbiterianas, luteranas. Resumiu:
– Nossa Igreja deve ter um olhar crítico em relação a si mesma e aos seus métodos.
– Nossos métodos são suspeitos?
– Pior. São obsoletos, arcaicos.
– Mas as crianças sob o nosso cuidado continuarão sendo o fundamento de nosso trabalho pastoral, não?
– Um fundamento ao lado de outros. Não tenha medo, Onélia, nosso trabalho com as crianças abandonadas será como sempre foi: firme.
A campainha tocou avisando o retiro da noite. Irmã Onélia se movimentou, dando a entender que gostaria de ir embora e se livrar daquelas ansiedades para ir se atirar na sua devoção. Por fim, Madre Águida relatou seu pressentimento:
– Intuo que um dia Jacira e Tadeu passarão por uma transformação, como num milagre.

• • •

Logo aconteceu exatamente o que a superiora tinha previsto. Tadeu ficou de cama. De repente, diarreia e vômito o derrubaram. Começou a suar de febre. Seria a temida cólera? Irmã Onélia correu para o gabinete de Madre Águida, que veio logo. Examinou as fezes e o vômito, pôs a mão na testa de Tadeu e apalpou seu pescoço e abdome. A Madre concluiu que não parecia cólera. Mas era essencial ter certeza: precisava chamar o doutor Carvalho. Madre Águida tirou da gaveta uma bolsa de couro usada, que continha dinheiro, caso Onélia precisasse. Agora cabia à Irmã localizar o médico.

Onélia parou e pensou. O jeito era ligar para o consultório do médico, para a casa dele, deixar recados nas favelas e esperar. Uma hora depois, o médico chegou e diagnosticou uma virose. Não receitou antibióticos nem recorreu a qualquer outro remédio. Só disse que o pequeno Tadeu deveria ficar em observação. O importante era que o organismo do menino estava reagindo. Concluído o trabalho, foi para o gabinete de Irmã Águida onde, claro, os dois beberiam um uísque. E, certamente, fumariam um cigarro cubano. E o pequeno Tadeu? Era fato, explicou doutor Carvalho, que o corpo humano tinha de repousar a fim de se recuperar. Tudo indicava que, por meio de repouso, ele seria curado.

Várias vezes durante a noite, Irmã Onélia sentou-se ao lado da cama de Tadeu. "Será que o nascer do sol trará uma mágica?", perguntava-se ela. Sim, parecia que o brilho estava retornando à face outrora amarelada. O garoto olhava para Irmã Onélia como nunca tinha feito antes. Será que um milagre já estava se operando? Tadeu não parecia mais tão fechado em si mesmo quanto antes. Teria Irmã Onélia feito com que ele desabrochasse? O menino conseguiu levantar a mão que Irmã Onélia recebeu nas suas. Tadeu não tirou a mão que ela apertou levemente. Em seguida, colocou seu braço junto ao dele e sentou-se de leve para que nada o perturbasse. A melhora veio com o céu matinal. O seco e angustiado silêncio abrira as portas para algo novo. Jacira se encolheu como um bichano ao pé da cama de seu irmão. Irmã Onélia pousou sua outra mão nas costas da menina. Assim, os três ficaram juntos.

À tarde, doutor Carvalho visitou Santa Rita e examinou seu jovem paciente. Evidentemente, pela sua expressão, Tadeu estava se curando. O médico confirmou a boa notícia.

Ao longo da noite, o sino batia as horas, o que dava ressonância a mais perfeita de todas as noites. Pela manhã, bem cedinho, Onélia ajoelhou-se ao lado da cama de Tadeu e rezou em agradecimento por sua cura. Pegou Tadeu no colo, acariciou-o e o colocou de novo na cama, ajeitando seus braços e pernas. Beijou-o levemente. Depois, fez o mesmo com Jacira e disse:

– Tadeu está curado, não é maravilhoso?

Irmã Onélia procurou Madre Águida em seu gabinete. A Madre estava preenchendo uns documentos. Levantou o rosto e perguntou:

— Tadeu já melhorou?

— Sim, está bem melhor. Aconteceu exatamente como a senhora previu. Nós três estávamos juntos. O milagre ocorreu do jeito que a Madre profetizou. Temos que lhe agradecer. A senhora sabia o que fazer e fez. Tadeu começou a se abrir comigo.

Madre Águida riu de modo provocativo e observou:

— Isso não seria possível numa ordem fechada. Ainda pensa em entrar em uma, Irmã?

— Deixe-me pensar na resposta. Por enquanto, só posso dizer que Padre Gregório disse-me que sua "irlandesidade" é algo especial, Madre.

Já se tornara aparente que a Superiora era apegadíssima às suas origens irlandesas, principalmente por que morava exilada. Relacionava-se à História, ela explicou. Os irlandeses não gostavam dos ingleses, nunca aceitaram ser um povo submisso a eles, se recusavam a ser intimidados. Onélia arriscou comentar que, às vezes, o português da Madre era rude, mas que ela falava sem qualquer sotaque. A Superiora nascera na Irlanda, mas veio morar no Brasil ainda criança. Porém, o português da Madre não era tão refinado como o de Onélia. Águida riu, dizendo que não tinha ancestralidade que remontava ao descobrimento. Sua família veio num barco de carga utilizado para transportar gado. No fundo, no fundo, ela ainda era uma camponesa. A Madre rogou que Onélia olhasse para ela e perguntou se via uma lavadeira irlandesa com braços rachados. O contraste com a pele fina e morena de Onélia e suas feições aquilinas não poderia ser maior.

– Mas a senhora é nossa santa Madre Superiora – protestou Irmã Onélia. – Tudo o que quero é me ajoelhar na sua frente, receber sua bênção e suas ordens.

– Vá para a cozinha, moça, lave os pratos, depois dê uma limpadinha no banheiro.

– Humor irlandês, por acaso?

Na perspectiva de Padre Gregório, informou Madre Águida, uma certa irreverência explicava a coexistência, na Irlanda, das boas piadas junto com uma literatura do mais alto nível, tudo compartilhado com os antigos mestres coloniais ingleses.

– Madre, esse é o tipo de coisa que a senhora quer que eu discuta com o Padre Gregório?

– Como Salomão, acho bom que vocês falem de tudo o que há debaixo do sol.

A Madre pediu para não ser levada a mal. Ela não gostaria de viver em nenhum outro lugar que não fosse em uma ordem feminina.

Mas, voltando à doença de Tadeu e sua cura: era preciso investigar como o vírus havia entrado em Santa Rita. Foi transmitido pela água ou pelo ar?

Madre Águida lembrou que as doenças eram o assunto central naquela maçaroca de papéis que veio de Roma vindo do escritório da Ordem em Lisboa. Mas a preocupação em Roma e Lisboa girava em torno de outro tipo de doença: as seitas evangélicas. Estas se espalhavam pelo mundo todo, como fogo em mato seco. Só Deus sabia quantas bulas e decretos papais tinham sido escritos sobre o assunto.

– Nossa vida – advertiu a Madre – parece frágil diante do avanço do "filisteismo". Nossas congregações estão diminuindo. Bons católicos estão sendo desviados pelos engodos. Roubaram nossa juventude debaixo de nossos narizes. Nosso futuro está em perigo. Acredite, é alarmante.

– Acredito, Santa Madre, mas o que podemos fazer?

– Reconhecer o fato de que estamos sendo abandonados aos montes, como os ratos do provérbio que deixam o navio prestes a afundar. Temos que atrair de volta aqueles que foram seduzidos. Tenho planos, e você, Irmã Onélia, será de grande importância em sua execução.

– Sinto-me honrada. Quais são esses planos, Madre?

– Quero que nossas crianças sejam modernas, fiquem felizes por estarem conosco, sintam orgulho de Santa Rita. Se isso não ocorrer, estaremos acabados como comunidade e como ordem.

– Então temos de declarar guerra?

– Temos, sim. Fique quietinha irmã, que amanhã vou cancelar a reza noturna e convocar uma assembleia extraordinária.

– Entendi. Para declarar guerra? Parece que estamos em estado de sítio, e cabe a nós demolir o cerco.

– Cabe. Ninguém de fora vai nos resgatar. Como você analisa o mapa da situação, Onélia?

– Acho que é uma questão a ser resolvida de dentro pra fora. Ou quebramos o cerco ou enfraquecemos atrás das nossas próprias muralhas. Como a senhora sempre diz, Madre, e eu estou resistindo a concordar, temos de sair, ser ativas, atrair o interesse do pessoal lá fora. E, se não conseguimos fazê-lo, o que acontecerá conosco?

– Sumiremos. Temos também de criar maneiras de fazer o dinheiro chegar ao convento. Amanhã você e as outras vão descobrir como.

• • •

Logo no início da assembleia, Onélia descobriu o que Madre Águida havia colocado em pauta: o emaranhado de prédios que compunham Santa Rita. O convento não podia mais ser o porto delicioso que sempre tinha sido. Aqueles quartos graciosos seriam abertos e usados para cursos de computação, treinamento para palhaços e malabaristas, o uso de ráfia, técnicas de carpintaria, metalurgia e soldagem. Assim o artesanato seria ensinado e praticado, inclusive arte circense e turismo. Para acomodar os visitantes, as freiras teriam de estar prontas para sair de suas celas e se instalar nas casinhas do quintal. Águida queria transformar uma das construções numa oficina mecânica, outra numa forja para latão, cobre e bronze.

Após a reunião, na escuridão silenciosa da noite, Irmã Onélia rezou para que a paz acompanhasse os desafios futuros.

Oh, Senhor, dai-nos visão para nos salvar do declínio. O destino de Jacira e Tadeu é o mesmo que o de Santa Rita. Nosso futuro depende do que a Santa Madre chama de sagacidade, e essa deverá ser a nossa esperteza.

Comigo, Jacira e Tadeu já estão aprendendo, observando os animais do zoológico, os besouros do jardim, as estrelas e sentindo o vento frio do oceano. Conversamos sobre as terras além do oceano: África, Europa e Ásia. Na cidade, todos os rostos que encontramos nas ruas são diferentes, cada um com uma história para contar. Das janelas lá de cima, vemos o Atlântico e divagamos sobre os antepassados de Jacira e Tadeu, que vieram de além-mar amontoados nos porões dos navios. Encontramos a África no globo. Observando os mapas, nos maravilhamos com o tamanho do Brasil e o fato de que é quente aqui perto da

Linha do Equador e frio lá no sul. Explico que a Terra é um globo, como uma bola de futebol. À noite, do jardim, observamos a Lua subindo do horizonte em cima do mar. Explico como a atração da Lua faz as marés subirem e descerem. Além disso, Jacira e Tadeu estão aprendendo a nadar e a surfar. Nem tudo é bonito. Também lhes mostro os mosquitos e as cobras que vivem no mangue...

4. Destino

Tadeu continuava levado. Desaparecia na multidão, disparava no meio da praia ou num beco cheio de gente, deixando Irmã Onélia na mão. Jacira se agarrava a seu irmão feito uma ostra. Os dois sumiam: brincar de esconde-esconde fazia parte dessa desobediência e prometia um retorno ao prazer de fazer travessuras. Madre Águida fazia um balanço da situação. Parecia que Tadeu e Jacira também estavam bem, mas...

– Cuidado – advertia a Madre – uma pessoa feliz só vê felicidade.

Passaram semanas. Jacira e Tadeu estavam ganhando confiança e ficavam cada vez mais desobedientes. Foi então que os dois desapareceram, no mercado de São José, onde eles despistaram a Irmã Onélia. Como sempre, Jacira ficara colada a Tadeu, ambos unha e carne, e os dois foram rápidos na fuga. Irmã Onélia correu atrás deles, mas as crianças eram mais velozes, ziguezagueando entre as barracas. Sozinha no ônibus de volta para Santa Rita, Onélia rezou ardentemente para que os dois irmãos voltassem em paz. Já no convento, desolada, procurou Madre Águida e informou:

– Tadeu e Jacira fugiram. E agora?

– Não há muito o que fazer. Só esperar. Intuo que aqueles dois meninos já sabem como se cuidar!

E o pressentimento de Madre Águida mais uma vez estava certo. Os dois apareceram logo depois que começou a escurecer. Quando Irmã Onélia indagou o motivo do sumiço, Tadeu respondeu:

– A gente *tava* só *curtino*.

– Não façam mais isso, não, viu? Me deixa aperreada.

A freira procurou Madre Águida e anunciou que os dois tinham retornado sãos e salvos. Porém a fuga a tinha deixado desconcertada. Águida, em reprovação, disse que os meninos precisavam se exercitar. Onélia admitiu que a angústia da espera a deixou querendo saber o que um sumiço desses profetizava.

– Quando uma criança é muito quieta – replicou Madre Águida –, há toda a probabilidade de ter alguma coisa errada... E como é que vai seu treinamento no hospital Tamarineira?

– Enlouquecedor! Não sei mais se trabalho com o corpo, a alma ou a mente.

Madre Águida riu.

– Eu não deveria ter minhas irmãs favoritas, mas tenho. Deixe-me abraçá-la.

O aperto foi recíproco. A Superiora apontou para um papel colado na parede do gabinete.

– Estamos com a agenda cheia. Um circo vem para Olinda e, no mês que vem, haverá a Noite das Crianças, organizada pelas Igrejas do Mundo. Você acha que devemos participar, Irmã?

– Acho, sim. Os meninos vão adorar!
– E nós? Vai ter comida, música e alegria.
– Aí está a resposta a sua pergunta, Madre. Será que os fundos de Santa Rita serão suficientes? O baú vai ser raspado de novo, me parece.
– O que fará de você, Irmã Onélia, uma raspadora mordaz. Esse é o preço que o mundo material cobra pela espiritualidade!
– Não dá para aguentar quando a senhora fica desse jeito.
– Eu não posso ser irlandesa?
– Satânica, a senhora quer dizer!

Agora tudo girava em torno da preparação para a Noite das Crianças no campo do Náutico Futebol Clube. Um estádio dotado de iluminação feérica seria o cenário perfeito para shows de bandas, dançarinos, palhaços e mágicos. As crianças dançariam ao som de frevo, forró, samba, rock. Nas barracas ao redor do estádio seriam vendidas comidas e bebidas. Para o Náutico, seria uma boa publicidade, além de ser lucrativo. Realmente, havia apoio financeiro. E, claro, tudo ia ser bem religioso. Orações e hinos seriam entoados pelos alto-falantes, seguidos por uma bênção e um breve sermão, exortando o público a orar como um só rebanho.

Irmã Onélia tinha receio dessa mistura de música sacra com samba, rock e ritmos sertanejos. Uma ansiedade a perseguia. Mas as igrejas católicas não podiam se dar ao luxo de manter suas crianças longe de diversão desse tipo. Afinal, festas que os meninos pudessem curtir à vontade eram poucas. Roupas coloridas foram feitas nos teares de Santa Rita. Jacira e Tadeu estavam bem bonitos. Agora teriam a oportunidade de dançar, cantar e comer do bom e do melhor. Na noite da festa, o campo do Náutico estava cheio de alegria. O espetáculo começou com uma corrida de motos e um show de fogos de artifício. Cães amestrados fizeram sua apresentação. Então, um touro selvagem que não era touro nenhum, mas um boneco, foi perseguido por gente treinada para a caça. A banda tocou marchas para o desfile de um esquadrão de meninos e moças vestidos como militares. Autoridades vindas das várias igrejas fizeram a sua saudação. Tudo era ensaiado, disciplinado, marcial e, mesmo assim, divertido. Não faltou jogo de espadas, esgrima com cutelos, de um lado piratas e do outro marinheiros. A dança começou: a rapaziada fazia passos de quadrilha, samba e rock. O samba era agitado, alguns de seus bambas mal tinham doze anos de idade. Para finalizar, o forró foi liberado: a molecada correu para o campo e dançou pra valer.

Jacira e Tadeu ficaram espremidos no meio de um monte de meninos. Alguns, parados, se empanturravam com comida grátis, enquanto outros se afogavam nos refrigerantes. A molecada estava se enturmando, fazendo novos amigos. Tudo corria conforme o planejado. A noite se fazia mais escura: a hora de dormir tinha passado há muito tempo. A meninada ainda queria mais. Os responsáveis sabiam o que eles queriam: chegar à exata hora do clímax, num pico de alegria.

Um balão apareceu no céu e abriu seu alçapão, de onde foram lançados presentes para a criançada sobre o verde do campo. Jacira e Tadeu correram para o gramado e voltaram abraçados com seus presentes. Foi um belo momento para a Irmã Onélia, que viu o prazer estampado no rosto dos dois. Coisas legais tinham caído do céu para eles. Mas tudo tem um fim. Os meninos de Santa Rita foram agrupados e despachados em duas vans. Para eles, tinha sido uma boa noite, cheia de novidades e surpresas.

No dia seguinte, cansada da noitada, a molecada não conseguia levantar de manhã. Consequentemente, a missa foi rezada apenas para as freiras. Tudo estava na santa paz. Todos haviam se divertido e aproveitado muito, e por conta disso o ritmo naquela manhã era mais lento. Depois do almoço, as graças foram dadas. Então todos se dirigiram para seus quartos e dormitórios, onde foi permitida uma sesta por ser domingo.

O convento estava mudo, do jeito que Irmã Onélia gostava. Fazia calor, um calor de lascar. O cheiro das favelas e do manguezal entrava pelas venezianas. A temperatura não diminuiu dentro dessa fornalha atiçada até que as primeiras aragens do mar anunciaram que, ao cair da noite, o ar ficaria mais fresquinho.

Depois de rezar ao pé da cama, Irmã Onélia não conseguia cair naquela suave soneca depois do almoço. Sentia-se irrequieta e dirigiu-se à capela para livrar-se do mau pressentimento. Todavia, o dourado ambiente barroco, com seus tons de creme, azul e rosa, não lhe oferecia a paz de outrora. Nem se lembrava de suas rezas. Endireitou-se. Virou-se e foi para o dormitório das meninas. Jacira não estava na cama, nem suas coisas na cômoda. Tadeu também não estava no dormitório dos garotos, e seus pertences haviam sumido. Irmã Onélia correu a toda velocidade para o gabinete e caiu em cima de Madre Águida, que estava quebrando a cabeça com o computador.

– Onélia, você parece ter visto um fantasma!

– Vi mesmo! Jacira e Tadeu não estão nos seus dormitórios. Fugiram!

– Vou tocar a campainha. Vamos procurá-los.

O toque da campainha fez com que as freiras saíssem de seus quartos. O Santa Rita foi vasculhado. Mas Jacira e Tadeu tinham fugido. Irmã Onélia foi para seu quarto, desfez-se do hábito e colocou tênis, jeans e camiseta. Em seguida, dirigiu-se ao gabinete e se ajoelhou diante de Madre Águida, rogando:

– Santa Madre, eu gostaria de partir com sua bênção. Tenho de sair em busca de Jacira e Tadeu.

– Ontem à noite, na festa, Tadeu e Jacira brincaram com os outros meninos? – questionou a Superiora

– Brincaram. E como!

– Se deram bem com os adultos também?

– Sim. O clima de confraternização foi geral.

– Tem alguma ideia de quem estava no comando?

– Disseram que eram mestres de cerimônia e anfitriãs.

– Missionários? – indagou Madre Águida.

– Sim, missionários – confirmou Onélia.

– Vá logo de manhã cedo e volte no final da tarde. Não quero você na rua depois do anoitecer. Está dispensada das rezas.

Só o essencial importava. Madre Águida prometeu que, se conseguisse fazer seu computador funcionar, imprimiria uma lista com o nome de todos os orfanatos religiosos e de todas as creches da cidade. Bateu no teclado, injuriada, era mais rápido trabalhar com uma caneta. Disse à Onélia que fosse à tesouraria e pegasse todo o dinheiro que julgasse ser necessários para esses dias de busca.

Uma semana depois, Irmã Onélia localizou Jacira e Tadeu e levou notícias a Madre Águida: os meninos estavam num orfanato que pertencia à Igreja Anglicana do Brasil, na Avenida Rui Barbosa. Os dois tinham tudo o que queriam. Um funcionário mostrou a casa, que parecia ultramoderna.

– Jacira e Tadeu não quiseram vir com você, Irmã? – quis saber Madre Águida.

– Não. Implorei para que voltassem, mas tudo foi em vão.

Madre Águida ficou quieta. Distraidamente, bateu no teclado e imagens meio loucas apareceram na tela. Então, deixou brotar palavras que condiziam com sua índole.

– Os bárbaros estão em marcha! As igrejas do norte estão nos passando para trás: roubando nossas crianças, seduzindo nossos fiéis e fazendo pouco das noções de virtude e santidade que demoramos séculos para implantar. Esses danados são um bando de oportunistas. Os países nórdicos têm muito pelo que responder, Irmã. Encorajam esses charlatães a aparecer na televisão com o objetivo de fazer a cabeça das pessoas ingênuas. Esses evangelizadores malandros são rasos e baratos. Ao longo dos séculos, Roma oferecia aos jovens algo que esses filisteus nunca poderiam: uma vida de profunda reflexão. A pestilência está se alastrando. Basta entrar em qualquer igreja da Assembleia de Deus, Evangélica, Luterana, Batista... e dar uma olhada. As mulheres carregam bolsas de grife, os homens usam sapatos lustrosos e calças chiquérrimas. Bíblias que poucos sabem ler chegam aos montes. Esse é o espetáculo. Tipicamente, digamos, numa igreja evangélica globalizada, está abrigada uma agência de empregos e um mercado de casamentos. É puro interesse. Cabe a nós pensar sobre o que deve ser feito no nosso convento para resgatar nosso glorioso futuro. Agora, Irmã, você precisa de um tempo sem obrigação nenhuma. Vá, descanse.

Irmã Onélia caiu na cama. Toda sua esperança desaparecera. Agora, tinha de se curvar diante do vazio. Não tinha nada, nem ninguém, só um vácuo que a engolfava. Faltava disposição. Dentro da cabeça, não encontrava motivo nenhum para fazer o mínimo esforço. Só queria ficar na cama feito um cadáver. À noite vinha a escuridão e depois a Lua, mas não fazia diferença alguma. Pela manhã, a campainha tocava, oferecendo comida, bebida, companhia para outras pessoas. Naquela cela, a indiferença reinava, excluindo o resto do mundo. Que alívio ser ignorada, esquecida. O silêncio matava o passado, anulava a personalidade. E então? Olhando para a frente, via que aquele vácuo se estendia até um horizonte distante.

Existir no vácuo de seu quarto, após a perda dos meninos, era pior do que a morte. A Irmã só desejava morrer. Para ela, a coisa mais preciosa na vida tornara-se tão penosa que não fazia sentido nenhum viver. Tinha perdido a confiança.

Depois de um tempo, a Madre chamou Onélia para aparecer no seu gabinete. Era algo que não podia ser ignorado: uma convocação de Madre Águida.

– Como está se sentindo, freira?
– Moribunda. Só penso em morrer.
– Temos muito trabalho pela frente, para resgatar nossa casa. Não será tarefa fácil. Seu papel, Onélia, será fundamental.
– O que caberá a mim fazer?
– Negociar sua espiritualidade.
– Mas o que conseguiremos com isso?
– Sobrevivência
– E nossa ordem e Santa Rita?
– Você é a peça principal em nosso futuro, Onélia.
– Escutar suas palavras, Madre, seguir seu argumento, trouxe-me um momento dourado. Ouso crer que não desejo mais morrer e que a sobrevivência de nossa querida Santa Rita me chama.

• • •

Como preencher o vazio deixado pelo sumiço de Tadeu e Jacira? Madre Águida e Irmã Onélia precisavam lançar questões e buscar soluções. A Madre comentou que, às vezes, uma batalha tinha que ser perdida a fim de que se ganhe a guerra. E continuou dizendo que a natureza dessa guerra era entender melhor o que de fato era a vida. E só as ideias ajudariam a desemaranhar o nó. Isso não era novidade nenhuma. Seguindo o conselho de Platão e Kant, o objetivo do ser humano continuava o mesmo: ser filosófico, quer dizer, erigir questões e procurar respostas.

– Temos sorte! – gracejou a Madre. – Padre Gregório entendia do assunto. Nunca fora ambicioso, não quisera subir na ordem. Preferia ler, escrever, pensar. Qual foi o dado mais valoroso que Padre Gregório passou para você, Irmã?

– Seu acolhimento, de braços abertos, do difícil, do contraditório, do obscuro. E quais são os temas de Padre Gregório que você, Santa Madre, acha que tem a ver conosco?

– São dois. O primeiro fechou a rachadura entre filosofia tradicional e o mundo que é observado. Acabou-se a distinção entre sujeito e objeto. O empreendimento filosófico não consistia mais em contemplar o universo a fim de descobrir princípios e teorias que descreviam o mundo. Longe disso: a tarefa do filósofo moderno, a partir de Husserl, era ser ativo naquele mundo, fazer coisas, trabalhar, ser carpinteiro, pedreiro, engenheiro, desenhista, dentista.

– Ainda bem que nós duas seremos ativas no mundo... E o segundo tema, Madre?

– Na segunda dádiva, legada por Merleau Ponty, a sabedoria emergia numa epifania, uma intuição faiscada por um momento de inspiração. Era necessário, a todo custo, preservar aquela inspiração, protegê-la, evitar que fosse formalizada pela convenção. Nas palavras de Heidegger, "Um indivíduo vive para *estar no mundo*". O que você acha disso, Onélia?

– Gosto da honestidade e sinceridade de Padre Gregório frente ao dilema do religioso e do pragmático. Temos de enfrentar a verdade e não fugir ou se esconder do fato de que no mundo moderno não temos mais respostas definitivas como antes nos tempos dos padres e, subsequentemente, na era romântica de Hegel e Marx. O mundo é outro na esteira de incerteza promulgada por Husserl. Enfim, o desconhecido está no comando. Só nos resta ser obedientes.

– E agora, na atualidade do mundo moderno?

– O papel do filósofo é modesto: só interrogar experiência.

– Temos de enfrentar os fatos?

– Temos, sim, em nosso caso a fusão do religioso com o pragmático. Sinto que vivemos um momento divino. Assim é *estar no mundo*? Por favor, Madre, me dê um conselho.

– Deixe o complexo ser seu companheiro a vida toda. Escolha sua paixão, história, ciência, arte, teatro, e faça disso o seu rio.

– E aquelas comunidades femininas distantes? Nosso projeto ainda é viável?

– É, sim. Nós duas *estamos no mundo*: eu falando, você escrevendo.

– Qual é o jeito para trabalhar com Padre Gregório?

– Deixe o prazer de trocar ideias com um estudioso vir à tona.

– Por acaso, Santa Madre, trabalhando com Padre Gregório, percebi que a senhora pôs a Fenomenologia de Husserl em prática. É isso mesmo?

– Sim, é isso mesmo. Pus, sim.

Madre Águida falou de sua viagem a Moçambique. Contou que em Maputo inspecionou o mural que celebrou a liberação do povo africano e visitou uma igreja barroca construída pelos colonizadores portugueses. A arquitetura era bonita, o edifício em si, esplêndido, mas tinha deixado de ser uma igreja. Do lado de fora, havia pilhas de sucata: altares, cruzes, crucifixos, quadros religiosos, bíblias, roupas eclesiásticas. Foi um choque descobrir que a religiosidade tinha sido jogada fora feito um monte de lixo na periferia de uma cidade.

– Parece que uma crença tinha substituído outra e que a senhora testemunhou a transição. Fé na Revolução Comunista parece se encaixar aí.

– Sim e muito – confirmou Águida. – Vi os dois mundos na minha frente.

A Santa Madre relatou que, como a obra de arte que celebrava a Revolução Comunista e a liberação do povo, o mural era bonito, original, audacioso. Porém, a curiosidade a fez procurar um profissional, um africano interessado no vínculo entre arte e

sociedade. O especialista assinalou que ainda que o assunto fosse ligado à cultura africana, a técnica era de Kandinsky.
– Outro choque? – questionou Onélia.
– Fiquei abatida – confessou Águida. Acrescentou que solicitou ao especialista que esperava ter à sua frente uma pintura que fosse genuinamente africana em origem e em técnica. O historiador a surpreendeu: reproduções de três obras de Picasso, do período em que o jovem artista queria ser bem africano.
– Então sua viagem a Moçambique abriu brechas em sua crença?
– Abriu e como! Além de deslizar de uma fé para outra, Moçambique me deixou questionando o que tinha acontecido com a nossa crença no socialismo.
– Basta olhar para a antiga União Soviética, para a China e para Cuba.
– Sua conclusão é cruel, Irmã.
– O mundo é cruel, Madre.
– E tudo isso me fez questionar como é que uma crença pode engolir outra crença. O historiador disse que minha pergunta tinha resposta, sim, por meio de uma palavra singular: "renegação".
– Esse termo é novo para mim.
– Se na memória – explicou a Madre – há uma crença que se quer manter, deixando seu poder incó-

lume e não a colocando em perigo, deve-se recorrer à renegação, que exige a eliminação de qualquer percepção que contraria essa crença. A renegação faz com que uma crença não fique esmagada por outra crença. E, então, isso a faz se sentir um pouco melhor, Irmãzinha?

– Estou, sim. Estou expulsando a dor da memória.

– Viva a renegação!

As duas passaram a debater a natureza da renegação: na ordem, no Velho e no Novo Testamento, nas comunidades femininas, no futuro de Santa Rita, na crença dos marxistas na Revolução Bolchevique...

– O que as várias "fés" têm em comum? – questionou Madre Águida.

– A renegação, por acaso! – brincou Irmã Onélia.

Como entender as várias facetas desse curioso mecanismo? Evidentemente o jeito, argumentou Madre Águida, era ver a renegação em ação. Invariavelmente, uma crença fazia aparecer outra oposta que devia ser renegada. Esse era um fato desconfortável e podia ser visto quando a renegação proporcionava várias perspectivas. Por exemplo, existiam dois tipos de ideias ou percepções que eram inócuas, compatíveis, pacíficas, e as opostas, que eram incômodas e ameaçadoras. Por consequência, em nome da paz, as últimas deviam ser submetidas à eliminação ou à expulsão; sofriam renegação.

– Ouvir Padre Gregório falar sobre o secular e o religioso, ilustrou a renegação – continuou a Madre. – Faz parecer que existia uma relação ou um entrosamento entre o ateu e o crente. E é possível que coexistam dois conjuntos de pensamento contraditórios, simultaneamente, na mente de uma pessoa? Eu lhe repondo, Irmã Onélia: coexistem, sim – confirmou Águida. – O ateu renega seus pensamentos religiosos, e o crente renega sua descrença. O ateu ampara crenças opostas à religião: ele não crê em Deus, mas crê nas dúvidas. O momento de dúvida é o instante de transição entre as duas posições que existem ao mesmo tempo.

– Lindamente argumentado! – exclamou Onélia. – Isso me agrada!

– É bom questionar, Irmã – murmurou Madre Águida.

– E ser questionada.

Madre Águida não ia deixar o drama parar aí. Disse que oscilar entre uma crença e outra inclinava a balança e apontava para uma tentativa de sair da angústia que vinha do não crer naquilo em que se deveria crer. Por meio da renegação, assumia-se a posição oposta, o que poderia dar conforto e consolo. Desenvolvendo a indagação, Irmã Onélia pediu à Superiora que desse um exemplo de renegação em ação no cotidiano. Em resposta, Madre Águida citou o exemplo de um menino de dez anos e do fracasso de sua festa de aniversário.

O pai do garoto pedira para ele convidar uns amigos da escola. O garoto disse que distribuiria os convites, mas não o fez. Ninguém apareceu, não houve festa, o aniversário do menino foi um vazio. Parece que o menino queria uma casa tranquila para si mesmo e, por isso, renegou a festa. Evidentemente, temia que o contato com o mundo e com as pessoas o levasse ao fracasso social. E para salvaguardar seu ser, renegou a festa.

Refletindo sobre as implicações da renegação, Onélia se exaltou:

– E nosso ser tem existência sem o abrigo de Santa Rita?

– O momento em que o crente transita de sua fé religiosa para o ateísmo revela inquietação, até agonia – respondeu Madre Águida. – O coitado fica torturado pelas objeções à sua crença. Seu desafio é manter a firmeza de sua fé por meio de argumentos teóricos que lhe permitam rechaçar suas dúvidas.

Onélia fez uma pausa antes de inquirir:

– E para nós, Superiora, qual é o âmago da questão?

– O crescimento do ateísmo e a conversão às seitas evangélicas luteranas, presbiterianas e outras coloca nossa sobrevivência em risco. Se não tomarmos uma atitude, Santa Rita corre o risco de ser convertido numa academia de ginástica ou em um refúgio para encontros eróticos.

– O que torna a renegação das objeções à nossa fé fundamental, não é?
– É crucial, sim, Irmã. O futuro de Santa Rita, nosso querido lar, depende de nós. E por falar em coisas boas, você gostaria de implementar algumas melhorias na nossa comunidade?

Irmã Onélia ficou pensativa um momento e começou a gesticular com os braços, como se estivesse regendo uma orquestra.

– Sim, Madre! Gostaria de trazer música popular para Santa Rita: rock, samba, merengue, salsa, reggae. Poderíamos fabricar instrumentos musicais, como agogô, reco-reco, afoxé... Não custará muito. A meninada aprenderia a fabricar e tocar os instrumentos. Seria tão bom ter nossa própria banda! Poderíamos montar eventos musicais. Sem as mesas, o refeitório seria o lugar ideal.

Madre Águida, que parecia acabar de receber um choque, também começou a reger uma orquestra imaginária. Confidenciou:

– Este é o sinal que tenho esperado.
– Por favor, seja mais clara, Madre.
– Fui promovida e incumbida de modernizar a ordem em todo o mundo. Brevemente, deixarei Santa Rita, a fim de assumir minhas obrigações internacionais. Será meu trabalho assegurar que nossos conventos no mundo afora aprendam a dar conta da ameaça

de acordo com os procedimentos que nós duas já discutimos. Será um empreendimento itinerante nos países e regiões de língua portuguesa, a princípio. Ficarei um ano em Angola, outro em Moçambique, outro em Goa, e assim por diante, não esquecendo Macau, na China.

– Cabeças vão rolar no velho império português?

– Vão, sim, com toda a certeza. Mas só posso começar a minha tarefa quando a questão da minha sucessão aqui em Santa Rita tiver sido resolvida. Irmã Onélia, gostaria que você se ajoelhasse diante de mim pela última vez.

– Sim, Madre.

– Tenho autoridade de nosso centro administrativo do Rio Grande do Sul e de Roma para indicar a nova Madre Superiora. Escolhi você, Irmã. Aceita esse santo cargo?

– Nossa Senhora! Com toda honra, aceito, sim.

– Como está se sentindo, Irmã?

– Testada, examinada, julgada. Temos muito trabalho pela frente. O problema é que não sei se o trabalho mundano é minha praia.

– Sua nova praia será composta por rochas, areia, seixos, ferro, concreto, tijolos, poluentes, venenos, batatas fritas...

– Isso exige outras mudanças radicais, não é, Madre?

– Exige. Como já constatamos, temos de abrir nossas portas ao turismo, montar cursos, converter Santa Rita em um centro cultural.

– Um centro cultural, social e educativo de referência, que leve à nossa comunidade todo o conhecimento atual e a tecnologia de ponta. Assim como nos países e núcleos mais desenvolvidos, não é, Madre?

Pela expressão que fez, Madre Águida tinha gostado da observação. Acrescentou:

– O mundo hoje é outro. É preciso ficar de olho no Primeiro Mundo, onde nasce o dinheiro. Aposto que podemos contar com departamentos universitários, entupidos de verba, mandando seus pesquisadores ao Terceiro Mundo para analisar questões atuais como clima, ecologia, arte, cultura, arquitetura das favelas, trabalho de mulheres ainda presas numa vida feudal, o tráfego de órgãos e de crianças... Em Santa Rita já há uma base para tudo isso e um grupo de freiras abertas às inovações. E, quanto a nós, Irmã, percebe qual nosso papel em meio a tanta incertezas?

– Percebo, sim: Santa Rita, nossa casa. Todo ser humano precisa de um abrigo.

– E o que acontece a alguém sem casa? – persistiu Madre Águida.

– Sua confiança some. Torna-se um ninguém, um nada. Sua personalidade não existe mais. Fica como eu fiquei depois do sumiço de Tadeu e Jacira.

– E o que acha dessas invasões?

– Agora é a hora: ou nós ou a horda primitiva, Madre.

**INFORMAÇÕES SOBRE NOSSAS PUBLICAÇÕES
E ÚLTIMOS LANÇAMENTOS**

Cadastre-se no site:

www.novoseculo.com.br

e receba mensalmente nosso boletim eletrônico.

novo século®